暗夜鬼譚

狐《きつね》火《び》恋《れん》慕《ぼ》

瀬川貴次

集英社文庫

目次

CONTENTS

ANYAKITA

馬《め》頭《ず》鬼《き》あおえが語る

登場人物

夏樹【なつき】

帝のおそば近くに仕える蔵人《くろうど》っていう職務についていて、真面目で優しい善いひとなんですが……。死んでしまった友人の一条さんを甦《よみがえ》らせようと、禁断の冥府下りを実行しちゃいました。真面目なひとだからこそ、いったん思いこむとガムシャラに突っ走っちゃうんでしょうねぇ。あの日本三大怨霊のひとり、菅原道真《すがわらのみちざね》公の血をひいているわけだし、そう考えるとなんだか心配だなぁ。

一条【いちじょう】

陰陽師《おんみょうじ》の修行をしている陰陽生《おんみょうしょう》で、夏樹さんのお隣に住んでいます。男装の美少女かと疑われるほど容姿端麗なんですけどぉ、中身はけっこうズボラで乱暴で、お友達も夏樹さんしかいないんですよ。そんな、殺しても死なないようなひとが、いったんお亡くなりになって、その後、夏樹さんの熱い友情のおかげで甦ってこれたんですが……。ま、それで済むはずがないんですよね。

深雪【みゆき】

夏樹さんのいとこで、伊勢という名で弘徽殿《こきでん》の女御《にょうご》さまの女房をつとめています。一条さんに負けないくらいの猫かぶりで、宮中では才気あふれる若女房、夏樹さんには意地悪ばかり、でも本当は夏樹さんが大好きっていう、ややこしいことになっています。わたしは応援してますけどぉ、夏樹さんの鈍さも筋金入りですからね。いっそ、一条さんの師匠の賀茂《かも》の権博士《ごんのはかせ》に乗り換えちゃいませんかと推奨中です。

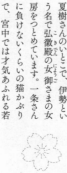

あおえ

青い瞳も愛くるしい馬の頭に、たくましい人間の身体を備えた麗しの馬頭鬼《めずき》。冥府では獄卒として働いていましたが、些細なことで追放され、一条さんの邸《やしき》の居候となりました。きっと、薔薇のごとく華やかに激しく生きるさだめなのでしょうね……。

これまでのお話

平安時代中期、貴族文化が花開くころ。少年武官・夏樹は、隣の家に住む美貌の陰陽師見習いの一条と友人になる。

都で起きる様々な怪異に立ち向かいつつ友情を深めてゆく二人だが、夏樹が藤原久《ふじわらのひさ》継《つぐ》という不思議な魅力を持つ男と知り合ったことから、都を揺るがす大事件に関わることになる。

事件の最中、久継の手の者に襲われて一条が命を落とし、苦悩した末に夏樹は冥府を訪れ、彼を連れ戻す。

追い詰められた久継が自害したことで事件は決着したかに思えたが、彼の抱える怨みは大きく、怨霊となって現世に戻り、都に未曽有の災害をもたらした。

一条やその師匠の賀茂の権博士、冥府の鬼たちをも巻き込んだ壮絶な戦いの末、久継を滅ぼした夏樹。しかし、その胸に残るのは苦い後悔と悲しみだった。

さらに、甦りという自然の摂理をまげた行いには、必ず代償がついてまわるという。自身が冥府から甦らせた一条のことが気がかりな夏樹だが――。

本文デザイン／ AFTERGLOW
イラストレーション／ Minoru

暗夜鬼譚

ANYAKITAN

狐《きつね》火《び》恋《れん》慕《ぼ》

狐火《きつねび》恋慕《れんぼ》

第一章　嵐のあと　次なる魔風

白地に金の鱗紋《うろこもん》を配した袖が強風に翻る。

風の中、素早い動きにより描き出された軌跡が金ではなく白銀に輝いているのは、その袖の主が太刀《たち》を握っているからだ。

彼、藤原久継《ふじわらのひさつぐ》が相対しているのは、帝《みかど》の一の側近である頭《とう》の中将《ちゅうじょう》。

彼らは無二の親友同士だった。少なくとも、頭の中将が久継を裏切るまでは。

(いや、それでも、いまだってふたりは友人のはずなんだ——)

刃《やいば》を交わすふたりをみつめて、大江夏樹《おおえのなつき》は強く思う。そうであってくれと祈るように。

(でなければ、あの久継どのがこれほど頭の中将さまに執着するはずがない。頭の中将さまだって防戦に徹せず、もっと積極的に斬りこんでおられるはずだ)

久継はもはや生者にあらず。都に嵐を呼びこんだ恐ろしい悪霊だ。

しかも、この邸《やしき》には弘徽殿《こきでん》の女御《にょうご》にその女房たち、さらには頭の中将の妻・美都子《みつこ》がいて、すぐそこの塗籠《ぬりごめ》の内で固唾《かたず》を呑《の》んで震えている。彼女たちを守るためにも、悪《あ》しき怨霊《おんりょう》は疾《と》く疾《と》く鎮めてしまわねばならない。

それがわかっているはずなのに、頭の中将は防戦しかできずにいる。昔、友を裏切った負い目が彼をそうさせているのだ。

久継のほうは容赦なく頭の中将を追い詰める。黒い指貫《さしぬき》からのびた素足が床板を蹴って走り、相手の退路をふさぐ。危険極まりない白刃《はくじん》がひゅんと空を薙《な》いで躍る。白刃の輝きは凶悪でありながら、見る者を魅了せずにはおかない。それと酷似したものを、久継も身の内から発している。怨霊と化したいまでも、彼の陽性の力強さは生きていたときと何ら変わらず、夏樹を惹《ひ》きつける。

こんな男になりたい、と。

風を繋《つな》ぎ止めることができないのと同じように、誰からも縛られず、激情の赴くままに走っていく久継。その激しさにまわりは否応《いやおう》なしに巻きこまれ、壊されてしまう。周囲の者にしてみれば迷惑この上ない存在だが、そんな自由な彼が夏樹はとても好きだった。

憧れていた。

何度だまされても、この気持ちは変わらないだろう。

でも、止めないと。このままでは頭の中将が、果てはこの場にいる全員が、怨霊となった久継に殺されてしまう。

夏樹は太刀を振るって参戦しようとした。すさまじい風が行く手を阻むが、闘うふたりになんとかして近づこうとする。

（もう少し。もう少しで――）

突然、夏樹の首の後ろに強い圧力がかかった。久継が瞬時に背後に廻《まわ》り、その首を押さえこんだのだ。

状況を把握できず、

（えっ？）

と思ったのもつかの間、硬質な異物が夏樹のうなじへと一気に押しこまれた。

（あっ）

声にはならない。痛みはない。異物がするすると自分の首を貫通していく、その経過を体感するばかりだ。

（ああ）

身体《からだ》の力が抜けて、夏樹はその場へうつぶせに倒れる。起きあがれない。

そうなって、彼にもやっと理解できた。うなじに太刀を突き立てられたのだと。

夏樹が倒れるや、久継は太刀を引き抜いた。血が勢いよく流れて、夏樹の身体の下から床板の上へ血だまりをどんどん広げていく。

吹きすさぶ風のむこうで、一条《いちじょう》の怒号が聞こえたような気がした。女性たちの悲鳴も。

いちばんはっきりと夏樹が聞いたのは、頭の中将の声だった。

「なんということを！」

部下を目の前であっさりと殺されて――そう、自分は死んだに違いない、と夏樹は他人事《ひとごと》のように思った――頭の中将は絶叫する。

「新蔵人《しんくろうど》は無関係なのに！」

「おまえが本気にならないからだ」

激昂《げっこう》する相手とは反対に、久継の声は淡々と響いた。だが、両者の絶望はおそらく同じくらいに深い。

『おまえが本気にならないからだ』

あの台詞《せりふ》は――

『おまえが殺させたんだ』

そういう意味だ。

夏樹がそう理解したとほぼ同時に、久継が手にした太刀が頭の中将を袈裟懸《けさが》けにした。

頭の中将は声をあげなかった。息を呑み、目を大きく見開いて、久継を凝視している。

そして、ゆっくりとくずれ落ちる。

夏樹は死にゆく頭の中将を見ていた。やっと罪の意識から解放されて安堵《あんど》しているようにもとれる、その表情を。

久継の顔は、夏樹の位置からは見えない。だが、想像はできる。その想像がはずれていない自信もある。

このあと、何が起きるか自分は言い当てられると確信もしている。

もう久継の暴走は止められない。本人にすら無理だ。唯一この暴走を制止できたはずの頭の中将は、過去に縛られすぎて自ら機会を放棄してしまった。

頭の中将はそれでいいかもしれない。これで久継に感じていた負い目を清算できたと思ったかもしれない。

でも、久継は。

風がより強く吹き荒れる。久継の袖が引きちぎれんばかりにはためいている。夏樹には彼にかける言葉がみつけられない。たとえあったとしても、喉に深手を負ったいまでは何も言えはしない。

頭の中将を殺してしまった久継は、塗籠に隠れている女御や美都子をも殺すだろう。完全な鬼となって、彼女たちの血をすすり、肉を食らうだろう。

それでも怒りのおさまらない――おさめようもない彼は、この都を根こそぎ破壊してしまうに違いない。平安の都があった場所には、すり鉢状の巨大な窪《くぼ》みが残るのみだ。

頭の中将が久継と太刀を交える際に全力を尽くしていれば、避けられたかもしれない最悪の事態。とうとう、それを招いてしまった……。

絶望感に打ちひしがれて、夏樹は目を閉じた。が、現実にはそれがきっかけとなって、彼はハッと目を醒《さ》ました。

周囲は暗闇。風はない。怨霊もいなければ、他の者もいない。夏樹自身の部屋だ。

一瞬、どちらが本当でどちらが夢なのかわからなくなる。

もちろん、こちらが本当で、荒れ狂う久継のいた情景は夢。それも、実際とは結末が大きく異なっていた悪夢だ。

そうわかっていてもなお、夏樹の動悸《どうき》は激しく、厭《いや》な汗を大量にかいていた。額の汗をぬぐったついでに首をさわってみたが、そこに太刀傷はない。夏樹はやっと安堵して、夜具の上に強《こわ》ばった手足を大きくのばした。

半分あけたままの蔀戸《しとみど》の隙間から、月の光が細く射《さ》しこんでいる。鳴き交わす虫の声も聞こえてくる。あの洪水でどこかへ押し流されたかと思われた秋の虫たちも、少しは生き残っていたようだ。それとも、怨霊による嵐が都に吹き荒れてからひと月以上が経《た》ち、自力で戻ってきたのか。

夏樹は暗闇の中で目を見開き、天井をみつめていた。すると、自然に涙がわいてきて目尻からこぼれ、髪の毛の間に吸いこまれていった。

いま自分が見た悪夢は、久継を止められずにいたなら充分起こり得た出来事。自分はそれを未然に防いだ。だから、こんなふうに泣く必要はないのだと、夏樹も頭ではちゃんと理解している。

それでも、喪失感はどうしても埋められなくて、彼は涙を流し続けた。

情けないが、こうして泣いて、傷ついた思いも涙といっしょに流しきってしまえたら、きっとまた眠れるだろう。できれば今度は夢を見ないで眠りたい。

そう願っても、逆に目は冴《さ》えていく。夏樹の脆弱《ぜいじやく》さに睡魔もあきれて退散したかのようだ。

寝返りとため息のくり返しにも飽きて、夏樹は静かに起きあがり蔀戸のそばに移動した。吹きこんでくる微《かす》かな夜風は肌に冷たく、ますます眠りを遠ざけていく。月に照らされた秋の庭の風情は、彼の気持ちをより感傷的な方向へと導いていく。

頬杖《ほおづえ》をつき、また、ため息をつく。そんなふうに沈みこんでいた夏樹の視界をすっと赤い光が流れた。

季節はずれの蛍でも、流星でもない。ほの暗い炎が、隣の家との境である土塀の上を漂っているのだ。普通なら腰を抜かして悲鳴をあげるべきところを、夏樹はそうせず、月々の異名のひとつをつぶやいた。

「水無月《みなづき》……？」

隣の家には陰陽師《おんみようじ》のたまごとも言うべき陰陽生《おんみようしよう》が住んでいる。彼は式神《しきがみ》と呼ばれる鬼神《きしん》に名前を与え、手足のごとくに使役している。夏樹が口にしたのはその式神の名だ。

夏樹は脱ぎ捨ててあった狩衣《かりぎぬ》を羽織り、衝動的に庭へ降りた。足の裏に夜露が驚くほど冷たい。それでも構わず、裸足《はだし》のまま庭を横切る。

赤い火の玉は、塀の陰に隠れてはまた出てきて夏樹を誘う。誰かが見ていたら、狐狸《こり》妖怪《ようかい》の類いにたぶらかされているのではと案じただろう。しかし、そうではないことは夏樹自身がよく知っていた。

土塀が大きく崩れた箇所から夏樹が隣の敷地へ踏みこむと、火の玉はふっと消え失《う》せた。が、代わりに月が照らしてくれていた。隣家の簀子縁《すのこえん》（外に張り出した渡廊《わたりろう》）にひとりすわっている人物の姿を。

男性貴族の普段着である狩衣を着てはいるが、慣習に反して長い髪を結いもせず、肩に流している。その美貌とあいまって、まるで男装の姫君のような妖《あや》しさだ。

彼がこの家のあるじ、陰陽生の一条だった。

一条はゆっくりと頭《こうべ》をめぐらせて夏樹に目を留めると、驚きもせず、片手を少し上げた。

「よお。おまえも眠れないのか？」

「ああ……」

「じゃあ、こっちに来いよ」

もう何度も、土塀の崩れた箇所を通路にして隣とは行き来している。いまさら遠慮する間柄でもないのに、夏樹は許可が出たことにホッとして一条のそばへと急いだ。

簀子縁にあがりこむと、まるでこの突然の来訪を予知していたかのように、円座《わろうだ》がひとつ余分に置かれていた。

「もしかして……」

「なんだ？」

「いや、なんでもない」

このきれいすぎる友人の持つ不思議な力を、気持ち悪いとは思わない。行動を読まれてしまうことへの恥ずかしさと、気にかけてくれたことへの嬉《うれ》しさがあるばかりだ。それも後者のほうが勝《まさ》っていて、結果としてなんともくすぐったい気持ちになる。

「何をニヤニヤしてるんだ？」

「なんでもないってば」

夏樹が円座にすわると、一条は「食うか」と餅を勧めてきた。折敷《おしき》（方形の盆）に山と盛られた丸餅。夜空にはひと口齧《かじ》ったような月。即席の月見の宴《うたげ》だ。

遠慮なくいただいて、夏樹も月を振り仰ぐ。すだく虫の声。庭では萩《はぎ》が小さな紫色の花を咲かせている。

「ずっとひとりで月を見てたのか？」

夏樹が尋ねると、一条は彼を見ないまま首を横に振った。

「いや、少し前に目が醒めて、眠れなくなったから起きただけだ」

「じゃあ、ぼくといっしょだ……。あおえは？」

「寝てる」

「起こしていっしょに月見をしようとは思わなかったのか？」

「あいつと？」

一条は整った顔を大仰にしかめた。

「うるさいから厭だ」

「気持ちはわかるけどな、この餅を作ったのもたぶん、あおえだろ？　いいのか、勝手に食べても？」

「いいんだ、いいんだ。遠慮せずに食え食え」

夏樹は苦笑して、餅をもうひとついただいた。翌朝、餅が減っていることにあおえが気づいて拗《す》ねるかもしれないが、一条がいいと言っているのだからいいのだろう。

「そういえば、水無月は？　赤い火の玉が塀のあたりを飛んでるのを見たんで、つい、こっちに来たんだけど」

「そこらへんを飛んでいたな。気になるのか？」

「いや、もう慣れているし」

水無月が土塀の上を漂っていたのは、自分をここに招くためだったのか、それとも特に意味などなかったのか。訊《き》いても一条ははぐらかすだろう。とりあえず、夏樹は自分の好きなように解釈することにした。水無月は主人の命を受けて行動していたのだと。

「でもさ、あんまり水無月をあの姿で使わないほうがいいぞ」

水無月は本性こそ火の玉だが、愛らしい童女の姿をとることもある。夏樹が言う『あの姿』とは前者だ。

「どうして」

「どうしてって、物《もの》の怪《け》邸の噂《うわさ》がまた高くなるじゃないか」

「いまさら」

一条は鼻で笑った。

「陰陽生が住んでいるんだから、火の玉のひとつやふたつ当たり前じゃないか。まわりにもいい加減、慣れてもらわないと」

「ぼくは慣れたけど、みんながみんな、そういうわけには……」

そのみんなの中には夏樹の乳母《めのと》の桂《かつら》が含まれている。早くに母親を亡くした夏樹にとって、彼女は普通の乳母以上、いや、実母以上の存在だ。その桂が隣家を気持ち悪く思い、夏樹が一条と親しくすることを嫌っている。だから、表からでなく、土塀の壊れた箇所を通路にしてこっそり行き来しなくてはならないのだ。

唐突に一条が話を変えた。

「おまえ、さ。うなされてただろ」

「え？」

一条は月を見上げている。月光が、美しすぎる彼の横顔により神秘的な色合いを添える。

流れる黒髪は夜そのもののようにつややか。陶磁器にも優《まさ》る白い肌は、自然に色づいた唇を際立たせている。さすがに月明かりだけでは瞳の色までは見分けられないが、それが澄んだ琥珀《こはく》色であることを夏樹はもう知っている。今宵《こよい》の月を映して、彼の瞳は常ならぬ色に輝いているのだろう。

「もしかして、ここまで聞こえるような大声で寝言、言ってたのかな？」

「そんなはずないだろ。悪夢にうなされてたみたいな汗のにおいがするからさ」

「におい？」

夏樹は袖に鼻を押しつけ、くんくんとにおいをかいでみた。それほど汗くさいとは思わないが、自分のにおいは自分ではよくわからないから「くさくないぞ」と言いきれる自信もない。

「どうせ、あの怨霊の夢でも見てたんだろうけどな……」

「大当たりだよ」

夏樹は馬鹿にするならすればいいと投げやりに応えた。が、一条は何も言わずに月を見上げて餅をほおばっている。その様子に少し安心して、夏樹もぽつりぽつりと夢の内容を語り出した。

話しているだけで肌に粟《あわ》が生じるような、絶望的な悪夢を。首を貫通していった金属の味を。滅ぼされてしまった都の無惨な姿を。

夏樹が語り終わってから、一条があいかわらず月に視線を向けたままでつぶやいた。

「たぶん、おまえがやつを止めなかったら、その夢は本物になっていただろうな」

夏樹は小さくうなずいた。

久継の狂おしいまでの怒りを鎮められるのは、頭の中将以外にない。が、過去を強く悔いているばかりの彼に、友人を滅ぼすことなど最初からできるはずもなかった。もしあそこで夏樹が動かなかったら――久継に隙ができたのも頭の中将相手に専念していたためだろう――あの夢そのままのことが現実に起こっていた。

それでも、他に方法があったのではと、夏樹は考えずにいられない。まして……。

「背中を刺してしまった」

いちばん悔いていることを口にし、夏樹は自分の手に視線を落とした。流れなかったはずの久継の血がそこにこびりついているような気がして、自然に指が震えてくる。

自分は生きている久継を殺した。怨霊になってしまった彼を滅《めっ》した。あんなに憧れていた相手を。しかも二度目は――

「ぼくは、こともあろうに後ろから……」

「でないと無理だったんだから仕方ない」

あっさりと一条は言い切った。

「いいんだよ。そうしないと勝てなかったんだから。おまえが後ろから刺したからなんだっていうんだよ。戦に卑怯《ひきよう》も何もあるもんか。あの男だってそう思っている」

「そうだろうか？」

「ああ。あいつは頭の中将の昔の裏切りだって、本当はなんとも思ってなかったんだから」

「そうなんだろうか？」

「ああ」

一条の言葉に力がこもった。

「『おまえがそういう選択をしたんなら、それでいい。おれの代わりに彼女を幸せにしてやってくれ』って感じだったんじゃないか？　いくら当人が優秀でも、土台、貧乏貴族じゃ左大臣家の姫君と結ばれるはずがなかったんだよ。その姫君が正室腹じゃなくてもね」

「そういう言いかたは……」

「本当のことじゃないか。当人だってわかりすぎるくらいわかっていたはずだ。自分よりも頭の中将のほうが、まだ遥《はる》かに姫君と結婚できる可能性があるって。いや、正直な話、十一年前の頭の中将じゃ難しかったな。確か、血筋はよくても父親は早くに死んで、後見人になってくれそうな有力貴族はまわりにいなかったはずだぞ。つまり、頭の中将も必死だったんだ。そして、たぶん、左大臣家の側も、あいつより頭の中将のほうが婿として断然マシだと判断したんだろうよ。姫君はすでに傷物になっていて、嫁ぎ先の選択幅もせばまっていたし、頭の中将なら家柄がいい上に、才能もあいつほどじゃないにしろ、ひと並み以上なんだから、後見人になってやればうまく出世するだろうって踏んだんだよ。思惑通り、頭の中将はちゃんと出世しただろう？」

「でも、久継どのと美都子さまは愛し合っていて……」

「だがな、たとえ、あいつと手に手をとって駆け落ちしていたとしても、あいつのあの性格だぞ。愛する女に都にいたときと変わらぬくらい贅沢《ぜいたく》な暮らしをさせてやろうって思って、海賊かなんかになってたな、絶対。そんな暮らしをあのお姫さまが喜ぶと思うか？」

「一条、それはただの仮定の話だろ……」

「そう、とってもあり得る仮定の話だ。ついでに言うと、あいつがもし先に死んだら、姫君はどうなるかな？　都には戻れない、深窓《しんそう》の姫君に市井《しせい》の者にまじっての自活なんかできるわけがない。さあ、もう道はひとつだな。遊女にでもなるしかない」

夏樹は頭を左右に振った。毒気たっぷりの予想話を聞いていると、なおさらやりきれなくなっていく。

「頭の中将が定信《さだのぶ》の中納言と組んだのは当然だ。姫君があいつと逃げなかったのも正しい選択だ。そんなこんなを全部納得して、おとなしく身をひいたあいつがいまになってぶち切れたのは――」

一条はほんの刹那、ほろ苦い笑みを浮かべてすぐに消した。

「友人が自分を哀れんでいたと知ったからだよ」

「でも、頭の中将さまはそんなつもりはちっとも……！」

「そりゃあ、あの真面目《まじめ》な中将さまに自覚はないだろうさ。本気で裏切りを悔いていて、あのときも自分を殺して気が済むのならそうしてくれてもいいって思いがあったからこそ、防戦に徹していたんだろうし。でも、あいつはそのことにいちばん腹を立てていた。全力でぶつかってこないことに。その理由が過去への後ろめたさと自己嫌悪だっていうんなら、なおさら怒るだろうさ。馬鹿にするなってな。頭の中将が『友情より女をとってどこが悪い。競争相手を蹴倒すのに、使える手は全部使っただけだ』って胸張って言い切れるような人間だったら、あいつもあそこまで切れてない。あんな、周囲の人間を巻きこんでの、一寸刻みの五分試しみたいな、ねちこい真似《まね》もしてないさ。馬鹿にするな、哀れむな、おまえだけはそれをしてくれるなって、あの怨霊は全身全霊で吼《ほ》えていた」

　夏樹は額に手を押しあてて、再び首を振った。

「ぼくには……理解できないよ……」

「そうだろうな」

「でも、一条は理解できるんだ」

　甘い餅をつまんでいるくせに、一条は酸っぱいものでも嚙《か》んだような顔をした。

「推測してるだけだ。当たってるかもしれないし、はずれているかもしれない。おれはあいつじゃないんだから、あいつの本心なんかわかるもんか。適当に言っているだけだとも。とにかく、もう悩むな。おまえは正しいことをしたんだ。おまえが止めなかったら、あいつは頭の中将を殺していた。そうなったら、もうあいつにとっても終わりだ。おれたちやあの場にいた女御や女房たちを殺して、昔の恋人ももちろん食い殺して、それだけじゃ飽き足らずに、都のすべてを破壊していただろう。そうして何もなくなった天と地の間を、寂しい鬼がひとりきりで彷徨《さまよ》うことになったんだ」

　夏樹は目を閉じた。まぶたの裏に、夢の中で幻視した光景が浮かぶ。

　荒涼とした大地。吹きすさぶ風。

　跡形もない平安の都——

「おまえは、でき得るかぎりの最良の方法で破滅を食い止めたんだよ」

「最良……だったんだろうか？」

「そうとも。ひとつっきりしか手段がないなら、それが最良に決まっているだろうが」

一条は餅の載った折敷をぐいと夏樹のほうへ押しやった。

「ほら、もっと食え。あんな男のことなんか忘れてしまえるから」

「無理だよ。忘れられないよ」

夏樹は瞬《まばた》きをくり返して涙を必死にこらえた。

「だまされたとわかっても、やっぱり、ぼくは、あのひとが好きだったから」

「だまされちゃいないさ」

「そうかな」

「そうとも。あいつは絶対確実におまえのことを気に入っていたよ。利用しようとか、そういう気もなかったはずだ。ただし、おまえへの好感より、頭の中将への執着のほうがずうっと勝っていたのは否定しようもないけどな」

夏樹は素直にうなずいた。

久継が頭の中将にかまけていたからこそ、あのとき、彼の背後に隙が生じた。それを自分は頭でなく身体で感じて、無意識に太刀を突き出したのだ。その輝く刃が、彼の背を貫いて――

「ほら、食え食え。そして腹いっぱいになったら、部屋に戻ってとっとと寝ろ」

夏樹がまた落ちこみかけたのを察してか、一条は餅をどんどん勧める。拒めば無理やり口の中につっこまれそうな迫力に負けて、夏樹は小さくうなずきつつ餅を食べた。味がよくわからないまま、とにかく咀嚼《そしやく》し続けたのだった。


翌朝起きてみると、夏樹の両まぶたはむくんで、ぷっくりと脹《ふく》れあがっていた。どうにかならないかと指の腹で揉《も》んでいるところへ、乳母の桂が水を張った角盥《つのだらい》を捧《ささ》げ持ってやってくる。

「おはようございます、夏樹さま。さあさ、お顔を洗ってくださいね」

「うん、ありがとう」

夏樹は脹れたまぶたを桂に見られないよう顔を背け、冷たい水で素早く何度も洗った。まぶたの感触はたいして変わらずぶよぶよしているが、気分はだいぶよくなってきた。

桂に手伝ってもらって参内《さんだい》用の装束に着替えると、布地の冷たさのおかげもあって気持ちがまた引きしまる。

（そんなに目立つほど腫れてるわけじゃないよな）

と思いつつ鏡を覗《のぞ》きこんでいると、背後の桂と鏡の中で目が合った。桂も夏樹の目の腫れに気がついているらしい。余計なことを言われる前にと夏樹のほうから、

「目、腫れてるかな?」と切り出した。

「昨日、夜中に目が醒めちゃってね。それからなんとなく眠れなくなったものだから」

「そうなのですか? でも、気になさるほどではございませんよ」

「よかった」

桂は昨夜、自分が隣家へ行ったことまでは知らないらしい。夏樹はそのことにも安堵して、ホッと息をつく。

「そうそう、今朝早くに深雪《みゆき》さまからお届け物がございまして」

「深雪が?」

弘徽殿の女御のもとへ女房勤めに出ているいとこの深雪は、夏樹と同じく幼少のおり、桂に育てられた。彼女がこの家にいろいろと届け物をするのも、いとこにというより桂に宛てていると考えるのが正しい。もっとも、夏樹をわが子のようにかわいがっている桂は贈り物を彼の分にまわしてしまうから、どちらでも同じことなのだが。

「栗《くり》や梨や柑子《こうじ》などの季節のものを。よろしければ、梨でも持ってまいりましょうか?」

「じゃあ、ちょっとだけもらおうかな」

起き抜けだし、昨夜餅を食べ過ぎたせいであまり食欲はないが、乳母の心遣いを無にするのも気がひけて夏樹はそう答えた。桂は嬉しそうにうなずいて足早に部屋を出て行き、すぐに梨を持って戻ってきた。まるで、部屋の外にすべて準備していたかのような早技だ。

「まだまだたくさんありますからね。お要りようでしたら、遠慮なくおっしゃってください ね」

桂は何度もそう言いながら、角盥を持って退出した。平静を装っているが、実際は養い子のことが気になって仕方ないようだ。

（どうして、みんなぼくに食べ物を勧めるんだろ。そんなに弱っているように見えるのかな。見えるんだろうなぁ……）

桂は久継のことをほとんど知らない。ひと月ほど前に都を襲った嵐は、怨霊の祟《たた》りによるものらしいと噂に聞いていても、それを夏樹に結びつけるところまでは至っていない。養い子の最近の不調は過労によるものではと思っているようだ。

（それもあるけれどね……）

自覚はあっても、いそがしくしていないと久継のことを考えてしまうのだから仕方ない。

ハッと気づくと、梨を手に持ったまま、また久継のことに頭が行っている。

「しっかりしろ、夏樹」

暗くなってしまいそうな自分を奮い立たせるため、夏樹は声に出して言うと、勢いよく梨にかぶりついた。

御所に参内すると、待っていましたとばかりに大量の仕事が夏樹の肩にのしかかってきた。

帝のそば近くに仕える蔵人。彼らの詰め所・校書殿《きょうしょでん》も、帝の住まう清涼殿《せいりょうでん》の近くに位置している。本来の職務は機密文書、訴訟の取り扱いだったが、のちにはそれのみならず禁中の一切に関与するようになった重要な官職だ。

夏樹は新蔵人と呼ばれ、六位の蔵人でもいちばんの下っぱ。雑務としか言いようのない仕事も山のように廻ってくる。桂が過労を心配するのも無理からぬことだった。

まして、夏樹は夢見が悪くて寝不足気味。注意しているつもりでも、ちょっとした過失をつい重ねてしまう。幸い、先輩たちは彼に好意的で無闇に叱り飛ばすようなことはなかったものの、当人はどんどん気持ちを落ちこませていった。

(こんなふうじゃ駄目だよ。頭の中将さまだって、ぼくよりもっとおつらいはずなのに、あんなにがんばっていらっしゃるんだから……)

そう自分に言い聞かせ、蔵人の長官たる頭の中将のほうをちらりと盗み見る。

頭の中将はどんどん持ちこまれてくる仕事に的確な指示を下していた。声に張りがあり、いつもと変わらぬようにも見えるが、顔色の悪さやこけた頬までは誤魔化せない。

食事をちゃんと摂《と》っていないのかもしれない。あるいは熟睡できていないのかも。おそらく彼も夏樹のように夜毎《よごと》、悪夢にうなされているのだろう。

都を荒らした怨霊が左大臣家や頭の中将に関連ありとの話はどこからか洩《も》れて、貴族たちの間に広まっていた。おかげで彼らへの風当たりは強くなり、左大臣は心労から休みがちに。息子の中納言は倒れて山寺にこもっているのだとか。

しかし、頭の中将は律義に参内し続けている。

それ以前に自主謹慎をしていたため、これ以上休んでは職務が立ち行かなくなるところまで来ていたのも、参内の理由のひとつだろう。彼もまた、こうして激務の中に身を置いて、いろいろなことを考えないよう努めているのかもしれない。

（奥方とはどうなったんだろうか）

頭の中将の妻、美都子は久継の昔の恋人。今回の事件の遠因でもある。あんなことがあって、以前と同じく仲睦《なかむつ》まじくできるものだろうか。

（そんな立ち入ったことまで、ぼくが尋ねていいはずもないんだけど）

けれど、気になる。

懸念する夏樹の視線に気づいたように、頭の中将が急に顔を上げてこちらを見た。あわてて顔を伏せたがもう遅く、ずっと見ていたことを上司に完全に気取られてしまった。

（まずい……）

それからしばらくして、頭の中将は文殿《ふどの》と呼ばれる奥の書庫へと移動していった。夏樹がなんとなくホッとしていると、先輩の蔵人が、「あれ？　頭の中将さまは？」と尋ねてきた。

「文殿へ入られましたよ」

「じゃあ、新蔵人、悪いけどこれを頭の中将さまのところへ持っていってくれ」

げっと声をあげる暇もなく、他の先輩たちから頼まれごとが降ってくる。

「じゃあ、これも」

「ついでにうかがってきてもらいたいことがあるんだけど」

「じゃあ、こっちもついでに」

「待って、待ってくださいよ！」

しかし、誰も待ってはくれない。彼らも、憔悴《しょうすい》した上司に仕事をどっさり持っていくことにためらいを感じていたらしい。だからだろう、ここぞとばかりにまとめて夏樹に押しつけてくる。

下っぱの哀《かな》しさ、断ることも誰かに押しつけることもできずに、夏樹は先輩たちのご用をかかえて文殿へと向かった。

御簾《みす》の前へと来ると、さすがに緊張してきた。夏樹はわざとらしくならないよう充分注意しつつ——その甲斐《かい》もなく、とてもわざとらしかったが——小さな咳《せき》ばらいをひとつしてから声をかけた。

「あの、頭の中将さま」

「新蔵人か？」

「はい」

職名で呼ばれて夏樹はすぐに返事をする。

「お目を通していただきたいものがありまして持参いたしました」

許可を得て部屋に入ると、頭の中将は積み重ねられた書物の中から捜し物をしている最中だった。ひとりになって少し休もうとしているのかと思ったのだが、そうではなかったらしい。

黙々と仕事をしている姿は、見ていて痛々しい。何か慰めの言葉をかけたいが、余計なことと思われるのも哀しくて言いにくい。

結局、夏樹は頭の中将の脇へ書類の山を置き、簡単な説明をしてから退室しようとした。が、部屋を出る前に頭の中将から呼び止められる。

「新蔵人」

「はいっ」

「目の下にクマができているぞ」

ハッとして顔に手を当てたが、いまさら揉んだところでクマが消えるはずもない。

「いえ、これは、その……よく眠れなかったものですから」

口の中でごそごそと言い訳する夏樹に、頭の中将は優しい口調で言う。

「あわてなくてもいい。新蔵人が夜遊びにうつつを抜かせるほど器用でないことぐらい、知っているから」

「はあ」

褒められているのか、そうでないのか。夏樹は困惑しつつも、

「頭の中将さまこそ、お疲れのご様子ですが」と切り返した。

「そうかな？」

「そうですとも。あまり、ご無理はなさいませぬよう……」

ふうっと息をつくとともに、頭中将は苦笑する。

「無理はしていないつもりなんだが。謹慎していた間に業務がたまってしまったのはどうしようもない事実だからね。これだけはきちんと片づけないと。それに、わたしがいつまでも思い悩んでいるほうが……久継も怒るだろうから」

ふいに出てきたその名前に、夏樹は軽く緊張しつつも、その通りだと思った。

とは言っても、頭の中将に悩むなと要求するのも無理な話であろう。身体の傷はだいぶ回復したようだが、見えないところに受けた傷はすぐに癒えるものでもない。

十一年もの間ずっと心のどこかにあって、頭の中将を苦しめてきた後悔の念。それが

却《かえ》って久継を怒らせ、自滅の道へと追いやったとなれば、いくら悔やんでも悔やみきれまい。しかし、久継なら彼がこうして悔やんでいることにも激怒するだろう。悔やんでいないで全力でぶつかってこいと要求するのが久継なら、それはできない、自分が憎いのなら早く殺してくれと請うのが頭の中将だ。すれ違いはどうしてもなくならない。

夏樹自身は頭の中将の考えのほうが理解しやすく、久継のほうはやはり理解しがたい。しかし、理解できずとも、どうしても歩み寄れないという葛藤はあっても、好きだという感情は消せず、憧れさえする。

「新蔵人のほうこそ、無理は禁物だ。ちゃんと食べているのかい？」

「ええ、そこは大丈夫です。口うるさい乳母がいるものですから」

ついでに口うるさい隣人もいる。

「にしては、元気がないようだが。そうだ、弘徽殿のいとこどののところへ行って、活力を分けてもらうといい。真面目に職務を片づけるのももちろん大事だが、先輩たちを見習って、うまい休みかたを身につけないと蔵人はやっていけないからね。ただし、わたしがこんなことを言ったと、みなには教えないように」

頭の中将は唇にひと差し指をあてて、くすりと笑った。どこかまだ寂しそうに見えるのは否めないが、彼の笑顔を見られて夏樹は少し気が楽になった。

確かに、深雪のところへはこのところずっと顔を出しに行っていない。贈り物の礼もちゃんと言っておかないと、あとで薄情者と罵られる恐れがある。

「お心遣い、ありがとうございます」

一礼して文殿を出た夏樹は、さっそく頭の中将の勧めに従って、同僚たちのもとではなく弘徽殿へと向かった。

校書殿から弘徽殿へはすぐだ。女童《めのわらわ》に取り次ぎを頼み、弘徽殿の東側で待っていると、すぐに深雪が御簾をあげて簀子縁へ出てきてくれた。

今日の彼女の衣装は秋にふさわしく、唐衣《からぎぬ》は櫨紅葉《はぜもみじ》の襲《かさね》。表は蘇芳《すおう》（紫がかった赤）で裏が黄だ。何枚も重ねた袿《うちき》も紅や山吹《やまぶき》色とあでやかで、その色とりどりの裾に白い裳《も》（腰の後ろにまとい、長く引いた衣）と豊かな黒髪が重なりあい、彼女の動きに合わせて、さらさらと鳴る。まるで錦の秋を司《つかさど》る竜田姫《たつたひめ》が登場したかのようだ。

「あらあら。なんだか久しぶりのような気がするわね」

深雪は余裕たっぷりに微笑《ほほえ》みかけてくる。この笑顔にくらくらする男性はさぞ多いことだろう。鈍い鈍いと言われる夏樹でも、いとこが掛け値なしの美人で宮中でも人気が高いことぐらい知っている。ただし、彼の不幸は、

（これが猫かぶりの演技だと身に染みていることだよなぁ……）

ため息をつきたい気持ちを隠し、夏樹も無難に微笑み返した。

「贈り物、何度もしてもらったのに礼が遅れて悪かったよ。本当にありがとう。桂も喜んでいた」

「別にいいのよ。それより、夏樹はちゃんと食べたの？」

「うん、おいしくいただいたよ」

「本当に？　その割にはやつれてるように見えるけど。どうせ、夜もろくに寝てないんでしょ」

「そんなふうに見えるのかい？」

「見えるし、見なくてもわかるわ。わたしのいとこは、過ぎたことをいつまでもいつまでも、ぐだぐだと思い悩むタチですもの」

檜扇《ひおうぎ》の陰から向けられる視線は厳しく、口調にも容赦がない。相手が夏樹で、なおかつ周囲に他人の目がないとなると、深雪は本性丸出しだ。夏樹もいまさら怒る気にもなれない。

「いつまでも落ちこんでないで、しっかり食べなさいよ。でないと、そのうち栄養不足と過労でぶっ倒れるわよ。そうならないよう、また何か手に入ったら、どんどん送りつけるわ。遠慮なんかしなくていいんだからね」

夏樹の曖昧な笑みが苦笑に変わる。どうも、昨夜から「食え食え」と言われ続けているような気がして。

「どうしてみんな、やたらとぼくに食べ物を勧めるんだろうなぁ……」

「あら、そうなの？」

「うん。桂とか、一条とか。頭の中将さまからも、ちゃんと食べてるのかって訊かれた」

「人間、食べないと潰れるのも早いから。とにかく食べることが、失恋から回復するにはいちばん手っ取り早いものねえ」

「失恋？」

「そうよ」

妙な表現に戸惑い、夏樹はきょとんとした顔で瞬きをくり返した。

「それって……久継どののことかい？」

深雪は不機嫌そうにふんと鼻を鳴らした。

「他に誰がいるの？　あなたはあいつに振られちゃったのよ」

「ははは……」

なんとも応えようがなくて、夏樹は力なく笑った。しかし、言われてみればそんなような気がしなくもない。

いまのこの、胸をじくじくと嘖《さいな》む痛みは、将門《まさかど》の娘に恋をして破れたあのときの痛みに似ている。受け容《い》れてもらいたいと切に願った相手なのに、眼中に入れてもらえなかったと知ったときの、やるせないまでの痛みに。

「失恋かぁ。そうなのかもなぁ」

「駄目なときは何したって駄目なのよ。それはどうしようもないことなんだから、悩むだけ無駄」

「うん……」

「次の縁に期待をかけて、叶《かな》わなかった縁は忘れてしまいなさい。それがいちばんよ」

納得はまだできないものの、深雪にはっきりと断言してもらうのは意外に心地よかった。頭の中将が言っていた『活力をもらう』とは、こういうことなのかもしれないと夏樹は思った。

「そうだね。ぼくなんかより頭の中将さまのほうが何倍もおつらいんだから、いつまでも暗い顔してちゃいけないんだよね」

「ああ、頭の中将さまのことなら、夏樹がそんなに心配する必要もないわよ。あのかたはお強いし、そりゃあ、今回のことをネタに政敵たちが陰にこもった攻撃をじんわりやってるみたいだけど、主上《おかみ》が誹謗中傷《ひぼうちゅうしょう》に耳を傾けるはずはないし。さらに言うなら、あちらは奥方さまが心の支えになってくださっているし」

「そうなんだ。よかった」

夏樹はホッと息をついた。

「ご夫婦仲のこと、ちょっと気になっていたんだけど、まさか頭の中将さまにうかがうわけにもいかなくてさ」

「わたしだって直接訊いたわけじゃないわよ。弘徽殿の女御さまがそうおっしゃっていて……」

深雪は少し言いよどみ、檜扇の端を自身の額に圧《お》しあてた。

「これはまだ教えるのは早すぎると思うけど、ま、夏樹にならいいでしょう。あのね」

秘密めいた口ぶりに夏樹もなんだろうと緊張し、簀子縁にもっと近づく。深雪も勾欄《こうらん》(手すり)から身を乗り出して小声で告げる。

「まだ絶対確実とは言えないけれど、美都子さま、もしかすると——ご懐妊なさったかも」

「本当に?」

夏樹は目を丸くした直後に、晴れ晴れとした笑顔を作った。

「そうか。そうだったんだ。よかったじゃないか」

頭の中将と美都子には、結婚十一年目にしていまだ子がいなかった。そこへ懐妊ともなれば、ましてやあんな出来事のあった直後だ、生まれてくる子供は彼ら夫婦の最高の癒しとなるだろう。

「本当に、本当によかった……」

くり返しているうちにじんわりと目が潤んでくる。夏樹はあわてて袖で目頭を押さえた。

「なに感動してるのよ。夏樹が父親ってわけじゃないんだから」

「そりゃそうだけどさ、嬉しいじゃないか、やっぱり」

「そうよ。本当のご懐妊だったら、めでたさ爆裂よね。父上は主上の側近、母上は左大臣家の姫君。これで女児誕生ともなれば、将来は入内《じゅだい》確実、実家は安泰。一族郎党、出世街道まっしぐら」

感激する夏樹に比べ、深雪はあらぬ方向を見て冷静につぶやいている。

「そうよ……絶対、美人が生まれるわ。あのときの御子《おこ》なら……でも、そんなはずないわね。幽霊ってのは身体がないんだし……いくらなんでも子供を作るのは無理……」

檜扇の後ろでぶつぶつと言っているため、つぶやきの内容までは夏樹の耳に届かない。

「どうかしたのか？　何か問題があるとか？」

心配になって夏樹が訊くと、深雪は自分のかかえている疑惑の雲を追い払うようにぶんぶんと檜扇を振った。

「ううん。問題なんか、ありはしないわよ。ただ、まだ確実な話じゃないから、ぬか喜びってことになったらお気の毒でしょ？　夏樹もあんまり喜びすぎて、よそでべらべらしゃべっちゃ駄目よ」

「もちろん、しゃべらないよ」

夏樹は胸を拳で叩いて断言した。深雪も重々しくうなずく。

「うん。その点は信じてるわよ。まあ、おふたりはあんなことがあったって以前と変わらず仲睦まじくていらっしゃるし、仮にご懐妊が間違いであっても全然問題なんかないから」

「そうなんだ」

「そうそう。むしろ、共通の痛みを抱えて、より絆《きずな》が強まったんじゃないかしら」

夏樹もそう思いたかった。あのたおやかなようでいて気丈な美都子なら、夫の昔の過ちを知っても心変わりするようなことはないと。

「そういえばね、うちの女御さまも、そのクチだったのよ」

「そのクチって？」

ふふっと深雪がいたずらっぽく笑う。

「より絆が深まったって意味よ。今回のことって、左大臣家の評判に傷がついたような感じじゃない？　これで弘徽殿の女御さまのお立場も微妙になるかもって、わたしたち女房はとっても心配していたんだけど、ところがどっこい。心労でおやつれになった女御さまのはかなげな風情に、主上もぐっとこられたらしくて」

「ぐっと」

「そう、ぐっと。もうそれはそれは、まぶしいほどのご寵愛《ちょうあい》」

「ああ、なんだか、そのようだね」

噂に疎い夏樹も、このところずっと弘徽殿の女御に集中して帝のお呼びがかかっているようだと、口さがない女官たちが話しているのを小耳に挟んではいたのだ。深雪の言葉は現場に近い者として、それが事実であると証明しているようなものだった。

「あの主上が他のお妃《きさき》さまには目もくれず、清涼殿にお呼びくださるのは弘徽殿の女御さまばかり。わたしが言うのもなんだけど、他の、特に承香殿《しょうきょうでん》の女御さまあたりがお気の毒なくらいだわ」

『お気の毒』と言う割に、深雪は笑み満開だった。場所が宮中でなかったら、ふんぞり返って都中にこだますほど高らかに哄笑《こうしょう》していただろう。

女主人と女房はまさに運命共同体。並みいる妃たちをさしおいて、自分たちが仕える主人が帝の一の寵妃《ちょうひ》となれたなら、こんな嬉しいことはあるまい。

特に、承香殿の女御は右大臣の愛娘《まなむすめ》で、左大臣家の姫である弘徽殿の女御とは何かと比較の対象とされる宿命の競争相手。弘徽殿の女御自身はおっとりとしたひとであまり気にはしていない様子だが、承香殿側はそうとう意識している。事実、いままでにも幾度か、承香殿の女御は困った事態を引き起こしているのだ。

「まあその、深雪の気持ちもわかるけど、やたらと得意がって、承香殿のかたがたを刺激しないでくれないかな。ほら、あちらの女御さまの気質からすると、また何か厄介なことが起こりかねないから……」

夏樹はやんわりと忠告したつもりだったが、すぐさま猛烈な反撃にあった。

「何を言ってるのよ。ここで競わず、いつ競えと言うの？　それに、帝の皇子《みこ》をお産みになり、最後に勝つのは当然、弘徽殿の女御さまなの。それ以外の未来はないのよ！」

言葉といっしょに檜扇も跳んでくる。からくもそれをかわした夏樹だったが、諌《いさ》めるどころか、

「はいはい、わかったわかった」

と、うなずく以外にできることはなかった。

その小さな邸は、都から北東にはずれた寂しい小野《おの》の山中にあった。

蔓草《つるくさ》の這《は》う小柴垣《こしばがき》で囲まれているものの、草花は敷地の内側に侵出し、屋根の上にまで生い茂っている。が、まったくひとが住んでいないわけでもない。

蔀戸の隙間からは細く明かりが洩れている。時折、若い娘の楽しげな笑い声も複数、重なり合って聞こえてくる。

虫の音が響く宵、そこへひと目を避けるようにこっそりと一台の牛車《ぎっしゃ》が乗り付けた。

車から降りてきたのは檜扇で顔を隠した女人だった。目立たぬように地味な衣装を選んできていたようだが、かざした扇の設《しつら》えといい、風情ありげな立ち居振る舞いといい、怪しげな者には見えない。

扇の端から顔を半分出し、周囲を見廻した彼女の表情には不安が表れていた。おそらく、このようなみすぼらしい住まいにはあまり縁のない身分——中流以上の貴族の出なのであろう。

牛車に徒歩《かち》で従ってきた、彼女の侍女らしき丸顔の娘も、おびえを隠せずに震えている。が、彼女はこの邸にというより、女の切羽詰まった様子に対しておびえていた。

「まさか本当にこのようなところにまでいらっしゃるとは……。わたくしはほんの戯れで、他愛のない噂話のひとつとしてお話し申しあげただけでしたのに」

言い訳がましく言う侍女に、女は足を止めて鋭い一瞥《いちべつ》を投げかけた。

「でも、おまえがうまくいったのは事実なのでしょう？　すっかり足が遠のいていたはずの恋人が突然戻ってきたって」

「ええ、まあ、それは……」

「むこうに新しい恋人ができたらしい、それもかなりの美人で自分ではとても勝てそうにないと、身も世もなく泣いていたわよね。なのに、おまえが何をしたわけでも、新しい女に愛想を尽かされたわけでもないのに、恋人は突然戻ってきて、いままでのことは許してくれとすがってきたと。これも白王尼《はくおうに》さまのおかげだと舞いあがっていたではないの」

「はい……」

侍女は赤くなった顔を袖に伏せて小さくなる。

「わたくしもそういった話がひとつふたつならば信じなかったでしょう。けれど、おまえの紹介で白王尼とやらに縁結びの祈禱《きとう》を頼んだ者は、例外なく首尾よくいったとか」

「ですが、何も御自《おんみずか》らここにおいでくださらずとも……」

「仕方がないではありませんか。いくら呼び出しをかけても白王尼のほうが応じないのだから」

女は顔を歪《ゆが》めて腹立ちを露《あら》わにした。どこの馬の骨とも知れない尼風情、呼びつければ喜んで応じるものとタカをくくっていたのに、そうならなかったばかりか、わざわざ自分が足を運ばねばならぬ事態となった。そのことが不愉快で仕方なかったのだ。

「先代の若狭掾《わかさのじょう》の未亡人だとか聞いていたけれど……地方の三等官の妻風情が、ずいぶんと思いあがったこと」

ふふっと近くで笑い声がしたのは、女が吐き捨てるようにつぶやいた直後だった。

驚いて顔を上げると、いつの間にか妻戸《つまど》が開いて、この邸の住人が姿を現していた。それも三人。二十歳《はたち》ほどの若い娘たちだ。

三人ともに、切れ長の目に薄い唇、細い顎。ひと目で姉妹と知れるほど似ている。さらに萌黄《もえぎ》（わずかに黄色がかった明るい緑）と青色を重ねた女郎花《おみなえし》の同じ装束をまとっているため、なおさら見分けがつきにくい。

「いまのお言葉、聞こえていましてよ、お客さま」

そう言ったのも三人のうちの誰なのかわかりづらく、女は薄気味悪さに眉をひそめた。それでも、あなどられてなるかと傲然と顎を上げる。

「これは失礼。でも、再三の招きに応じようとしない、そちらもずいぶんと無礼ではありませんか？」

「とは申せ、母さまは世を捨てられた身」

「俗世のことに惑わされず、御仏《みほとけ》にお仕えするのが本分なれば」

「そうそう容易《たやす》くは出歩けませせぬゆえ」

くすくすと笑いながら、三人は歌うように順々に告げる。年若いのに妙になまめかしい。

そして、不気味だ。

こんな山中の邸で得体の知れない三姉妹と向き合っていると、もしや物の怪にたぶらかされているのではと疑いたくなってくる。道案内についてきた侍女も同じ思いにとらわれたのか、いつの間にか女の後ろに隠れていた。逆にそのことが女を勇気づけた。下仕えの者に弱みを見せてはならないと思わせたのだ。

「しっかりなさい。何をおびえているの。おまえは以前にもここへ加持祈禱《かじきとう》をしてもらいに来たのでしょう?」

「は、はい」

叱られて、侍女はか細い声で応えた。

「こちらは白王尼さまの御子さまがたで、わたくしのときにも取り次ぎをしてくださって」

「まさか、この期に及んで白王尼に直接会えないというのですか?」

女の厳しい口調に侍女はすくみあがったが、白王尼の三姉妹は笑みを崩さない。

「会っても無駄かと存じます」

「あなたさまはただのご名代」

「母さまにご用のかたは他におりましょうに」

この言葉に女は過敏に反応した。

「わたくしのあるじはこのような下賤《げせん》な場所にはおいでになれません!」

怒りとともに言い放つと、娘たちはおびえるどころか声をたてて笑った。女は腹立たしさに頰を紅潮させて檜扇を握りしめると、さっと踵《きびす》を返した。

「帰ります。このような侮辱を受けてまで得体の知れない者どもと話すつもりは——」

しかし、一歩踏み出しただけで、彼女の動きが止まる。邸の奥から、凛《りん》とした声がかかったのだ。

「お待ちなさい」

三姉妹の声とは明らかに違う。もっと落ち着いた、年かさの女の声だ。

驚いたことに、三姉妹のくすくす笑いがぴたりと止まった。しんと静まり返った中、女は振り返って、声がしたほう——邸の奥をじっとみつめた。明かりは遠すぎて何も照らしてくれず、三人姉妹以外、誰の姿も見えない。しかし、声は近くで聞こえた。……ように感じられた。

女の動揺に気づいているのかいないのか、声の主は言葉を続けた。

「月姫《つきひめ》、花姫《はなひめ》、雪姫《ゆきひめ》。お客さまに無礼はなりませぬ」

姉妹たちは身体を縮こませ、一様に哀しそうな顔になった。声の主は、このとらえどころのない娘たちに強い影響力を持っているらしい。とすれば、相手は母親の白王尼に違いあるまい。

「娘たちが失礼をいたしました」

けして大きな声ではない。近くにいるわけでもない。なのに、その声ははっきりと力強く耳に響く。

「どうぞ、こちらへ。まだそのおつもりがございましたなら、お話をおうかがいいたしましょう」

ためらう気持ちを圧し殺し、女はひと呼吸おいてから前へと進んだ。遅れてついてこようとする侍女を肩越しの視線だけで立ち止まらせ、三姉妹の横をすり抜けていく。案内は要らなかった。声のするほうへ歩けばいいのだから。

「そのまま、まっすぐに──」

広くもない家だ。少しばかり進めば、あかりのついた部屋の前にすぐ行きつく。御簾が誘うように秋風に揺れている。おそらくここだと見当をつけて女が立ち止まると、案の定、あの声が御簾のむこうから聞こえた。

「どうぞ、お入りなさいませ」

女は御簾に手をかけたものの、ふっと思い出したように湧き起こった不快感に眉をひそめて、ためらった。

本来なら、尼のほうから出迎えに現れ、このような荒れ家にようこそおいでくださいましたと伏し拝むのが筋だ。なのに、自分は薄気味悪い小娘たちにからかわれた挙げ句、相手の指示通りに動いている。

目を凝らすと御簾越しに、こちらに背を向けてすわっている人影が見えた。光量が足りず、後ろ姿だけではなんとも判断しようがないが、部屋の中の質素な様子から、彼女らの暮らしが裕福なものでないことはすぐに察しがつく。

白王尼の加持祈禱を受ければ、離れかけた不実な恋人もすぐに心を入れ替えて戻ってくるとか。彼女がその話を聞いたのは久しぶりに実家へ戻り、気の置けない家の女房たちとおしゃべりをしていたときだった。

かなりの評判となっていて、この山中の邸へ恋の悩みを抱えた女たちがぞろぞろと通っているとか。とにかく効果てき面なのだと、女房たちは口をそろえて白王尼の法力《ほうりき》のすごさを語った。

しかし、それが事実で謝礼の品などが山と届くのであれば、こんな慎《つつ》ましやかな暮しをおくる必要もないはずだ。それとも、こういった地味な生活ぶりを演出することで、仏道修行に勤《いそ》しむ尼であると依頼者たちに強調してみせているのか。

（なんにしろ、こんな怪しい尼に頼るのはどうかと……）

そんなふうにためらう女の心を読んだのか、御簾のむこうの人物が小さく笑った。

「どうされました？　大事なご主人さまのため、この尼の顔を直々に確かめてみようと参られたのでございましょう？　あと一歩踏み出せば、その目的は叶いますわよ」

図星を指されて女は動揺したが、それを悟られまいと語気を険しくする。

「そうなのですか？　わたくしの聞いたところでは、白王尼さまはこの家で直接会っての依頼しか受けず、話は御簾越しにしかせず、その顔を見た者はまだひとりもいないとか……」

突如、白王尼は尼僧にしては華やかな笑い声をたてた。さながら鈴を振るようなきれいな響きだったが、女はぞっと肌に粟を生じさせた。

あの三姉妹よりも——異質な感じがする。

白王尼の笑い声は喉の奥でこもらせた、くっくっという響きだけになった。重ねて衣《きぬ》ずれの音がし、白王尼がすわったまま振り向こうとする。女はなかば無意識に御簾から一歩あとずさった。

「このような尼ひとりに何を怖がっておられます？」

白王尼のほうが燈台《とうだい》の火に近く、暗い簀子縁にいる相手の動きは見えにくいはずなのに、あやまたず女の動揺を言い当てる。さらに、彼女は誰にも告げていないはずのことを言い当てた。

「わたくしが御簾の内においでくださるようお勧め申しあげているのは、あなたのご主人さまに敬意を表しているからですのよ。ほんにこのような貧しい尼のもとへ、承香殿の女御さまの腹心の女房でいらっしゃる少納言さまが直々にお越しくださるとは、なんとまあ身に余る光栄」

「どうして、そのことを——！」

女——少納言は驚いて反射的に御簾をめくった。

火の点《とも》った燈台の脇に、尼がひとりですわっている。

この時代の成人女性は髪を長くのばすのが当たり前で、豊かな黒髪は美人の条件のひとつとして数えられていた。それを肩のあたりでばっさり切りおろしているのは、子供か出家した女性だけだ。

白王尼は世の例に洩れず、髪を尼そぎと呼ばれる短めの形に整えていた。それも、雪のように真っ白い髪だ。おそらく、白王尼という名もそこからつけられたのだろう。

だが、彼女は驚くほど若い。

何歳なのかはわからない。が、あの三姉妹の姉といっても充分に通用する容貌だ。身にまとうのは地味な青鈍《あおにび》（青みがかったねずみ色）の衣でも、髪と同じく真っ白い肌がかえって強調されるよう。薄赤い唇は尼らしくない、なまめかしい笑みを浮かべている。

そして、いちばんの特徴は、燈台の光を受けて明るく輝く切れ長の目だ。淡い色彩をしたその目にみつめられると、どうしても落ち着かなくなってしまう。

「ではうかがいましょうか、少納言さま。承香殿の女御さまのお悩みを」

なぜそれを、と再び声にして問う余裕もなかった。少納言は白王尼の瞳を覗きこんだまま、がくがくと頭を前後に揺らしながら、事の次第を洗いざらい語って聞かせていた。

——白王尼の邸を出ると、少納言はまっすぐに御所へと飛んで帰った。

あまりに彼女が牛車を急かすので、徒歩で付き従っていた侍女が途中で音をあげ、車の後ろへ乗せ《せ》なくてはならなくなるほどの急ぎようだった。

まるで何かにとり憑《つ》かれたようだと牛飼い童《わらわ》などは小声でつぶやいたが、もちろん少納言の耳には届かない。とにかく少しでも早く女主人にこのことを伝えなくてはと、彼女はそればかりを思い詰めていた。

後宮《こうきゅう》の殿舎のひとつ、承香殿に入ると、少納言はさっそく女御の周辺に控えていた他の女房たちをさがらせ、ふたりきりで密談できる状況へともっていった。他の女房たちは不審がったが自分たちより格上の少納言には逆らえず、しぶしぶと退室する。

そうして、少納言は逸《はや》る気持ちを抑えかねるような早口で報告した。

「女御さま、わたくし、件《くだん》の尼のもとへ行ってまいりました」

これが白王尼のもとへ最初に訪れた際、いかにも不機嫌そうだった女房と同一人物かと疑いたくなるようなのめりこみようだった。しかし、承香殿の女御は脇息《きょうそく》にもたれかかって、けだるげに「ああ、そうだったわね」と返す。あまり乗り気な様子ではない。

それはそうだろう、承香殿の女御は自分こそ帝の皇子を産むのだと意気込み、安産祈願の加持祈禱をすでに数え切れぬほど行っている。そのどれもが、名だたる高僧、名陰陽師によるものだった。

効果がまったくなかったわけではない——たとえば、梨壺《なしつぼ》の更衣が産んだ皇子の呪殺《じゅさつ》には成功している——が、肝心の皇子誕生はまだ叶えられていない。いまさら、市井の尼ひとりに頼ってどうにかなるとも思えない、というのが女御の正直な感想だった。

ただ、少納言は彼女にとって最も信頼のおける女房。女御の身のまわりの世話から、他の女房たちを監督する役まで、実によくやってくれている。その彼女の熱心な態度に、女御の気持ちが動かないわけでもなかった。

「それで、どうだったの？　巷《ちまた》で評判の白王尼とやらは。噂などあてにはならないと、よくわかったのではなくて？」

「わたくしもそうなるものと、なかば思いこんでおりました。けれども、件の尼はわたくしが名乗りをあげもしないうちから、こちらのことをすべて知っておりました。わたくしがただの名代であることも、どこのどなたにお仕えしているかも」

承香殿の女御の見事な曲線を描いた眉がぴくりと動く。しかし、彼女の唇は否定的な意見を紡ぎ出した。

「それにしたところで、そなたの侍女がうっかりと洩らしたやもしれぬ」

「いいえ、そのようなことはないであろうなと再三、念を押してございます。それに、わたくしの心の内をまったく違うことなく言い当てましたし、誰も知らぬような、わたくし個人の昔の話も次々に当てていきました」

「ふうん……」

「さらに申しあげますならば、わたくし、かの尼に通常の人間とは異なる霊気のようなものを感じましてございます」

「霊気」

女御がわずかに身を乗り出す。身分の高い低いにかかわらず、こういった話題はひとの感心を惹きつけるものがある。

「はい」

少納言も嬉しそうに目を輝かせてうなずいた。

「三人も大きな娘がおりまして、髪などは一本残らず真白きありさまなれど、どう見ても三十に満たぬような若さで」

「その三人娘は実子ではなく、夫の連れ子なのでは？」

「いえ、血の繋がりを疑えぬほど顔立ちもよく似通っておりました。訊けば、尼自身の若さも日頃信奉している御仏からの恵みと申しましてございます」

「それはずいぶんとありがたい仏さまだこと。で、その御仏に尼が祈れば、どんな不実な恋人も戻ってくるというのね？」

「はい。それは事前に確認いたしました。かの尼のもとへ行って、効果がなかった例《ためし》はないと、みな口をそろえて申します。それでもたばかられてはと用心して参ったのですが、わたくしも当人に対面いたし確信いたしました。かの尼の法力は本物でございます」

力強く言い切ってから、少納言はほんのり頰を染めて恥じらってみせた。

「わたくしにはいま現在、想《おも》いびとはおりませんので、法力試しのお役には立てぬと思っていたのですが、かの尼はわたくしの顔をじいっとみつめて『良縁が近々あると……」

「まあ」

「『遅くとも来年早々には出会う。紅色《べに》のものを身につければ、なおよし』との託宣でございました。あの不思議な瞳でまじまじとみつめられ、断言されますと、なんとのう、うきうきした心地になりまして」

「面白そうね」

縁結びに占い。白髪でありながら若々しい美貌の尼。

市井の尼と小馬鹿にしていたはずの承香殿の女御の気持ちが、どんどん動かされていく。

「そうねえ……わたくしもその者に会ってみたいものだわ」

途端に少納言は濡《ぬ》れた小犬のように首を左右に振った。

「まあ、女御さま。かの尼も、直接依頼者と会わずば加持祈禱はいたし難く、無理に行ってもこう力は期待できないと申しておりましたが、いくらなんでも女御さまがお越しになれるような場所では――」

女御は扇を揺らして鷹揚《おうよう》に笑った。

派手やかな美貌に高慢そうな微笑がしっくりと合い、大輪の花が咲きこぼれたよう。長年そばに仕えているはずの少納言でさえ、うっとりと見惚《みと》れる。

「わたくしがそのような場所へ行くものですか。会わねば加持祈禱ができぬと言うなら、その尼をここへ連れてくればよいわ」

「ですが、宮中へはさすがに……」

「尼ひとりぐらい、ひと目につかぬよう連れてくることはできるでしょう？　見咎《みとが》められても尼ならばなんとでも言い訳がつくわ。当人もまさか断りはしないでしょう。都の外で慎ましやかに暮らしている尼僧が御所に入れるのですもの、涙を流して喜ぶのではなくて？」

「それはもう、その通りでございますとも」

「ただし、なんの効験もないとなれば――」

承香殿の女御は目を細め、唇を舌先で湿らせた。

「託宣と称して世人をたぶらかすような者を、いくら尼とはいえ、ほうっておくわけにもいかないわね」

物騒な気配をたっぷりと含んだ発言を咎めるでもなく、少納言は真面目な顔でうなずいた。

「御意」

承香殿の女御はくすくすと笑った。あの三姉妹の不気味な含み笑いにも負けないほど妖しい響きをそこにこめて。

そして翌夜遅くには、牛車が一台、秘《ひそ》かに御所へ入っていった。もちろん、乗っているのは白髪の尼である。

無数の篝火《かがりび》、釣灯籠《つりどうろう》の光に照らされた輝かんばかりの御所をまのあたりにしても、帝の寵妃のひとり、承香殿の女御と対面し、その美貌を間近にしても、白髪の尼はおだやかに微笑むばかりだった。その落ち着きぶりは、彼女の不自然な若さ美しさとともに、女御の好奇心をいたく刺激した。

「少納言から大まかな話を聞いてはいるのだけれど……、おまえの信奉する御仏に願えばどのような願いも叶うそうね。特に男女の仲を取り持ってくれるとか」

「はい」

白王尼はあのよく通る美声で臆することなく応えた。女御のあからさまに値踏みするようなまなざしも、まったく意に介していない。

俗世を捨てた者ゆえに、身につけた落ち着きだったのかもしれない。が、それだけでは納得しがたいものを、女御は目の前の尼に対して感じていた。

胸騒ぎ、と表現したらいちばんしっくりくるだろう。どうしてそのように感じるのかわからぬまま、もしかして自分はこの尼の美しさと若さに嫉妬しているのかもと思い、不快になった。

(身分も低い、しかも二十歳近いような子供が三人もいるような尼に、どうしてこのわたくしが……)

とはいえ、白王尼が美しいのはどうしようもない事実だ。尼そぎの短い髪も、地味な衣も妨げにはならず、むしろ一歩間違えば品のないものになっていたかもしれない彼女の色香を、それらが適度に抑制させている。

何より惹きつけられるのは、目だった。

燈台の光を受けて輝く、淡い色彩の瞳。もしかしたら白髪も年齢のせいではなく、生まれつきのものかもしれない。

「男女の仲を取り持つ御仏とはね……。御仏はそういった色恋沙汰には煩わされず、一心に極楽浄土を願って修行すべしと教えているのではなくて?」

意地悪な質問をする女御に、白王尼はにっこりと微笑みかけた。

「そもそも女は生まれながらに多くの苦しみを味わうべく定められております。中でも、嫉妬こそは最大の苦しみ。不実な恋人、夫に苦しめられ、心の鬼と成り果てる女人がなんと多いことか。不幸に囚《とら》われてしまっては、御仏が近くにいますとも気づくことすらできません。そのような煉獄《れんごく》の苦しみから逃れ、心安らかに過ごせれば、経を読まずともやがては正しき御仏の道に自然に向かうこととなりましょう」

「おまえもそうやって仏の道へ入ったと？」

「いいえ、わたくしは夫の菩提《ぼだい》を弔うために。ですが、ひと並みに女の苦しみは味わいました。だからこそ、みなさまの苦しみを取り除くお手伝いができますことを、いま、大きな喜びとしているのでございます」

承香殿の女御は檜扇を開いては閉じ、閉じては開いて黙りこんだ。考えこんでいるふうを装って白王尼のあせりを誘おうと企《たくら》んだのだが、相手は微笑むばかり。

作戦にひっかかったのは白王尼ではなく、女御の近くに控えていた少納言だった。彼女は会話に加わりたくて我慢できなくなったように口をはさんできた。

「尼君のおっしゃることに偽りはございません。これは自らの修行の一環なのだと仰《おお》せになって、依頼に来る女人たちからほとんど報酬を受け取らないのです。もちろん、依頼の内容はけして他へは洩らさぬとの誓いを一度も破ることなく、真摯に守り続けておられます」

「でも、巷の女たちの間では評判になっていると少納言も言ったでしょうに」

「それは望みを果たしてもらえた女たちのほうが勝手に広げていった話で、尼君はまったくご存じなきことにございました」

女御は檜扇の陰で眉をひそめた。自分と同じく、相手を身分低き女とあなどっていたはずの少納言が、白王尼が現れた途端、落ち着かなくなって彼女の擁護まで始めたのが気に入らないのだ。

その一方で、それほどまでにこの尼の加持祈禱は効果があるのかと期待したくもなってくる。この怪しげな、尼らしくない尼はそういった――霊験あらたかと称するにはいささか異なる、魔力のようなものを発散し続けているからかもしれない。しかめ面の高僧よりも、どこか妖しげな風情の尼僧のほうが、自分の世俗的な望みを適確に叶えてくれそうな気がしてくる……。

女御の心のゆらぎを察したように、白王尼は淡々と語りかけた。

「女御さまもおわかりでいらっしゃいますでしょう。このような雲の上の御殿にお住まいでも、嫉妬からは逃れられないと」

「それは聞き捨てならないわね」

女御は思いきり冷たい声を出した。

「わたくしがそのようなつまらない感情に振りまわされているとでも？」

「女ならば誰でも感じる痛みでございます。まして、女御さまの御夫君は世に並びなき天子さま。そのようなかたのお心を得るのは並大抵のことではございません。皇族ご出身の藤壺《ふじつぼ》の女御さま、左大臣さまの姫君の弘徽殿の女御さまのみならず、他にも数多《あまた》の美しく高貴なお妃さまが後宮にはひしめいておられるのですから」

弘徽殿の女御。

その名を耳にするや、承香殿はぎりっと唇を噛んだ。

藤壺の女御も、他の妃も、自分より先に皇子を産みさえしなければどうでもいい。しかし、弘徽殿の女御だけは彼女にとって許し難い存在だった。

最初から気にくわなかったのだ。

歳《とし》も同じ。入内した時期もほとんど変わらず、大貴族の娘という出自も似ている。おかげで、いつもふたりは比較されてきた。そのことも承香殿の女御は気にくわなかった。

(どうしてこのわたくしが、あんな覇気のない人形のような女と)

今度のことで、左大臣家の評判が落ち、いい気味だと思っていたのに、弘徽殿の女御の打ちひしがれている様子が帝の気持ちを動かしたらしく、以前にも勝る寵愛ぶり。ここでいたずらに騒げば、かえって帝の不興を買いかねないとわかっているから静観しているが、もちろん平静でいられるはずがない。承香殿の女御の胸の内は煮えくりかえっている。

(あの女だけには負けたくない)

そう強く思った瞬間、

「だからこそ、女御さまはこの尼をお招きくださった」

白王尼の言葉に、承香殿の女御はハッとして顔を上げた。

白髪の尼はあいかわらず、とらえどころのない笑みを浮かべている。よもや心の内を見抜かれたのかと驚いたが、そうではなかったようだ。

いや――実際はどうなのか。色素の薄い不思議な瞳を見ていると、その輝きにひきこまれそうになってくる。

燈台の火を反射しているだけだと女御は思った。本当に気味の悪い尼、と。

白王尼が何を考えているのか、女御にはさっぱりわからない。だが、少納言の言うような仏道修行うんぬんが真実とは、とても信じられない。

金儲《かねもう》けをしない、おのれの法力の自慢をしたいわけでもない。そんな無欲な人間がこの世にいるものかと承香殿の女御は疑っていた。でなければ、何か裏があるのではないかと……。

「何か裏があるのではないかと、わたくしの力をお疑いでございましょうけれど――」

女御は息を吞んで、白王尼をみつめた。尼は白い歯をちらりと見せて笑う。

「それは仕方のないこと。では、百の言葉を連ねるよりも、ひとつご覧にいれましょうか」

白王尼がすっと青鈍色の袖を動かすと、いつの間にそこへ置いたのか、漆塗りの小さな厨子《ずし》が現れた。

「この中にわたくしが信奉している御仏の像が納められております。この御仏にお願いすれば、嫉妬の苦しみからたちまち逃れることができるのです」

うやうやしい手つきで白王尼は厨子を女御の前へ差し出す。女御も少納言もじっと厨子に視線を注いでいるが、身体はいくぶん後ろにひいている。ありがたい仏の像でなく、何か恐ろしいものが厨子の中に隠れているような、そんな不吉な予感をおぼえたのだ。

白王尼はふたりのおびえを楽しむように、ゆっくりと厨子の扉の留め金に手をかけた。

「依頼に来られたかたがたにこの像をお見せしたことは一度もないのですが――他ならぬ女御さまならば」

見たいなどとひと言も言っていないと女御は抗議しかけた。が、実行する前に、白王尼は留め金をはずす。漆の扉が、ゆっくりと左右に開かれる。女御の目が、少納言の目が、無意識にその動きを追ってしまう。

「さあ、どうぞ――ごゆるりと、そしてしっかりとご覧くださいませ」

白王尼がそうささやくように言って見せてくれたのは、獣の背にまっすぐ立った姿勢で乗っている、美しくも奇妙な女神の像だった。

第二章　栗栖野《くるすの》での狩り

昨日は悪夢にうなされることはなかった。おとといの晩もぐっすり安眠できた。

久しぶりに深雪《みゆき》と直接話ができたのが功を奏したのだろうかと夏樹は思った。あるいは激務に追われてくたびれ果てて夢をみるゆとりもなくしたかという気もするが、以前は同じようないそがしさの中、それでもよく眠れずにいたのだから、やはり深雪のおかげなのだろう。

これをきっかけに心の痛みも薄らいでいくといいのにと願うが、それでもどうかすると、ふっと考えが久継《ひさつぐ》のことに行ってしまう。

宮中でいそがしく立ちまわっているときはまだそれほどでもない。邸《やしき》にいるときが最悪だ。

乳母《めのと》の桂《かつら》が心配して、いつも以上にかまってくるのもうっとうしい。それを振りきって部屋でひとりになり書物を広げたりもするが、字面を追いながらも思考はいつもの暗い悔悟の道へと迷い始め、難しい漢籍を読みながら目は潤みっぱなしという情けない状況に陥っていく。

そんなときは書物を片づけて外へ目をやり、また水無月《みなづき》の火が見えはしないかと――訪問の口実はないかと、隣の家の様子をうかがったりもする。とはいえ、そうそう怪しい火の玉が見えるはずもない。

こんな自分が情けなくて大嫌いだった。いつまでもこの不安定な状態が続けば、そのうち一条にも愛想を尽かされてしまうと心配にもなる。また、そんな心配をしてしまう自分が余計にいやになる。

自己嫌悪の堂々巡り。せっかく深雪からもらった『活力』は、心の奥底からわきあがる黒雲にどんどん塗りつぶされていく。

だから、最近は邸にひとりでいる機会を少しでも減らそうと、休みを同僚に積極的に譲るようにしていた。

同僚といっても、全員が夏樹より年上、家柄も格上だ。大体、蔵人《くろうど》は父親や祖父もこの任に就いていたという者がほとんどである。受領《ずりょう》の息子の夏樹とは育ちが違う。かといって、彼らは家格を鼻にかけたりしない。以前所属していた近衛府《このえふ》でなら休みを譲ったところで、

「おや、点数稼ぎを始めたのかい？　いい心がけだよ。ようやく、自分の身のほどがわかってきたようだな」

と皮肉のひとつも言われたろうが、蔵人所《くろうどどころ》ではそんな厭《いや》な思いをすることもない。

「いいのかい？　そりゃあ、休みを譲ってもらえればこっちはありがたいが、無理はするんじゃないよ」

などと逆に労《ねぎら》ってくれる。新蔵人は帝《みかど》や頭《とう》の中将のお気に入り、いじめてもろくなことにならないとの計算がそこに働いているのかもしれないが、夏樹は彼らの言葉を素直に受け容《い》れていた。

手がいくらか空いてくると、夏樹はそっと蔵人所の裏手へ移動し、殿舎の陰で身体《からだ》を大きくのばして息をついた。先輩たちを見習って適度に息抜きするように、との頭の中将の忠告を、こうして実践しているつもりだった。

今日は朝からずっと書類の検分にかかっていた。おかげで目がちかちかする。

何か目をなごませてくれるものはないかと周囲を見廻《みまわ》せば、おあつらえ向きにすぐ近くに菊が植えられていた。花はまだ小さな蕾《つぼみ》だが、生き生きとした葉が幾枚も重なり合って繁《しげ》っている。その緑が疲れた目に嬉《うれ》しい。

（そうか。重陽《ちょうよう》も近いんだったっけ）

年には一月七日、三月三日、五月五日、七月七日、九月九日の五つの節句がある。たとえば七月七日を七夕《たなばた》と呼ぶように、九月九日は重陽とも呼ばれ、菊花《きっか》の宴《うたげ》を催すのが習わしだった。

目の前の菊はまだ花びらの色がわかるほど蕾が膨らんではいないが、おそらく白菊だろう。無数の白い花びらが広がり、時間が経《た》って花びらの端が紫色に変色していくさまさえ、移菊《うつろいぎく》と呼んで王朝人は喜ぶ。ひとつの花でふたつの色が楽しめるというわけだ。白菊の花がすっかり紫に変わって枯れ落ちれば、秋も深まってやがて冬。鮮烈すぎるほどまばゆかった今年の夏はなおさら遠くなっていく——

「おや、物思いにふけって」

からかいぎみの声に夏樹はハッとわれに返り、閉じかけていた目を見開いた。いつの間にか六位の蔵人の先輩がふたり、すぐそばにいる。

中背で目鼻立ちがはっきりし、いたずらっ子のような表情を浮かべているのが為明《ためあきら》、背は高いがいかにも育ちのよさそうなおっとりした印象の青年が行遠《ゆきとお》だ。

どちらも良家のご子息。歳《とし》が同じなので、よくふたりつるんで行動している。夏樹にとってはどちらも話しやすい気さくな先輩だ。

それにしても怠けていたところを発見されたのはまずかったなと夏樹はあせったが、ふたりの笑顔を見るや、その懸念はたちまち氷解していった。

「おふたりも……息抜きですか？」

「そういうこと、そういうこと」

先ほど声をかけてきた為明が、ニヤニヤと笑いながら応える。

「息抜きは大事だから。なあ、行遠」

水を向けられ、行遠は細い目をより細くした。

「まあ、限度はあるけれどね」

「でも、こうして新蔵人が息抜きしているのを見るとホッとするよ。真面目《まじめ》すぎて、そのうち倒れてしまいそうだったから」

「うん、そうだね」

行遠も為明の意見に賛同し、大きくうなずく。

「そんなふうに見えましたか。いつまでたっても要領が悪いと自分でも思っているのですが……」

心の内を隠しきれない自分の未熟さを恥じて、夏樹は頬を赤らめた。その様子がなんともうぶくて、先輩たちの目に好ましく映っていることなど、もちろん当人は気づいていない。

ぽん、と為明は夏樹の肩を軽く叩《たた》いた。

「仕事なんてそのうち慣れるとも」

「そしてそのうち、為明みたいにかわいくなくなる」

さっと為明の空いているほうの手が動いて行遠をはたこうとしたが、予測済みなのか、相手はひらりと身をかわした。

「慣れたから」

「あ、おまえもかわいくない」

ふたりの軽口の応酬に、夏樹も笑みを誘われる。その笑顔がまたかわいらしかったりするものだから、為明は今度は二度続けてぽんぽんと夏樹の肩を叩いた。

「そうそう。そうやって笑っていたほうがいい。最近の新蔵人は元気がないから、ずっと気になっていたんだ。思うに、働きすぎじゃないのか？　みんなと休みを代わってやったりしているみたいだが、本当は厭なのに断れずにいるんじゃないのかい？　それとも悩みがあるのかなぁ。目を閉じて考えこんでいた憂い顔を見ていると、そんな気もしたんだが。いやいや、言いにくいなら無理にとは訊《き》かないが、もしも意中の相手がいるのに手が出せず悩んでいるのなら、先輩として特別に恋の秘伝を授けてもいいのだけど」

返事をする間もなく、為明はべらべらとしゃべり倒す。そんな友人を諌《いさ》めるように、行遠がおっとりと割って入ってきた。

「そんなに矢継ぎ早に質問していたら、新蔵人も答えられないだろうに」

「お、じゃあ、答える時間をやろう」

そして、ふたりしてじっと夏樹の顔を凝視する。これには夏樹も参った。

「いえ、断れないというわけでもなく……、この夏は何かとあって長く休ませていただきましたから、その埋め合わせと思いまして……」

しどろもどろに言い訳していると、為明がすかさず食いついてきた。

「休みの件はこれでわかった。じゃあ、さっきの憂い顔のわけを聞かせてもらおうかな。あれはどう考えても恋に苦しんでいる風情だって、長年の勘が教えてくれたんだが、どうだろう。いや、隠したって無駄無駄。恥ずかしがらなくてもいいから。他言もしない、相手のことも話したくないのなら、無理に話さなくてもいいとも。だがしかし、先輩として二、三、言わせてもらうなら――」

「為明」

行遠が軽く為明を睨《にら》んで、長くなりそうなおしゃべりをやめさせた。

「言いたくないことを無理に言わせるものじゃないよ」

「でも、あの表情はどう見ても」

「恋の顔に見えましたか?」

夏樹が尋ねると、為明は自信たっぷりに首を縦に振った。

「そうとも、あれは絶対、恋する顔だね。しかも、思うにまかせぬ苦しい恋と見た。その苦しみ、つらさから逃れようと新蔵人はわざといそがしさの中に身を置いているんだ。どうだ、秋霧の晴るる時なき心には……といった境地だろう?」

秋霧の晴るる時なき心には立居《たちい》のそらも思ほえなくに――秋の霧に晴れ間がないよう

に苦しい恋ゆえにわたしの心にも晴れるときがない——と、為明は恋の歌を引用してからかってくる。

「そういうわけでは……」

言いかけて、夏樹は考え直した。

彼らは夏樹が夏の間、長期にわたって参内《さんだい》しなかった理由を知らない。あるいは、帝の気まぐれに振りまわされて余計な仕事——この場合、大宰府《だざいふ》行きのことを言うのだが——をさせられていたからだと薄々気づいているのかもしれないが、知らないふりをしている。

少なくとも、頭の中将の不調と結びつけてはいないはずだ。夏樹も久継のことは他人に言いたくない。ならば、ここは恋だろうがなんだろうが、適当なことを思わせておいたほうが無難だろう。

「ええ、まあ、その……お願いですから、あまり言いふらさないでくださいよ」

夏樹はへたくそな芝居をしてみせたが、へたくそゆえに真実味があった。ふたりの先輩は「ほらね」とでも言いたげに目配せを交わす。

「若いんだ。いろいろあるとも」

年齢的に開きはさほどないのに、為明はしたり顔になる。

「だけどな、つらさをいそがしさにまぎらわせるのも身体に悪いぞ。若者なら健全に身体を動かしてまぎらわそうじゃないか。というわけで、今度、行遠の山荘近くで狩りをするんだが来ないか？」

「狩り、ですか？」

行遠はと見ると、彼はにこにこ微笑《ほほえ》んでいる。

「栗栖野《くるすの》のあたりだよ。鹿や狐《きつね》がよく出るんだ」

声をかけてくれたのは嬉しいが、狩りはあまり経験がない。夏樹は正直にそう言ったが、為明に豪快に笑い飛ばされた。

「かまわない、かまわない。獲物はこっちが獲《と》るから、新蔵人はひたすら身体を動かして憂さを晴らせばいいんだよ」

そう言われると気も楽だ。万が一、ぶざまなところを見せるようなことになっても、このふたりになら悪くはあるまい。

「では……お言葉に甘えても構いませんか？」

「ああ、もちろん」

「決まったな」

為明はとどめとばかりに、夏樹の肩を強く叩いた。

栗栖野は都の北。

どこもかしこもすすきに覆われ、鳥獣がいかにも多く獲れそうなところだった。

夏樹の今日の装いは動きやすいように狩衣《かりぎぬ》、それも秋らしく花すすきの襲《かさね》。表が白で、裏が縹色《はなだ》（薄い藍色）だ。背には黒漆の壺胡簶《つぼやなぐい》（矢を入れる筒型の容器）、手には弓。馬にまたがった、その姿は絵に描いた若武者のように凜々《りり》しい。

為明、行遠も同じように弓矢を携え、名馬にまたがっているが、目に喜ばしいのは断然夏樹のほうだ。それでも、ふたりは嫉妬するでもない。むしろ誇らしげに後輩の姿を見守っている。

夏樹たちの他には、ふたりの武士が狩りに加わっていた。どちらも行遠に仕える下級武士である。彼らがひきつれているのは数頭の猟犬。黒いのやら、茶色いのやら、毛色はさまざまだが、どの犬もよくしつけられている様子がうかがえた。

空には刷毛《はけ》で刷《は》いたような雲が薄く広がり、陽射《ひざ》しは目に柔らかい。山はまだ色づいていなくても、すすきの合間に桔梗《ききょう》や女郎花《おみなえし》、葛《くず》の花が顔を覗《のぞ》かせ、それぞれの優しい色が秋の風情を醸し出している。

夏樹は深呼吸し、この風を身に受けるだけでも来てよかったと思った。

「いいところですね、行遠さま」

夏樹が正直な思いのままに言うと、行遠は笑顔でうなずき、為明が、

「だろう?」

と、自分の山荘がこの地にあるわけでもないのに胸を張った。

「なんでおまえがいばるんだか」

行遠があきれたようにつぶやき、為明は快活な笑い声を響かせる。

「いいじゃないか。うちの山荘だってこの近くにあるんだから」

「為明の家の山荘は小野《おの》のほうだろ?」

「充分近いぞ」

「じゃあ、予定を変更してそっちに行こうか?」

為明は途端に渋い顔を作った。

「よしてくれ。いま、あそこには親が来てるんだよ」

「べつにいいじゃないか。久しぶりにご挨拶もしたいし」

「冗談じゃない。顔を見れば、早く身をかためろって、もう、うるさくてうるさくて」

「じゃあ、為明の浮いた噂《うわさ》を今度たっぷりお聞かせしてさしあげよう。さすれば、ご両親も安堵《あんど》されて、結婚を急げとはおっしゃらなくなるよ」

「行遠、それは絶対、逆効果だと思うぞ」

「そうだろうねえ。新蔵人はこんな先輩を見習わないようにな」

真面目ぶった口調で行遠に言われ、夏樹も調子を合わせ「はい」と真面目に返事をする。が、為明があまりに情けない顔をするので、ぷっと吹き出してしまった。

そんなふうに軽口を叩きながら一行が馬を進めていると、突然、彼らの連れている犬たちが身を低くしてうなりだした。

「獲物か？」

為明がすかさず、背の壺胡簶から矢を一本抜き取る。と同時に、すすきの群れ繁る中から耳をぴんと立てた獣の顔が覗いた。

狐だ。

狐は人間たちの姿を見るとぎょっとし、すぐさま身を翻して走り出した。動きはしなやかで、褐色の身体はすすきの枯れた色の中にうまくまぎれこんでしまう。が、犬たちは惑わされない。獲物のにおいに興奮し、激しく吼《ほ》えながら追跡を開始する。

夏樹たちも馬を走らせた。犬たちの導くままに、狐を追って。

すすきの野に馬のひづめの音、犬の声が響き渡る。

夏樹は馬から振り落とされないようにするのが精いっぱいで、矢をつがえる暇もない。しかし、横目で見ると、為明は両脚で馬の胴をしっかり挟みこみ、弓矢を引き絞って構えている。

空を切って矢が飛ぶ。

はずれた。ぎりぎりのところで。

狐の動きは驚くほど速い。馬も犬も必死になって追うが間はどんどん開いていく。

行遠が放った矢も届かず、狐の姿は完全にすすきの中に消え失《う》せてしまった。

「駄目ですね」

武士のひとりがくやしそうにつぶやく。

「駄目か？」

為明が念を押すと、武士はためらわずにうなずいた。

「ええ。風向きが変わりましたし、においを追うのも難しいでしょう」

犬は興奮をもてあまして吼え続けている。為明も未練たっぷりにすすきの野を見廻す。

「絶対、当たったと思ったのに……」

「いや、見事にはずしていたよ」

行遠がからかうと、為明は子供のように顔を赤くした。

「いや、絶対当たっていたね」

「しかし、逃げられた」

「少なくとも怪我《けが》は負わせたはずなんだ。風向きさえ変わっていなかったら、まだ追えたのに」

「でも、矢を射ていらっしゃるお姿はすごく勇ましかったですよ」

夏樹が褒めると、たちまち為明は相好を崩した。

「そうかい？」

「ええ、本当に」

「よしよし。次は実力のほども新蔵人にしっかり見せてやるからな」

その宣言通り、為明は直後に山鳥を三羽立て続けに仕留め、行遠と夏樹も二羽ずつ射落とした。いちばん獲物が多いのは自分だと、為明のいばること、いばること。その様子がいかにも子供っぽく、行遠が遠慮なく笑うので、夏樹もついいっしょになって笑ってしまう。

楽しかった。こんなに声をあげて笑うのは、ずいぶんと久方ぶりのような気がした。

獲物を武士たちに持たせ、山荘へ向かって移動していた途中に小さな沢に行き当たった。そこで一行はひと休みして、喉をうるおしていくことにした。

沢の水は冷たくて心地よい。ついでに顔を洗うと気分はさっぱり爽快だ。いい気持ちになって背のびし、大きく息をつくと、下流の背の高い木にあけびがたわわに実っているのが見えた。

「あけびだ」

あれをみやげに持ち帰れば、桂はどれほど喜ぶだろう。そう思いつつ、一歩踏み出した夏樹は、ぬるぬるした水苔《みずごけ》に足を取られて尻餅をついた。

途端に為明たちの笑い声が起こる。夏樹も苦笑いしながらすぐに立ちあがった。照れくささもあり、

「ちょっと、あけびを採ってきますね」

と言い訳するように告げて下流へ走る。

近くに寄ってみると、あけびが下がっている梢《こずえ》は思ったより高く、とても手が届きそうにない。登っていこうにも、夏樹ひとりの重みを支えきれるような枝でもなかった。あけびの紫色の実が裂けた箇所から、甘そうな果肉が誘うように顔を出している。これを諦めなくてはならないとはなんとつらいことかとため息をついた途端、背後でがさっと草を踏む音が聞こえた。

反射的に振り返った夏樹の目が捉えたのは、狐の姿。夏樹も驚いたが、むこうも驚いている。

距離はわずか。身を投げ出せば、その濡れた鼻先に触れられそうなほどだ。あまりの近さゆえに、両者は身動きもせず、呼吸も忘れてみつめ合っていた。

その緊張を解いたのは、上流からの為明の声だ。

「あけびは採れたか、新蔵人？　なんだったら、手伝おうか？」

ハッとして夏樹が視線を逸《そ》らすや否や、狐は近くの木陰へと走った。幹の後ろに身体を隠して振り返り、また夏樹をじっとみつめる。

猟犬たちは為明たちのそばにいて、狐の存在にはまだ気づいていない。風は上流から吹いており、獣のにおいは猟犬たちに届いていないらしい。また、夏樹と狐のいる場所は沢の大岩や木立のおかげで、為明たちからは死角になっている。

それでも、夏樹がひと言「ここに狐が！」と叫べば、猟犬たちは一目散に走ってくるだろう。為明などは前《さき》の屈辱を晴らさんと、犬より速く駆けてくるかもしれない。

なのに、夏樹の口からはふいに嘘《うそ》が飛び出した。

「あの──来ないでください。ついでに用を足したいので」

上流で為明たちの笑い声が聞こえた。狐はそれにおびえたのか、一気に木を駆け登っていく。

そのままてっぺんまで行ってしまうのかと思いきや、狐は足を踏みはずし、木から転がり落ちてきた。夏樹はとっさに両腕を差し出し、落ちた狐を受け止める。温かくて軽い、けれど毛並みは意外に硬い。

そのとき初めて、狐の前脚の怪我に気がついた。

（もしや、為明さまの仕留め損ねた──）

狐は瞬時に身をよじり、夏樹の腕から逃れて地に降りた。しかし、走れない。前脚の傷が痛むのか、身体がふらついている。あの傷のせいに違いない。あれさえなかったら、木登りに失敗することもなかったのだろう。

「大丈夫か？」

夏樹が小声でささやくと、狐は身を屈《かが》めて振り返った。全身で警戒している。その様子を見ていると、ついつい優しい声をかけてやりたくなる。

「大丈夫、怖がらないで」

と言ったところで、獣には通じまい。夏樹もそう思ったが、言葉と表情でしか気持ちを伝えることはできない。

「走れるのなら、いまのうちにお逃げ。無理なら手当てを……」

片手を差し出す。その手を脅威に感じたのだろうか、狐はびくっと震えると、傷の存在などまるで感じさせない速度で走り出した。あとは生い茂る秋草がその姿を隠してくれる。

それでも夏樹は心配で、しばらく周囲を見廻していたが、再びあの狐をみつけることはできなかった。やはり山の獣はたくましいなと感心していると、為明が上流から歩いてきた。

「もう用は終わったかい?」

「あ、はい、終わりました」

狐がもういないことに安堵しつつ、夏樹は嘘を重ねた。

近寄ってきた為明はなぜか弓矢を手にしている。夏樹がもの問いたげな視線を彼の手もとに向けると、彼は意味ありげに眉を動かした。

「あのあけびだろ。採ってやるよ」

言うが早いか弓をひく。解き放たれた矢はあけびの蔓《つる》を断ち切り、紫色の実は木の根もとへと転がり落ちた。

「お見事」

夏樹が手を叩くと、為明はいかにも嬉しそうに歯を見せて笑った。

あけびと山鳥の肉を手みやげにして、夏樹は夕闇の中、従者をひとりつけた騎馬で帰路に就いていた。

為明と行遠はもっとゆっくりしていくように勧めてくれたのだが、夏樹だけは翌日に参内の予定があったので、宴の途中で抜け出してきたのである。そんな彼をふたりの先輩は不器用で真面目すぎると笑ったが、けして嘲笑しているのではなく、気持ちよく帰してくれた。

（いいひとたちだな……）

蔵人といえば帝の側近。敷居が高すぎると最初はびくびくしていたのに、こんなに打ち解けられるようになるとは。日頃の鬱も忘れ、夏樹は鼻歌まで歌っていた。思いがけず狐を助けてやれたことも、上機嫌の理由のひとつだったろう。

沢の近くで狐と遭遇したことは為明にも行遠にも教えていない。夏樹だけの秘密だ。狩る立場に身を措いていたとはいえ、やはりあんな間近でみつめられると情がわいてしまう。怪我も早く治って元気に野山を駆けられますようにと願わずにはいられない。

あの狐は矢傷を負っていても犬たちの追跡から逃れられたのだ、たぶん大丈夫だろう。

昼間は栗栖野でずっと馬に乗り、こうして帰り道もずっと馬に揺られていたせいで、身体は相当にくたびれていた。洛中《らくちゅう》に入り、よく知った道すじを通ると、ホッとしてくる。

(家に帰り着いたら早々に寝てしまおう。今夜はそれこそ、ぐっすりと眠れるだろうし……)

やがて、わが家の門が見えてきた。が、夏樹の視線はそちらではなく、隣の一条の邸のほうへ吸い寄せられた。

誰かが隣家の門前に立っている。立烏帽子《たてえぼし》に直衣《のうし》の若い男だ。

暗くて顔は見えないが、先方はなぜかこちらが誰かわかったらしく、一礼してくれた。

「こんばんは、新蔵人どの」

その声で夏樹にもわかった。

「賀茂《かも》の権博士《ごんのはかせ》どの?」

馬から下りるや、夏樹は権博士のもとへ駆け寄った。

「これから一条のところへ？」

「ええ、そうですが」

近くまで行くと、夜目にも賀茂の権博士の顔がはっきりと見えた。穏やかな笑みを浮かべた口もとも、涼やかな目もとも。

直衣の色は落ち着いた薄紫。微《かす》かに薫る上品な香。まだ二十歳《はたち》そこそことは思えない落ち着いた物腰。この人物が一条の師匠、若いながらも呪力は一級と言われる陰陽師《おんみようじ》だ。

星の動きから吉凶を読み取り、式神《しきがみ》を手足のごとく操る陰陽師――そんなおどろおどろしい印象は、権博士にはない。将来が楽しみな青年貴族といった雰囲気だ。弟子の一条があまりに美形すぎるので割を食っている感はあるが、

「賀茂の権博士って素敵よね……」

と胸ときめかせている女房は宮中にも何人か、ちゃんと存在しているのである。

「一条は……元気ですか？」

言ったあとで、なんだか変な質問だなと夏樹は後悔した。権博士も小首を傾《かし》げ、

「ええ、元気ですけれど。最近、逢《あ》っていないのですか？」

「いえ、そういうわけではないのですが、あの、なんていうか……」

元気そうなのは、数日前にも逢っているから知っている。夏樹が訊きたいのは、賀茂

の権博士なら常人にはうかがいようのない一条の異変を感じ取っているのではないか、ということだった。

今年の夏、龍馬《りゅうば》が左大臣家の大堰《おおい》（嵐山《あらしやま》）の別荘に現れて暴れまわったとき——一条は背中に矢を受けて絶命している。それを甦《よみがえ》らせたのは夏樹だ。

彼はあおえを脅して冥府へ案内させ、無理矢理一条を地上へ、生けるものの世界へ引き戻した。

あのときは必死だったから、それができた。自分のせいで一条は死んでしまったのだから、生き返らせる可能性がほんの少しでもあるのなら、何がなんでもやらなくては、と思い詰めていた。

ただ、あとになって夏樹は知ってしまった。

甦りは、絶対にしてはならないこと——この世の摂理を曲げる行為。その代償は必ず支払わなくてはならないのだと。

摂理を曲げた代償とやらがどんなものなのか、夏樹には想像もつかない。しかし、優秀な陰陽師であり、師匠として一条のことをよく知っている賀茂の権博士なら、これからどういった影響が彼の身の上に及ぶのか、ある程度予想できているのではないかと期待したのだ。

権博士は夏樹の不安げな顔をじっとみつめたあと、優しく、本当に優しく微笑んだ。

「一条もいい友人を持ったものだ……。よかったら、これからいっしょに彼のもとへ行きましょうか」

「お邪魔じゃないんですか？」

「いいえ、邪魔どころか、ぜひとも同席をお願いしたいくらいですよ」

「そうなんですか？」

「そうですとも」

　権博士の口調の微妙さにはまるで気づかず、夏樹は喜んで同席させてもらうことにした。馬は従者に預け、手みやげのあけびと山鳥の肉も一条用に少し分ける。

「桂には、うまく言っておいてくれよ」

　従者にそう頼んだが、言われたほうも困った顔をしていた。乳母の桂が陰陽師全般を嫌っていることは、邸中の誰もが知る事実だったのだ。

「では、お隣に寄られたとは申しあげずに、これだけ先にお届けするよう言いつけられたということにしておきましょう」

「うん、頼むよ」

　賀茂の権博士は夏樹と従者との会話を聞きながら、紙扇で口もとを隠していた。それでも、表情が動いているのがわかる。

「笑わないでくださいよ」

夏樹がすねたように言うと、権博士は首を左右に振った。

「いえいえ。大変だなと思ったまでで。こちらこそ、無理にお誘いしてしまったのなら申し訳ないのですが……」

「全然、無理じゃありません。これ、今日、栗栖野まで行って獲ってきたんです。一条にも届けようって最初から思っていましたし」

「それはそれは。いつも一条によくしてくださって、本当にありがとうございます」

「いえ、ぼくは……ぼくのほうこそ、いつも彼に助けられて、なのに迷惑ばかりかけて」

「一条がそれを厭がっているのなら、最初からあなたに構ったりはしませんよ」

たぶんそうなのだろうとわかっていることでも、こうして第三者から改めて言ってもらえると安心する。そんな自分がなんだか幼く思えて、夏樹は痒《かゆ》くもない首すじを所在なげに掻《か》いた。

「だといいんですけど」

「間違いなく、そうですよ」

権博士といっしょに門をくぐって一条の邸に入ると、さっそくここの居候《いそうろう》が出迎えてくれた。

「いらっしゃいませええ」

語尾をのばし、力いっぱい愛想よく三つ指そろえて頭を下げたのは、馬頭鬼《めずき》のあおえだ。

水干《すいかん》をまとったたくましい身体は人間と変わらずとも、首から上は馬そのもの。もとは冥府で罪人を罰する獄卒だったのだが、追放の憂き目に遭ってしまい、いまは一条のところに居候している。

普通の家では、まず馬頭鬼は引き取ってもらえまい。鬼だ化け物だと騒がれ、あっという間に退治されてしまうのが関の山だ。

その弱い立場をついて、一条はあおえをただでこき使っている。当人も嬉しそうに尽くしているようなので、これはこれでいいのだろうと夏樹は思っていた。

「ほら、これ、おみやげ」

「おやまあ、あけびに山鳥ですか。じゃあ、さっそくこのお肉で汁物でも作りましょうかねえ」

夏樹からの差し入れを手に、いそいそと厨《くりや》へ走るあおえの姿を見ていると、

（やっぱり、なんだかんだいって、ここの暮らしに染まっているよなあ……）

と納得してしまう。

邸の奥へ進むと、母屋《もや》で一条が夏樹と権博士を迎えてくれた。いつもなら自宅でくつろぐ際、一条は髪も結わずに長く垂らし、狩衣を楽に着くずしているのだが、今日は烏

帽子に直衣を着用している。とすると、師の権博士が来ることを事前に知っていたのかもしれない。

ただし、夏樹までいっしょとは予想していなかったのだろう。友人の顔を見て、おやっと首をひねる彼に、夏樹はあわてて言い訳した。

「ちょうどそこで権博士どのと鉢合わせしたんだよ。差し入れもあったんでご一緒させてもらったんだけど、お邪魔だったら……」

「いや、構わないだろう、一条？」

賀茂の権博士が問うと、一条はいささか不審そうに眉をひそめたがそれには答えず、ふたりに円座《わろうだ》を勧めた。

「で、保憲《やすのり》さまの御用はなんでしょうか？」

一条は賀茂の権博士のことを官職名ではなく名前で呼ぶ。この邸に引っ越してくる前は権博士のもとで暮らしていたというから、そのときの名残なのだろう。

権博士は円座にすわると、おもむろに袂《たもと》から一通の文《ふみ》を取り出した。ごわごわしたいかにも硬そうな紙で、色っぽい文でないことはひと目でわかる。

「これがつい先ほど、うちに届いた。あけてから気がついたんだが、一条、おまえ宛てだったよ」

一条は眉をひそめて文を受け取り、すぐさま中身を読み始めた。

「なるほど」

読み進めていっても表情はそのまま。眉はひそめっぱなしだ。

もしかしてよくないことが書かれているのだろうかと心配になり、様子をうかがっていた夏樹と一条の視線が、一瞬かち合った。

琥珀《こはく》色の瞳によぎったのは狼狽《ろうばい》だったろうか。確認する間もなく一条は目をそらし、文を脇へやる。

「中身は読んだのでしたね」

「ああ」

賀茂の権博士は詫《わ》びるでもなく、すました顔で答えた。

「摂津国《せつつのくに》の父君がご病気だとか」

夏樹は驚いて目を見張ったが、一条は無表情に師匠をみつめている。

「で？　わたしにどうしろと？」

「どうするも何も。わたしは間違ってうちに来た文を届けに来ただけだよ。おそらく、摂津の実家のほうでは、おまえが正親町《おおぎまち》に居を移したことも知らなかったのだろうね」

「それはそうでしょう。知らせておりませんから」

今度は夏樹が眉をひそめる番だった。

「実家に知らせてない――？」

思わず声に出してしまい、夏樹はあわてて自分の口を手で覆った。いろいろと事情があるのかもしれないのに、余計なことを口走ってしまったと恥じ入ってうつむく。

一条も説明はしない、夏樹を気まずさから救ってもくれない。まずい空気がたちこめているところへ、どたどたとにぎやかな足音を響かせ、あおえが入室してきた。捧《ささ》げ持った盆の上では、鳥肉の汁物の椀《わん》が人数分、ほの白い湯気をたてている。

「はあい、お待たせいたしました。夏樹さんの差し入れてくださったお肉で作った汁物でぇす」

なぜか盆を片手で持ち、太い腰をきゅっとひねる。しかも妙に甘えた口調であおえに言われると、気まずい雰囲気がすうっと融《と》けていく。代わりに部屋に漂うのは、おいしそうな汁物のにおいだ。

「ささ、どうぞどうぞ。食後にはあけびもありますからね。もちろん、それも夏樹さんからの差し入れでぇす」

真っ先に賀茂の権博士が椀を受け取り、夏樹に笑顔を向けた。

「ありがたくいただきますよ。便乗させてもらって申し訳ないけれど」

「どうぞどうぞ」

「どこか行ってきたのか？」

と、一条が尋ねる。

「あ、栗栖野に狩りに。蔵人の先輩に誘われて」

「ふうん」

くすっと給仕役のあおえが笑った。

「さすが、夏樹さん。偏屈者の一条さんと違って、お友達が他にもたくさんいらっしゃるんですねえ」

みなまで言わぬうちに、一条の肘鉄が馬づらに炸裂《さくれつ》したのは言うまでもなかった。

あおえがにぎやかに介入してきたおかげで、一条の実家の話は立ち消えになってしまった。

賀茂の権博士も汁物を食べ終わると、用は済んだとばかりにさっさと帰ってしまう。夏樹はまだ残って一条といっしょにあけびを食べていたが、文のことは訊きたくても訊けずにいた。内心、ひとりでじれじれしていると、

「やれやれ」

師匠がいなくなって緊張が解けたのか、一条はさっそく烏帽子を脱ぎ、髪もほどいてしまった。長い黒髪が肩にばさりと落ち、いつものくつろいだ恰好《かっこう》となる。

この時代にその姿はくつろぎすぎだった。成人した男子なら、人前では烏帽子を着用

するのが礼儀、眠っているときでも髪は結ったままなのが当たり前。しかし、一条は気にしないし、夏樹ももう慣れた。

そんなことより、夏樹の頭の中は先ほどの文が生んだ疑問符でいっぱいだった。そもそも一条の家族のことなどまったく知らなかった——というか、いままで話題に出たことすら一度もなかったのだ。

だからだろうか。なんとなく、夏樹は彼のことを天涯孤独の身の上と思いこんでいた。男装の美姫《びき》かと見まごうほどの美貌。陰陽生《おんみょうしょう》としての呪力も卓越している。そんなこんなで、孤高の天才と勝手に想像していたのだろう。

(そりゃまあ、一条だって、親はいるはずだし。でも、病気だってわざわざ知らせの文が届くんだから、きっと病状はかなり悪いだろうに、どうして——)

その疑問はあおえが椀を厨に下げるため退室してから、やっと口にできた。

「あのさ」

「うん?」

振り向いた一条の目は、気のせいか少し険しい。これから夏樹が言おうとしていることを予想している顔だ。夏樹はひるみそうになったが、思いきって質問してみた。

「余計なことかもしれないけど、父上が病気だって知らせが来たのに、摂津国に帰らないのか?」

「どうして帰らないといけない？」

「どうしてって」

昼についたあけびの汁を指先でぬぐい、一条は冷たく言った。

「いろんな家があるんだ。よそのことに首をつっこむな」

ぴしゃりと拒絶されて、夏樹は二の句が継げなくなった。

一条はそれっきり、黙って顔をそむけてしまう。夏樹も自分の迂闊《うかつ》さが恥ずかしくなって居たたまれなくなる。

確かに一条の言う通りだ。いろんな家がある。親しい友人だろうとも、訊かれたくないことは誰にだってある。そこに思い至らなかった自分が、情けなくなってくる。

「じゃあ……帰るから……」

ようやくそれだけを口にすると、夏樹は立ちあがり、簀子縁から庭に降りようとした。その背中に一条が声をかける。

「おい、今日は庭を廻っていくこともないだろうに」

「え？」

振り返ると、一条はむすっとした顔で門の方向を指差していた。

「あ、そうか」

いつもの調子で庭づたいに自宅へ戻ろうとしたのだが、言われてみれば、今日は堂々と表から訪問してきたのだ。むしろ庭を通ったら、どこに寄ったのか桂に一発でばれてしまう。

一瞬、一条が苦笑する。その表情の変化に夏樹もホッとする。

「じゃあ、また」

「ああ、またな」

沓《くつ》を履いていると、厨からあおえが出てきた。濡《ぬ》れた手を布で拭きながら歩いてくるさまは所帯じみていて、とても冥府のもと獄卒とは思えない。

「あれあれ、夏樹さん、もうお帰りですか？」

「うん。ぼくは栗栖野のおみやげを渡したかっただけだから。じゃあ」

行きかけて立ち止まり、夏樹はどうしても気になって付け加えた。

「一条のこと……よろしくな」

そう言われて、あおえは太い馬の首を傾げる。

「は？　何をよろしくなんでしょ。わたし、毎日毎日、そりゃあ心をこめて働いてますよ。以前は式神さんたちにさせていたような仕事まで、いまじゃ全部わたしがやってるんですから。ほんとに最近、一条さんったらひと遣い、いえ、馬頭鬼遣いが荒いんです。今度、夏樹さんからも言ってやってくださいよ。『もう少し労働条件を緩和しないと、あいつ、尼寺へ逃げちゃうぞ』とかなんとか」

「尼寺……」

尼僧姿のあおえを想像し、夏樹は軽いめまいをおぼえた。

「なんで尼寺なんだ？」

「特に意味はないんですけど、以前、しろきが僧兵の恰好したじゃないですか。じゃあ、わたしがするなら尼僧かなあって」

当人は気づいているのかいないのか、女装がとことん身に染みついているらしい。どう返事をしていいかわからなくて黙っていると、あおえはさっさと話題を変えた。

「そういえば、権博士さんはなんで訪ねてきたんですか？　今日は一条さん、陰陽寮《おんみょうりょう》に出仕してましたし、明日もその予定なんだから、用なら職場で済むはずなんですけどねえ」

「さあ……なんだったんだろうねえ」

あおえは権博士が届けに来た文の内容を聞いていない。告げ口されたと一条に思われても困るので夏樹は適当にはぐらかし、逃げるように外へ出た。

あおえは何も知らずに、夏樹の背に向かって大きな平手を元気よく振る。

「また来てくださいねえ。差し入れなくっても全然構いませんけど、あったらまたお料理してさしあげますからねえ」

すっかり俗世に、いや、下僕生活に染まってしまった馬頭鬼に見送られて、夏樹は門

姿はない。

賀茂の権博士がまだそのあたりにいることを期待していたのだが、周囲にそれらしい姿はない。

（一条の実家のこと、訊きたかったのに）

文を読んだ権博士なら、一条の父親の病状も知っているに決まっている。疑ってはいけないのかもしれないが、そもそも彼は本当にうっかり文を読んでしまったのだろうか？ 一条と実家との関係を理解した上で、わざと読んだのではあるまいか？

（あり得る……）

それとも、一条がすでに権博士の邸を出てひとり立ちしていることをうっかり忘れていたとか？

（あのひとなら、それもあり得る……）

夏樹は眉間に皺《しわ》を寄せ、青年陰陽師のうかがい知れない頭の中身を想像しては、ひとりでうんうんとうなっていた。

宴は果て、主人も客人も寝入ってしまい、栗栖野の山荘は静けさを取り戻していた。といっても、完全な静寂とはほど遠い。少しの風にも周囲に繁るすすきはさわさわと歌い、虫たちも趣深い声を夜に響かせ続けている。ほんのときおり、獣の遠吠《とおぼ》えも微かに聞こえてくる。

源済《みなもとのわたる》は山荘の簀子縁《すのこえん》であぐらを組んですわり、うつらうつらと舟を漕《こ》いでいた。

都の中の本宅ではないため、警固の者も少ない。彼も交代でその役を担っていたのだが、昼間は主人といっしょに野山を駆けめぐり、夜は夜で宴のお相伴に与《あずか》って少しとはいえ酒が入っている。ついつい居眠りしてしまうのも仕方のないこと。

それでも、武士として生きてきた勘までは眠っていなかった。

風の音、虫の声でもない小さな物音を、済は確かに感じ取って目をあけた。

彼が耳にしたのは草を踏む足音。その足音の主はどこかと視線をめぐらすと、庭先に白っぽい影が見えた。

白くて細い影――まるで亡霊のようにとらえどころのない、はかなげな姿。

女だ。

白っぽい袿《うちき》を頭からすっぽりとかぶり、うつむいた女が、どこから侵入したのか、庭の端に立っている。

「だ、誰だ？」

済は詮議しようと立ちあがりかけたものの、勾欄《こうらん》に手をかけた姿勢で固まってしまった。女が顔を上げたからである。

空に月は出ていなかったにもかかわらず、女の顔ははっきりと見えた。切れ長の目も、薄赤い唇も、愛らしく細い顎の線も。

女はゆっくりとこちらへ歩いてくる。彼女に踏まれて、庭の雑草が左右に倒れていく。足音もする。夢でも幻でもない証拠だ。

それでも、済は自分は夢を見ているのではないかと疑った。彼の生涯において、これほど美しい女にはめぐりあったことがなかったからだ。

ましてや、その女が哀《かな》しげな表情を浮かべ、自分をじっとみつめつつ近づいてくるなどと――自慢ではないが女のほうから積極的に出られたことは一度もない。その点は要領のいい自分の兄とは全然違っていた。

女は勾欄のすぐ下まで来て、簀子縁にいる済に熱い視線を注ぐ。間近で見ると女の美貌はますます際だち、どうしてこんな女がこんな夜遅くにひとりでこんな場所に、という当たり前の疑問さえ頭に浮かんでこなくなる。

清純でいて、蠱惑《こわく》的。いままで夢に見たこともないような、美しく不思議な女――

女ははにかむようにうっすらと微笑み、おそるおそる両手をのばしてきた。袖から覗いた腕の白さがまぶしい。だからこそ余計に、左腕の外側に走る傷跡が目立った。

「怪我を……？」

かわいそうに。この女は傷の手当てをしてもらいたくてここへ来たのか。それほど深い傷には見えないし、もう治りかけているようだが。

済はそう思ったが、女の腕がするりと身にからみついてきたために問いかけることもできなくなってしまった。

引き寄せられるままに済は勾欄から身を乗り出す。女は背のびをして、済の身体を胸に抱きこもうとする。

いったい、これは何事なのか。この女は何者で、何を企《たくら》んでこんな無骨なおれを……。

済は混乱してしまい、女の抱擁を拒めない。否、それどころか目を閉じて、自分も女を抱きしめようと両手をのばす。

目をあけていれば、彼は見ただろう。女が表情を変えたのを。

赤い唇の両端がきゅっと吊《つ》りあがる。そこから覗いた歯はどれも小さいながら鋭く尖《とが》っている。

次の瞬間、女は済の喉にその鋭い歯を突き立てた。

済が驚きの声をあげる間もなく、女は抱擁を解き、身を離す。血で濡れた唇を袖で覆って。

息を荒らげた済が女を捕まえようとしても、もう遅かった。前にのばした彼の両腕は何もつかめず、上体もぐらりと前に傾いで簀子縁から転がり落ちる。

雑草の上に仰向《あおむ》けに倒れた彼の喉からは、鮮血があふれ続けている。喉の肉を食いちぎられたのだ、悲鳴もあげられない。両手はぶるぶる震えてしまって、ほんの少ししか上がらない。

その震えもやがて止まる。彼の腕はばったりと両脇に下がる。瞳孔は急速に広がっていく。

夜空も、庭の秋草も、くすくすと笑いながら駆け去っていく女の姿さえ、彼はもう見ることができなかった。

第三章　菊花《きっか》の宴

蔵人所《くろうどどころ》は今日もひとの出入りが多く、みないそがしく働いていた。

夏樹も書類の写しを頼まれて文机《ふづくえ》に向かっていたが、いつの間にか、その手が止まっている。久継《ひさつぐ》のことを考えているのではない。一条のことだ。

初めて実感した彼の家族の存在。一条の親兄弟と直接つきあっているわけではないから、関係ないと言われればその通りだが、やはり気にはなる。なまじ情報をほんのひとかけらしか与えられなかったものだから、なおさらだ。

だが、一条のあの様子では、問い質《ただ》したところで絶対に教えてくれないだろう。

（あおえが何か知っている可能性は――）

能天気な馬づらを思い起こし、夏樹は小さく首を左右に振った。

（ないな）

一条の家族の事情に詳しい者がいるとしたら、やはり賀茂《かも》の権博士《ごんのはかせ》以外にいまい。

邸《やしき》の門前で出会ったとき、権博士のほうから一条のところへいっしょに行こうと誘ってきた。夏樹に対し、一条の家族の件を秘密にするつもりはなかったとみなしていいだろう。

(だったら訊《き》けば教えてくれるかもしれない。今夜にでも、権博士どののところへ行ってみようか……)

考えこむ夏樹の肩を、誰かがいきなり後ろからつついた。まったく無防備でいたために、清書していた紙の上に墨がぽとりと落ちてしまう。

「うわっ!」

肩を触られたことより墨が落ちたことのほうが衝撃で、夏樹は悲鳴をあげた。いったいこんなことをしたのは誰だと非難のまなざしで振り返ると、そこにいたのは頭《とう》の中将だった。

「と……頭の中将さま?」

周囲の目を考えてなんとか声を小さくすることには成功したが、恨みがましい表情までは隠せない。頭の中将も書類の上の大きな墨滴を見て、決まり悪そうな顔をする。

「邪魔をしてしまったな」

「あ、いえ、すぐに書き直しますから」

つい言い繕ってしまうのは、部下の哀《かな》しい性《さが》だ。

「そうか? だが、手伝ってほしいことがあるのだが、ちょっと来てはくれないか?」

と言われれば、うなずかざるを得ない。

「あ、はい……」

なんだろうと不安になりつつ、夏樹は頭の中将のあとについて文机から離れる。連れて行かれたのは蔵人所の外だった。

だいぶ蕾《つぼみ》が膨らんできた菊の植込みの前で立ち止まり、頭の中将は世間話でもするように切り出した。

「おととい、栗栖野《くるすの》の山荘へ行ったんだってね？」

「はい。為明《ためあきら》さまに誘われて、行遠《ゆきとお》さまと」

「その山荘を出たのはいつごろかな？」

何かあったんだろうかと夏樹は心配になってきた。そういえば、為明も行遠も昨日に続いて今日も参内《さんだい》していない。休みを一日追加したのだろうと、いままで気にもしていなかったが、もしかして何かあったのかも――

「ぼく……わたくしが山荘を出ましたのは陽《ひ》が暮れてからですが」

「その山荘で警固の武士が殺されたそうだ」

えっと声をあげたきり、夏樹は絶句してしまった。その間に頭の中将が、源　済《みなもとのわたる》という名の武士が喉の肉を噛《か》みちぎられ、庭で死んでいるのが発見されたのだと説明してくれた。

その名前には夏樹もおぼえがあった。栗栖野での狩りに同行していた男だ。

「それで……山荘内で人死にが出たので、おふたりは参内できなくなってしまったのですね」

この時代、死は穢《けが》れであると根強く考えられており、身近な者が亡くなると一定期間、身を慎まなければならなかった。

当然、御所への参内もできない。行遠たちが今日参内してこない理由は、同じ邸内でひとが死んだからだったのだ。

「武士が殺されたのは、みなが寝静まってから以降に間違いないとのことだから、それ以前に山荘を出ているなら、新蔵人《しんくろうど》は関係あるまい」

「確かにそうなりますが……」

穢れに触れずに済んだ安堵《あんど》より、ほんの数日前、短い時間でもいっしょに野山を駆けまわった人間が死んだという驚きのほうが大きかった。

「喉の肉を噛みちぎられたとは、いったい……」

「さあ、何者に殺されたのか——ひとなのか、獣なのか、それもよくわからないそうだ。なにしろ、朝がた、家人《けにん》がみつけたときにはもう息絶えていたというし」

「それまで誰も気づかなかったのですね？　誰かが侵入したり、争った気配もなく？」

「詳しくは聞いていないので、まだなんとも言えないがな」

済という名の男は武士らしく身体《からだ》つきもがっしりしていたし、なまじの相手に簡単に殺されるような男には見えなかった。声をたてる暇もなかったというのなら、寝入っていたところを襲われたか、よほど油断していたに違いない。

（ぼくが退出したあとも宴《うたげ》は続いていたはずだから、酒をかなり飲んでいたのかもしれない。それで、背後からこっそり忍び寄られても気づかずにいたとか。あるいは顔見知りに殺されたとか。それにしても――）

喉を嚙みちぎられたとは尋常ではない。

眉間に皺《しわ》を寄せて考えこんでいた夏樹は、頭の中将に名を呼ばれていることにも気がついていなかった。

「新蔵人？」

何度目かでやっと上司の言葉が耳に入り、夏樹はハッとわれに返った。

「あ……申し訳ありません！」

うわの空でろくに返事もしていなかったことに恐縮し、夏樹は膝に額がつきそうなほど深く頭を下げた。頭の中将は苦笑いしただけで咎《とが》めだてはしない。

「責めてはいないよ。こんな話を聞かされては、気持ちも重くなるだろうし。こうして外に出たついでだ、いとこの女房どののもとへ行ってはどうかな？」

「いえ、どうかお気遣いなく」

「そうして遠慮しすぎるのは、新蔵人の悪い癖だ」

叱るように口調がほんの少し厳しくなるが、頭の中将の目は穏やかで優しい。まるで父親と話しているようだなどと思っては、まだ年若い上司に失礼だろうか。

「元気な相手と話していると、自分も元気になるよ。から元気だとわかっていてもね」

「けれど、こう何度もご厚意に甘えてしまいますのも……」

「あせらなくていいとも、心に負った大きな傷はすぐには癒えないのだから。よくなった、もう大丈夫と思っていても、ほんの少しのことでまた落ちこんだりもする。いつまでもふっきれずにいる自分が情けなくて、ほとほと厭《いや》になるかもしれないが、そんな揺り戻しを何度も何度もくり返しながら、徐々に癒していくものだとわたしは思うよ」

それは頭の中将の実感から出た言葉なのだろう。夏樹が浮かぬ顔で仕事をしているさまを傍《はた》から見ていて、ついつい言いたくなったに違いない。

「いえ、今日、ぼうっとしていたのは……」

まさか、新たな悩みごとができてとは打ち明けられず、夏樹は複雑な表情になって口ごもった。そんな彼の肩を、元気づけるように頭の中将が軽く叩《たた》く。

「いとこどのや、あの陰陽 生《おんみようしよう》のようないい相談相手がいるのだから、彼らとゆっくり話をしておいで」

本当に、こう何度も頭の中将の厚意に甘えていいものだろうか？　夏樹は上目遣いに上司の顔をうかがったが、口をついて出た言葉は「はい」だった。そう言った手前、行かなくてはなるまい。

「この恩義は一生懸命、公務をつとめることで果たします。主上《おかみ》の夜歩きのお供も厭《いと》わずにやりましょう」

頭の中将は笑った。

「ぜひとも頼むよ」

ぎこちなく一礼して歩き出した夏樹の背に、頭の中将がまた声をかけた。

「きみたちは、わたしたちのようにはならないように」

夏樹はぎょっとして振り返った。一瞬、頭の中将の声にだぶって、別の男が同じ台詞《せりふ》を口にしたように聞こえたからだ。

だが、それは夏樹の錯覚だった。そこにいるのは頭の中将だけ。少し寂しげに微笑《ほほえ》んでいる。上司はそれ以上は何も言わずに、蔵人所へと戻っていく。夏樹も黙ってその姿を見送った。

きみたち――それはたぶん、自分と一条のことを指しているに違いない。

わたしたち――それはきっと、頭の中将自身と……。

(久継どの……)

一瞬、聞いたように思った、あの深みのある声の主。夏樹は、頭の中将の後ろ姿に彼の影を重ねずにはいられなかった。

気をとり直して弘徽殿《こきでん》に向かいかけ、夏樹は途中で足を止めた。

確かに深雪《みゆき》と話をすれば、ある程度、気は晴れるだろう。むこうはいつものあの調子でぽんぽん言いたいことを言って、檜扇《ひおうぎ》でこちらの頭を連打してくれるに違いない。お約束のその行為に自分は日常を感じ、怒りながらもどこかで安堵するのだろう。嵐は過ぎ去った。この程度なら、かわいいものだと。

とはいえ、いまいちばん気にかかる一条の親の件まで、深雪に打ち明けるのには抵抗があった。

この件に関して夏樹が知り得たのは、一条の生国《しょうこく》が摂津国《せっつのくに》であることと、父親が病気らしいことだけ。こんな中途半端な状態で深雪の好奇心をいたずらにあおってしまっては、あとでまずい事態になりはしまいか。

だとすれば、このもやもやした気持ちを解決するためには、賀茂の権博士にいろいろ訊いたほうがよくはないか。以前、話したあの感じからすれば、権博士が質問に答えてくれる可能性は大だ。

ならばと行き先を弘徽殿から陰陽寮《おんみょうりょう》へと変更し、夏樹は歩調を速めた。

陰陽寮は宮仕えする陰陽師《おんみょうじ》の部署。陰陽師というと神秘的な印象が強いが、彼らは暦を作製したり、天文に異変はないかと観察する技術官でもある。どちらにしろ、特殊な技能の持ち主であることは変わりない。

いざ陰陽寮の前まで行ったはいいものの、夏樹は中に入るのをためらっていた。こんな私的な用事で職場へ押しかけていいものかと、いまさらながら考えこんでしまったのだ。

それに、ここは一条の職場でもある。もし、中で彼とばったり出くわしたら？　勘のいい一条のことだ、夏樹の目的をすぐ見抜くに違いない。そして、「訊きたいことがあるなら、おれに直接、訊け」とでも言ってヘソを曲げかねない。

（あとで権博士どのの邸に直接行くのが無難だろうけど、それもな……）

決心がつきかねてうろうろしていると、通りかかった年老いた舎人《とねり》が、おやっといった顔をして夏樹を振り返った。

「何かご用ですか？　一条さまでしたら、今日はいらっしゃいませんけども」

「えっ？　あ、いや、一条に用があるわけじゃないんだけど、どうしてそれを……」

そういえば、ずっと前に陰陽寮を訪ねた際、案内をしてもらった舎人だと、夏樹もやっと思い出した。

「賀茂の権博士どのは？」

「ええ、いらっしゃいますよ」

それは好都合だ。

「もしおいそがしくなければ、一条ではなく権博士どのにお逢《あ》いしたいのだけど」

「うかがってまいりましょう」

老舎人はいったん陰陽寮の中へひっこみ、またすぐに戻ってきた。

「いまちょうど手があいていらっしゃるそうです」

「よかった」

夏樹は心底ホッとして胸を撫《な》で下ろした。が、頭の片隅では、賀茂の権博士ならこの訪問を事前に察知していたかもしれないとちらりと思った。

なにしろ、相手は若いながらも都で評判の陰陽師。賀茂氏は由緒正しい陰陽師の家柄で、奈良時代の伝説的超能力者・役小角《えんのおづの》も賀茂の出と伝えられているくらいだ。夏樹の行動など、すべてお見通しであっても不思議ではない。

改めてそんなことを考え緊張もしたが、奥の部屋で権博士本人に対面すると、肩の力もすっと抜けていった。本人の見た目が全然それらしくないのだ。

物腰は柔らかく、容姿も品よく整っている。胡散《うさん》くささなど微塵《みじん》もない。垂纓《すいえい》の冠と袍《ほう》をまとって端座している姿は、文人貴族の見本のよう。が、彼が当代一の陰陽師であることに間違いはない。

「どうかしましたか？」

賀茂の権博士にやんわりとした口調で問われて、夏樹はわれに返った。

「すみません。いきなり押しかけてきたのに、ぶしつけにじろじろと見て……」

「いえいえ。いつ、いらっしゃるかなと待ちかねていたんですよ」

「やっぱり」

夏樹が円座《わろうだ》にすわると権博士はさっそく、

「一条のことでしょう？」

と切り出した。夏樹は大きく首を縦に振る。

「やはり気になりますか」

「それはもう、気になりますよ。目の前であんな文《ふみ》を読まれては」

「一条は自分のことを何かお話ししましたか？」

「それが全然。ちょっと訊こうとしただけで『干渉するな』と」

「新蔵人さまはいままで一条の出自などをお気にかけたことは？」

「実はあまり……。彼との間で話題に出たことはなかったですし、特に考えたこともありませんでした。なんとなく、親兄弟はいないんじゃないかと勝手に思いこんでいたきらいはあります」

賀茂の権博士は口もとに紙扇をあてて、くすっと笑った。

「あなたらしい」

どこがどう、らしいのか。よくわからないまま、夏樹は額の生え際を照れ隠しに掻《か》いた。

「けして無関心だったとか、そういうことではないのですよ。だと思います。ぼくはただ……」

ただ、どう思っていたのか。その先が続けられずに夏樹が困っていると、権博士は穏やかな表情を浮かべて浅くうなずいた。

「ええ。わかっていますよ。あの一条に本当によくしていただいて、わたしも感謝しているのですから」

安心したついでに、夏樹は一歩、踏みこんでみる。

「でしたら、あの……差《さ》し支《つか》えなければ、一条に届いた文の内容を詳しく教えていただけませんか」

「たいしたことは書かれていませんでしたよ。ええっと、確か……」

権博士は記憶の底をさらうように目を閉じて黙りこんだ。その沈黙がいささか長い。もしかして、こちらのことを忘れてしまったのではないかと夏樹が心配していると、ようやく彼はまぶたを上げた。

「――この夏から父親が体調をくずしていて、あまりよろしくない様子なので一度帰ってくるようにと、まあ、そういった内容でしたかね。なにしろ、さらりと一読しただけですから、細かいことはあまりおぼえていないのですよ」

「はあ」

たったそれだけのことにそんなに長く考えこまなくても、と夏樹は思ったが、賢明にもそれは言わずにおいた。

「そういう文が届いたら、とりあえず実家に戻るでしょうに……。あまり親子の仲はよくないのでしょうか……。あ、すみません、立ち入ったことを」

あわてる夏樹に、権博士は肩をすくめ、

「どうでしょう。一条は、わたしの父が摂津国の阿倍野《あべの》という地から連れてきたのですが、故郷でのことは本人もほとんど口にしませんので、わかりかねますが」

「権博士どのにも話さないのですか」

「ええ。わたしは父から少しは聞きましたけれどね。それにしたところで詳しくはないのですよ。一条の母親はもう死んでいることと、父親は阿倍野にいるが文などほとんどよこさないこと――今回が初めてかもしれませんね」

「今回が初めて」

「わたしのおぼえている限り、ということですけど」

権博士には悪いが、忘れっぽい彼が言うのなら、ちょっとあてにならないなと夏樹は思った。

「一条がうちに来たきっかけは、わたしの父が幼いながら陰陽師として素質のありそうな者がいると人づてに聞いたことからですよ。半信半疑で本人に会ってみて、なるほどこれならば、まずは手もとで小舎人童《こどねりわらわ》として使ってみて、本当に素質ありと判断できたなら、陰陽道の修行をさせてみてもいいかもと思ったそうです。むこうの親も田舎《いなか》で奇異の目で見られて育つよりは都に行ったほうがよかろうと、即、承諾したらしく」

「奇異の目？」

「あの通りの容姿ですからね。あちらではさぞ目立ったでしょう」

なるほどと夏樹も納得した。

都でも彼の美貌は群を抜いている。阿倍野という地がどんなところか夏樹は知らないが、目の肥えた宮中の女房たちをも心騒がせるほどの一条が、幼いとはいえ目立たぬはずがあるまい。

そのうえ、あの性格だ。それとも、子供時代にいろいろあって、あの性格になったのか。

「うちに来たとき、あれは十か十一ぐらいでしたか。髪は束ねただけ、水干《すいかん》も阿倍野からの道中、雨に降られたとかで汚れ放題になっていて。初めて会う相手に警戒していたのか、わたしに向ける目は獣のように鋭かったですね。なのにまあ、それだけ汚れていても驚くほど美しい童だったのですよ」

「でしょうねえ」

夏樹も十歳ぐらいの一条を想像してみた。たぶん、その年齢にはそぐわぬほど美麗で、同時に扱いづらい子供だったのであろう。

親もとから離されて、まわり中、知らない人間ばかりで、どんな気持ちでいたろうか。夏樹自身、一年半ほど前、周防国《すおうのくに》から都へ出てきたときは不安でたまらなかった。乳母《めのと》の桂《かつら》はいっしょだったし、京には深雪という血縁がいたのにだ。

「実際、彼は幼くして鬼神《きしん》の姿を目撃するなど、才能ありの証《あか》しを幾度も示しました。あとはあなたもご存じでしょう。陰陽師となるべく学び続け、一年半前に賀茂の家を出て、正親町《おおぎまち》の邸に移り――」

「そこへ初めて、故郷から便りが届いたんですよね……」

それも問題だ。一条が親になんの期待もしていないばかりでなく、親のほうも子に関心がないということになる。

(いや、そんなふうに決めつけちゃいけない。いろいろと込みいった事情があるかもしれないんだし……)

その込みいった事情までは、権博士も知らないという。知っている可能性の高い権博士の父親は、現在、都ではなく播磨国《はりまのくに》に赴任している。夏樹にはそこまで行って話を聞いてくるようなゆとりはない。

もどかしさが募り、夏樹は額に手を当てて低くうめいた。

「どうして彼が故郷に帰らないのか……。きっと、親子仲があまりよくないということなんでしょうけれど、でも、もしかしたら二度と逢えなくなるような重い病かもしれないし、過去はどうあれ、やはり帰るべきだとぼくは思うんです」

言葉を選んでゆっくりとそう言い、夏樹は権博士の顔をうかがった。一条の師匠は軽くうなずき返してくれた。

「わたしもそう思いますよ。結果はどうあれ、何もしないよりは何かやったほうがいい」

前向きな発言だが、その口調は妙に素っ気ない。夏樹は違和感をいだいて権博士の整った顔を凝視した。その視線に応えるように、権博士は唇の両端をほんの少し上げた。形ばかりの笑みだった。

「いろんな家がありますから。他人がそこに介入していくことは容易ではありませんよ。そもそも、子のことを悪く言っていいのは親だけ、親のことを悪く言っていいのも子だけだと、わたしは勝手に思っておりますので」

「悪くって……」

「少し極端でしたかね。ともかく、わたしは新蔵人さまに、一条に家に戻って病気の父親に逢うよう説得してほしいとは望んでおりません。でも、もし新蔵人さまさえよろしければ、あなたのご負担にならない程度で彼の支えになってやってくださいませんか？」

突き放したかと思いきや、一転して情のあるところも示す。夏樹は困惑しつつも、返事をためらわなかった。

「それはもう、頼まれずとも最初からそのつもりでした。一条がぼくを必要としてくれるなら、いくらでも」

「助かります。それから……」

言うべきかどうか。権博士はそんな迷いをうかがわせた。夏樹は黙って、じっと待った。

「これはわたしの気のまわしすぎかもしれませんが」

権博士はそう前置きした。だが、こうして話し出したからには、ただの気のせいではないと彼も思っているのだろう。

「なにかしら感じるのですよ。近くに何か――いるような」

「何かとは？」

「それがわかれば苦労はないのですが。陰陽師としての勘が不穏な気配を訴えてくるとでも申しましょうか。ですから、何かがいるという表現は当たっていないかもしれませんね。近いうちに何かが起きそうな予感がする、もしかしてもう始まっているのかも

——そんな感覚ですか」

権博士は自嘲気味にほんのわずか、顔を歪《ゆが》めた。

「こんな曖昧なことばかり申しあげては、陰陽師のくせにと笑われてしまいそうですね」

「いえ、そんなことは」

「宮中など魑魅魍魎《ちみもうりょう》の巣窟ですから、不穏な気配などどこにでも漂っていますしね。生き死ににかかわらず、みな、物の怪《もののけ》のようなもの。政敵を蹴落とすための呪詛《じゅそ》などしょっちゅうで。そういう意味では、使い古された文句ですが、いちばん怖いのは生きている人間なのでしょう。ただ……わたしが気がかりなのは、摂津国からの文がいまこのときに届いたこと……」

権博士の声は次第に小さく、低くなっていった。

「これは偶然か、必然か」

「えっ？」

聞き取れなかった台詞を確認したくて夏樹は問いかけたが、権博士は首を横に振った。

「いえ、なんでもありませんよ」

何がなんでもないのか、不安に駆られて夏樹は食いさがったが、権博士はとうとう教えてはくれなかった。

陰陽寮を出て蔵人所へ戻りながら、夏樹は賀茂の権博士の言葉を頭の中で反芻《はんすう》していた。

漠然とした不安は権博士と話す前より大きくなった気がする。もしかすると、相手のかかえている分の不安まで伝染してしまったのかもしれない。

(陰陽師も大変だ……。けして万能ってわけでもないのに、勘は並みより何倍も鋭いから、しょいこむ気苦労も本当に多いんだろうな)

星の動きから未来を読み解いていけば、揉《も》めごとに巻きこまれることもあるまいと思ってしまうが、現実はそう簡単にはいくまい。陰陽師とて悩みもするだろうし、実の親とうまくいかないことも当然あるはずだ。

(何かまた理由をつけて、一条のところに顔を出すようにしよう。ぼくのほうからしつこく訊くと厭がられるかもだけど……)

夏樹の母親も彼が幼いときに亡くなっている。まずは自分の話から始めていって、さり気なく誘導すれば、一条も自身の家族のことを打ち明けやすくなるのではあるまいか。

(そのときは——なんて言ってあげたらいいのかな?)

あれこれ思案しつつ歩いていると、夏樹は被衣《かつぎ》姿のひとりの女房とすれ違った。

視界の隅を女郎花《おみなえし》の袿《うちき》がかすめていく。夏樹は軽く頭を下げて、通り過ぎようとした。が、相手は小さく声をあげる。

「あっ」

その声に反応して夏樹は足を止め、振り返った。

女郎花の袿を頭からかぶった若い女――初めて見る顔だ。

切れ長の目が妙になまめかしい。なのに、蠱惑《こわく》的な赤い唇が形作っているのは女童《めのわらわ》のようにあけすけな笑みだ。本当に嬉《うれ》しそうに夏樹をみつめている。

どこかで逢ったたろうか。思い出そうとしても、心当たりさえ浮かばない。そもそも、深雪以外の女房と気軽に会話を交わせるほど器用ではないのだ。

「あの……？」

怒らせるかもと心配しながら夏樹は訊いてみた。

「以前にお逢いしたことでも……？」

女は広袖で顔を半分隠して上目遣いに夏樹をみつめた。彼女の切れ長の目の魅力がいっそう増す。どうしたら魅力的に映るか相手は計算してやっているに違いないのに、夏樹にはそれがわからず、真っ赤になって口ごもってしまった。

「あのう……」

「おぼえていらっしゃらないのね？」

揄《す》ねるように言われて、夏樹はなおさらあわてた。

「申し訳ありません。でも、あの、いったいどこで……」

質問は、彼女のほうからの問いに掻き消されてしまった。

「お名前はなんとおっしゃるの？」

夏樹もまた正直に答える。

「夏樹……大江夏樹です。六位の蔵人を務めています」

「まあ、蔵人」

女は驚いたように両手を合わせた。

「素晴らしいわ。主上のおそばに仕えていらっしゃるのね」

「ええ、まあ、その」

「わたくしはね――」

大事な大事な秘密を打ち明けるように、彼女は小声でささやいた。

「月姫《つきひめ》というの」

ふふふと赤い唇が笑う。

「今度、承香殿《しょうきょうでん》の女御《にょうご》さまのもとへ妹たちともども召し抱えられることになりましたのよ」

「そうなんですか……」

以前にどこかで彼女に逢ったのか。それとも、そんなふりをしているだけなのか。どちらとも判断がつきかねて、夏樹は曖昧な受け答えしかできない。彼の弱り果てた様子を、月姫と名乗った女は楽しげに観察している。

「またゆっくりお話ししましょうね」

そう告げると、彼女はすっと夏樹から離れていった。呼び止める間もありはしない。

「なんだか、変な……」

もともと女心に疎い夏樹には、それ以上、言いようがなかった。


夏樹と別れた月姫は、まっすぐに承香殿へと走っていった。

承香殿の南面《みなみおもて》の簀子縁《すのこえん》から廂《ひさし》の間《ま》へと駆けあがる。そこでは同じ年頃の女房がふたり、寝そべって絵巻物に見入っていた。

月姫が入っていくと、彼女たちは同時に顔を上げた。そっくりな顔——月姫を含めて、彼女たちは姉妹だった。

「どこへ行っていたの、月姫」

「ねえ、月姫」

「御所の中を見て廻《まわ》っていただけよ」

夏樹に語りかけていた声よりも、ずっと幼い調子で月姫は応える。

「母さまに叱られてしまうわよ」

「せめて夜まで待ちなさいな」

「待てない待てないわ」

三人の娘たちはよく似た愛らしい声で、不思議な節まわしをつけて語らう。まるで芝居の一場面のように。

「ずるい、月姫は」

「この間もひとりで遊んで」

「あら、あれは」

にいっと月姫の朱唇《しゆしん》が吊《つ》りあがった。

「わたしの獲物だもの」

「ずるいずるい」

「月姫はずるい」

「次は絶対、わたしたちもいっしょよ」

「抜け駆けはなしよ」

恨みがましい響きも、笑い声になかばまぎれてしまっている。小さな童たちが戯れているようでもあるが、実際にそこにいるのは二十歳《はたち》ほどの美しい娘たちだ。

もしも誰かがその光景を見たなら、華やかで魅惑的な三姉妹だと感嘆しただろうか。それとも奇妙に思って落ち着かなくなったろうか。実際に彼女たちに向けられた声は、そのどちらも感じさせない平静なものだった。

「娘たち」

たちまち、三姉妹の動きが止まった。彼女たちは身を寄せ合って固まり、同時に振り返る。

いつの間に、近づいたのか。まったく気配を感じさせずに三姉妹のそばに現れたのは、彼女らによく似た白髪の尼。白王尼《はくおうに》であった。

「すすきの野中とは違いますよ。もう少し慎みなさい」

「はい、母さま」

声をそろえて三姉妹が言う。そうやって三人固まっていると、誰が誰やらもう見分けはつかない。が、母親の目はだませるはずもなく、

「月姫、花姫《はなひめ》、雪姫《ゆきひめ》」

と、ひとりひとりの顔を見て、白王尼は娘の名をあげていく。

「はしゃぎたい気持ちはわかりますとも。けれど、あまり表立って騒いではなりません。わたくしたちはここでは新参者。まだ早すぎます。あせらずに――ゆっくりとね」

母親の言葉に娘たちは従順にうなずく。そこへ女房の少納言がやってきて、御簾《みす》越し

に声をかけた。

「白王尼さま、こちらにおいででしたのね」

気位の高い宮廷女房が深く頭を下げる。まるで、この尼に心酔しきっているかのようだ。

「女御さまがお話し相手になっていただきたいと」

「すぐに参ります」

白王尼は少納言にそう告げると、いま一度、娘たちを振り返った。

「明日は重陽《ちょうよう》ですからね、この承香殿で菊花《きっか》の宴を開くことになりました。主上もおいでになられる大事な宴です。東の庭では菊の着綿《きせわた》を行っていますから、おまえたちも手伝ってきなさい」

「はい」

また三人仲よく声をそろえて返事をすると、彼女らはくすくす笑いながら庭へ走っていった。

菊の着綿とは菊の花に真綿をかぶせ、綿に移った花の露で顔や身体をぬぐう風習のことである。こうすると不老長寿を保てるとされていた。

菊の花に綿を置く作業をしていた他の女房たちは、突然走りこんできた三姉妹に困惑の表情を隠さなかった。どう対応していいのか、本当にわからないのだ。

ある日突然、承香殿にやってきた尼とその娘たち。少納言ばかりか、女御までもが彼女らを特別扱いする。

身分は低くとも教養高く、何より霊験あらたかな尼、との触れこみは女房たちも聞いていた。しかし、尼は若すぎ美しすぎて、その娘たちもどこか奇妙。なんとも形容しがたい異質なものが、自分たちの職場に入りこんできたとの印象はぬぐえない。

三姉妹は女房たちの戸惑いの視線など気にも留めず、菊に因《ちな》んだ和歌を唱えながら花に綿を置いていく。

仙人《やまびと》の折る袖にほふ菊の露
　うちはらふにも千代《ちよ》は経ぬべし

菊の花を手折《たお》った仙人の袖が、菊の露に濡《ぬ》れて薫る。その露を打ち払う少しの間にも、千年が経《た》つのだという——そんな長寿への願いがこめられた歌だ。

その一方で、彼女たちは顔を寄せ合ってこっそりとささやき合っていた。

「こんなことで不老長寿が得られると思っているなんてね」

「人間はおかしなものね」

「おかしくて、かわいいものね」

まるで自分たちは違うとでもいいたげな台詞に続けて、くすくすと笑う。姉妹の会話は聞き逃しても、その含み笑いは聞き取って、承香殿の女房たちはひたすら困惑の表情を浮かべていた。


九月九日、重陽の節。

今宵《こよい》は女御のたっての願いで帝《みかど》が承香殿へ出向き、菊の花を愛《め》でる宴に興じる予定となっていた。

「やはりなぁ、無用な争いはわたしとて招きたくはないし。承香殿もいささか気が強すぎるが、それはそれで、かのひとのかわいらしい点でもあるし」

言い訳がましくしゃべりながら、帝は女官たちに自らの着替えをさせていた。聞かせている相手は頭の中将と夏樹である。

このところ、弘徽殿の女御ばかりを偏愛している自覚が帝にもあったらしい。そこへ承香殿の女御から、

「九日の夜には、ぜひともこちらへいらしてくださいませ。今年の菊はまた格別に美しゅうございますから」

と甘えられ、ならばと出向く気になったらしい。

長年の宮仕えの賜物《たまもの》か、頭の中将はすました顔で帝の言葉に耳を傾けている。

「べつに、よろしいのではないでしょうか。弘徽殿の女御さまも承香殿の女御さまも、等しく主上をお慕いなさっていらっしゃるのですし。むしろ、おひとりのかたにお心を傾けすぎましては後宮《こうきゅう》が乱れ、ひいては国の乱れにも通じかねません」

「うむ……」

帝は苦悩の縦皺を眉間に深く刻み、うめくようにつぶやいた。

「帝とはなんとつらく不自由なものなのか。意に反し、多くの女人を苦しめてしまう罪深いこの身の上……」

ふざけているのではなく、これが帝の本音なのだ。夏樹は頭の中将のようにうまく苦笑を隠せず、下を向き、ため息を呑《の》みこんだ。

その間に帝の着替えは終了。表情もきりりと引き締まり、若いながらも帝王然とした風格が漂う。

こうしてみると、後宮の女たちが帝の寵愛《ちょうあい》を得ようとしのぎを削るのも無理ないことと夏樹も思ってしまう。そんな思いを彼の視線から察知したのか、帝もしごく満足げだ。

「では、参ろうか」

頭の中将に夏樹を含めた蔵人たち。帝づきの女官をひきつれて、帝は承香殿へと渡っていった。
宴の場は承香殿の東庭に設けられていた。
無数の釣灯籠《つりどうろう》、赤々と燃える篝火《かがりび》に照らされて、白菊の花々は気品高く咲き誇ってい
る。そこへさらに華を添えているのが、着飾った承香殿の女房たちだ。
彼女たちは紅葉《もみじ》、朽葉《くちば》、女郎花、萩《はぎ》など、秋の草花にちなんだ装束を身にまとってい
た。重なり合った赤の濃き薄き、褐色に近い朽葉色、黄色、蘇芳《すおう》と彩りはさまざまだ。
そして、帝を迎えた承香殿の女御は白に紫を重ねた典雅な菊の襲《かさね》に身を包んでいた。
女御は伏せていた顔をゆっくりと上げて帝に微笑みかけた。その瞬間――帝がたじろ
いだのが、夏樹にもわかった。
承香殿の女御は華やかな美女。その彼女が存分に装いを凝らしたなら、その美貌が際
だつのは当然と言えば当然。
しかも、彼女が入内《じゅだい》してから、すでに数年が経っている。帝もとうに見慣れているは
ずなのに、その彼が今宵の女御を目にした途端、息を吞んだ。
夏樹も好奇心に衝《つ》き動かされて女御の顔を盗み見た直後、帝と同じようにたじろいで
しまった。呼吸も礼儀も忘れて、承香殿の女御を凝視したのだ。
彼女は輝かんばかりに美しかった。衣装や化粧のせいとは思えないくらい、格段に。
女御の微笑みが深まる。勝利を確信した笑みだ。

「あたかも重陽のこの日に合わせたかのように、庭の菊が満開となりました。主上にも楽しんでいただければ、この上なき喜びでございます」

声にも、ひとを惹《ひ》きつけずにおれない魅力がある。確かに承香殿の女御は充分すぎるほど容姿端麗な女性だが、……今宵の彼女はどこかが違っていた。まるで魔法の力が働いているかのように。

宴は始まり、菊の花を浮かべた菊花酒《きっかしゅ》が供された。飲めば『万病去って長命を得る』とされる菊花酒。帝は上機嫌で盃《さかずき》を重ねていく。

招かれた殿上人《てんじょうびと》による管絃《かんげん》の演奏が始まった。和琴《わごん》に琵琶《びわ》、笛の雅《みやび》な音色が場の雰囲気をさらに盛りあげていく。

夏樹のところにも盃は運ばれてきた。彼は酒を飲まないたちだが断るわけにもいかず、形ばかり盃に唇をつけてごまかす。それでも、だんだんに酔いはまわってきた。

酒にではなく宴に、承香殿のきらびやかさに、女御の美しさに酔ってしまったのかもしれない。それにしても、不思議な感覚だった。

(なんなのだろう――)

夏樹は脈の速くなったこめかみに指をあて、目を伏せた。楽《がく》の音《ね》が、ひとびとの笑いさざめく声が、実際よりも遠くから聞こえる。

(何かが――おかしいような気がするのは、どうしてだろう――)

目をあければ、酔いに頬を赤く染めた殿上人が笑っている。着飾った女房が笑みを振りまきつつ、いそがしく行き来している。愛らしい童が、間違えてはいけないと緊張した面持ちで漢詩を吟じている。

きらびやかな宮中の宴。自分には場違いだなと夏樹は思わざるを得ない。

（この雰囲気に呑まれてしまったのかもな……）

まして、深雪のいる行き慣れた弘徽殿ならともかく、ここは承香殿だ。承香殿の女御が裏にまわって何をしているかも、少しは知っている。ここで心ゆくまでくつろげるかというと、そうはいかない。

ふっと夏樹の上体が揺らいだ。気が張っているせいか、平衡感覚がおかしくなっているようだ。このままだと思わぬ醜態をさらしかねない。

頭の中将を見ると、むこうも心配そうな顔をしてこちらの様子をうかがっていた。恥ずかしさをこらえて目で訴えると、上司は微《かす》かにうなずいてくれた。退出してよいと許してくれたのだ。夏樹はホッとして、他の者に気づかれぬように席を立った。

にぎやかな東庭から承香殿の北面《きたおもて》へと移る。北の簀子縁にかかった階《きざはし》に腰を下ろして、彼は大きくため息をついた。宴のにぎわいから離れると、だいぶ気分が楽になってきた。してみると、やはり酒でなく華やかな雰囲気そのものに酔っていたらしい。

落ち着いたなら宴に戻るべきだとわかってはいるのだが、気が進まない。あの場に戻りたくない。

（どうして、そう思うのだろう）

自分自身のことなのに不思議に思って、夏樹は首を傾《かし》げた。

理由はいろいろとあげられる。承香殿側とはあまり親しくないからとか、華やかな席は苦手だからとか。しかし、先ほどまでの違和感はそのどれにもあてはまらないような気がした。

どうにも説明がつかない、感覚的なもの――

しかし、そういう曖昧な理由で職務を放棄するのも具合が悪かった。上司の頭の中将とて体調は万全とは言い難いのだ。今日も青い顔をしていた。宴の場ではあまり酒を飲んではいないようだったが、自宅ではつらさを忘れるために毎夜飲んでいるのかもしれないのだ。上司が無理をしているのに、自分だけが楽をするわけにもいかない。幸か不幸か、夏樹はそう考えてしまうたちだった。

あきらめて階から立ちあがった彼の背後で、微かな衣《きぬ》ずれの音が聞こえた。

「まあ……」

振り返ると、簀子縁に立っている女房と眼《め》が合った。

女郎花の女房装束。切れ長の目に無邪気な笑み。陰陽寮からの帰り道にすれ違ったあの女房だ。

「あっ……」

そういえば承香殿に仕えていると言っていたのを思い出す。彼女の名前はどうしても出てこないが。

口ごもる夏樹に女房はくすくすと笑いかけた。

「もしかして、もう月姫をお忘れに？」

「いえ、その」

顔はおぼえていても名前は忘れていたとは言えず、夏樹はあせった。頬は自然と赤くなり、額には汗がにじんでくる。

「どうなさったのかしら、お顔が真っ赤。菊花酒を召しあがりすぎたの？」

「ええ……どうもそのようで」

「嘘《うそ》ばかり。わたし、見ていましたのよ。夏樹さまは盃に口をつけるだけで全然飲んでいなかったでしょう？」

「見て……いたのですか？」

「ええ」

月姫はいたずらっ子のように目を輝かせた。

「御簾の内側からずっと。お声をかけたくても、まわりにあんなにひとがいては何もできなくて、もどかしく、哀しい思いをいたしましたわ」

「ご冗談を……」

「冗談なんかじゃありませんわ。月姫は夏樹さまが大好きなんですもの」

聞き間違えようのないあからさまな告白に、夏樹は言葉を失ってしまった。

普通の貴族なら――こんな場合、優雅に歌など詠《よ》んで「とても本気にはできませんね」とかわしてしまうものなのだろう。女房の側も、そういったしゃれたやりとりを期待しているに違いない。

頭では夏樹もやらねばならぬことを理解している。しかし、自分がそのような状況に置かれることなど予想もしていなかった彼は、完全に固まっていた。歌を詠んでの受け答えなど、そんな芸当は土台無理。ただ黙って、相手の顔をみつめるばかりだ。

「まあ、すごい汗。ご気分がお悪いのね。ここで少し待っていてくださいね」

月姫はそう言うと、裳裾《もすそ》を翻して駆け出していった。この間に逃げ出してしまおうかと夏樹が考えているうちに、彼女はまたすぐ戻ってきた。

その手に握られているのは白い真綿。重陽の朝にとりこんだ菊の着綿に違いない。

「動かないで」

月姫は簀子縁の勾欄《こうらん》から身を乗り出し、その着綿で夏樹の額の汗をぬぐい始めた。

「今朝がた小雨が降りましたでしょう？　おかげで綿がしっとりと濡れて、花の香りもいっぱいに移りましたのよ」

彼女の言う通り、綿は露とともに菊花の香りを充分に含んでいた。その綿で顔をぬぐわれるのは心地よかった。だが、夏樹の汗は止まるどころか、余計に流れ落ちてくる。原因は、袿の袖から伸びた月姫の腕だ。その内側のなんと白いことか。若い娘の甘い香りも間近に漂ってきて、夏樹にはとんでもなく強烈な刺激となる。

「大丈夫？」

月姫は夏樹の動揺に気づき、心配そうに顔を覗《のぞ》きこんできた。お高くとりすました宮中の女房なら、絶対にしないような馴《な》れ馴《な》れしさで。

「大丈夫です……」

顔を背けてそう言うのが夏樹には精いっぱいだった。

「ぼくは、いえ、わたしはもう戻らないと……」

早く逃げ出したくてそう言い訳したのに、月姫はまたとんでもないことを提案してきた。

「そんな、まだお加減が悪そうですわ。いっそ、わたしの局《つぼね》で休んでいってくださいまし」

「えっ!?」

大胆すぎる。さらに月姫は言うだけでなく、仰天する夏樹の袖をぐいとひっぱった。

「ちょっと、ちょっと待ってください！」

さすがにそれはまずいと手を振りはらうと、彼女は傷ついたように哀しげな顔をした。

「月姫がお嫌いですか?」

そんな表情をされると、こちらが悪いような気になってくる。

「嫌いも何も……まだ、たった二回しか逢っていないですし……」

「もっと逢っていますわ。それどころか、わたしは夏樹さまに命を助けられましたわ」

まるで身におぼえのないことを言われて、夏樹は再び言葉を失った。

いったい、いつどこで。

強《こわ》ばってしまった唇を動かしてそう問おうとした。が、それより先に、簀子縁に新たな人物がふたり現れた。ばたばたとにぎやかな足音を響かせて。

「月姫、月姫ったら」

「こんなところで何をしているの?」

明るく尋ねてきたのは若い女房たち。どちらも同じ女郎花の衣装で、同じくらいの年頃だった。

夏樹は軽いめまいをおぼえた。酒はほとんど飲んでいなかったのに、やっぱり自分は酔っていたのかなと一瞬、疑う。

簀子縁に現れた女房は、ふたりとも月姫にそっくりだったのだ。

三人並ぶと誰が誰やら。いや、かろうじて月姫だけはわかる。彼女は他のふたりとは違って迷惑そうに顔をしかめていたからだ。

「花姫、雪姫、あっちへ行っていてちょうだいよ」

「だめよ、抜け駆けしちゃ。月姫の悪い癖ね」

「こんな素敵な殿方と、いったいどんなお話をしていたの？」

月姫の妹たちだろうか。夏樹は彼女たちの勢いに圧倒されて立ち去ることもできない。ぽかんと口をあけて、さえずり交わす娘たちをみつめるばかりだ。

「ねえねえ」

月姫ではない娘ふたりが、興味津々で夏樹に顔を寄せてきた。どうもこの姉妹は、宮仕えの女房にあるべき慎みが欠けているらしい。

「あなたはだあれ？」

「月姫が好きなの？」

娘たちの切れ長の目が釣灯籠の明かりを受けて妖《あや》しく光っている。きれいだけれど、ぞっとするようなところもある。

「ねえ、教えてちょうだい」

「あなたはだあれ？　月姫のこと、好きなのかしら？　ねえ、わたしたちのことは？」

赤い唇が不思議な抑揚をつけて歌っている。ちらちらと覗く小さな白い歯。尖《とが》った舌。まるで食べられてしまいそうだ。

そう感じて夏樹が全身に鳥肌を立てていると——思わぬ形で救い手が現れた。

「娘たち」

と、凛《りん》とした声が響いたのだ。

三人の娘たちは劇的な反応をした。びくりと震えてひとつに固まったのである。

あの声はどこからしたのかと、夏樹はあわてて周囲を見廻した。

答えはすぐに得られた。簀子縁と廂の間とを隔てている御簾のむこうに人影が立っていたのだ。

声はまぎれもなく女性のものだったし、影の形からして男性ではない。しかし、その髪は女房にしては短すぎる。

「娘たちが失礼をいたしました」

御簾のむこうの人物は毅然《きぜん》とした態度で夏樹に語りかけてきた。娘たち、というからには三姉妹の母親なのだろう。どうやら母子《おやこ》そろって承香殿に仕えているらしい。

「宴にすっかり浮かれてしまったようです。どうか許してやってください」

「許すだなんて、そんな……」

助かったと思う反面、夏樹のめまいはまだ続いていた。その理由は彼自身にもわかっていた。

酔いのせいでも、馴れ馴れしい娘たちのせいでもない。御簾のむこうにいる、姉妹の母親らしき女性のせいだ。

距離はある。間に御簾も掛かっている。

なのに、すぐ近くから鋭い目でじっと観察されているような圧迫感がある。

（いったい、これは……）

御簾のむこうの女性も、姉妹たちと同じ切れ長の目をしているのだろうか。どういう素性の者なのか。

相手の正体を知りたいという好奇心。早くこの場を逃げろとささやく理性。あるいは自己防衛の本能がささやいているのか。

両極の感情が夏樹の中でせめぎ合っている。結果、いちばん強いもの――本能が勝った。

「わたしのほうこそ失礼をいたしました。では」

早口で告げると、夏樹は御簾に背を向けて走り出した。背後で月姫が「あっ」と残念そうに声をあげたが、振り返らなかった。

東の庭から聞こえてくる宴のにぎわい。苦手だったはずの場所に、あの奇妙な視線にさらされているよりはましだと思って、夏樹は急いで戻っていった。

去っていく夏樹の後ろ姿を見つめながら、月姫は残念そうに頭を振る。母や妹たちがそばにいなければ、彼のあとを追っていっただろう。じれったげに彼女は地団駄を踏んだ。

「月姫」

娘の気持ちを察したか、御簾のむこうから母親――白王尼が問いかけた。

「あの殿御を愛《いと》しく思うているのですか？」

月姫は御簾を振り返る。何も言わずとも、その目を見れば答えは明らかだった。

母親はほうとため息をついた。

「ひとの心はあてにならぬもの。本気になってはいけませんよ」

たしなめられても納得はいかぬらしく、月姫は顔を伏せた。そんな彼女の肩をつかんで、妹たちが両側から揺さぶる。

「ねえねえ、そんな顔しないで」

「菊花の宴が終わったら、わたしたちの宴に参りましょうよ」

「そうよ、ねえ、こっそりと御所を抜け出して」

「獲物を追いに行きましょう」

「いいでしょう、母さま？」

「もちろんですよ」

御簾のむこうの声が優しくなった。

「おまえたちにはこの御所は窮屈でしょうからね。気晴らしをしていらっしゃい。思う存分にね……」

月姫だけはまだ憂い顔だったが、花姫、雪姫のふたりはニイッと笑い、声をそろえて歌うように言った。

「ありがとうございます、母さま」


源護《みなもとのまもる》は夜中の都大路をひとりで歩いていた。

酒が入っているので、だいぶ足もとがおぼつかなくなっている。今宵は重陽だが、雅に菊花の宴としゃれこんでいたわけではない。もう連日連夜、彼は酒をあおり続けていた。

深酒の理由は、弟が不審な死にかたをしたためだった。

護は弟の済と、警固役として行遠《ゆきとお》の邸にずっと仕えていた。主人が友人を招いて栗栖野《くるすの》で狩りをしたときも、ともに付き従って野の獣を追った。

その弟が栗栖野の山荘で何者かに殺されたのだ。喉を鋭い歯で嚙みちぎられたのが死因だった。

手がかりは何もない。誰もが、これは人間の業《わざ》ではない。獣か、あるいは物の怪の仕業だと口をそろえて言った。だからあきらめろと。

それでは護の気が済まない。しかし、相手がわからなくては仇討《かたきう》ちのしようがない。肉親を失った哀しみ以上に大きなやりきれなさを忘れるために、彼は今夜も通っている女の家で酒を飲んだ。最初は女も同情してくれたが、こうも毎晩続くとうっとうしくなってきたらしい。表情や態度にあからさまにそれが出ていた。

仏頂面で酌をされても嬉しくはない。今夜は女のところへ泊まるつもりでいたが、護はそれをやめて主人の邸へ戻ることにした。

歩きながら、ぶつぶつと独り言が口をついて出る。情の薄い女への文句、まずい酒への文句、あっけなく殺されてしまった弟への文句、何もできないでいる自分への文句。言いながら泣けてくる。こうして酔っぱらって泣いている自分がなおさら情けなくなる。

「済、済、おまえの仇をとってやりたいよ。どうしたら、それができるんだ。おまえは誰に殺されたんだ……」

死者からの返答はない。護は大きく嘆息し、見知らぬ邸の塀にもたれかかって鼻をすすりあげた。

再び歩き出そうとして——彼は自分が来た方角から何かが近づいてくるのに気づいた。

ひとの足音ではない。獣らしき足音。はっ、はっ、と聞こえる息づかい。犬だ、と護は思った。猟犬の扱いにならなら慣れている。しかし、その分、怖さも知っているつもりだ。

飢えた犬に複数で跳びかかってこられたら、自分はかわせるだろうか。これだけ酔っているのに。

そう思った途端、酔いは吹っ飛んだ。代わって、悪寒が全身を貫いた。

暗闇の中から、光る眼が自分をみつめていたからだ。それも足音がした方向ではなく、まるっきり逆の方向から。

「来るな！」

護は光る眼にむかって叫んだ。太刀《たち》を抜いて、力任せに振りまわす。

「あっちへ行け！」

光る眼がすっと闇へ消える。足音も聞こえなくなる。

しかし、例の息づかいは聞こえる。はっ、はっ、と。複数、重なり合って。

相手の姿がはっきり見えないことが、護の恐怖心をいっそうあおっていた。もしかして自分を取り巻いているのは犬ではない生き物なのかと、不吉な想像が脳裏をよぎる。

一度そういう考えに囚《とら》われると、もういけない。護は抜き身の太刀を振りかざし、塀に背中をつけてじりじりと移動した。

「来るな！　来るんじゃないぞ！」

どうしても声が震える。脅しているつもりが全然そうなっていない。

一刻も早くこの場を逃れたくて、とうとう彼は走り出した。

もっと速く、まっすぐ走れるつもりでいたのに、実際は違った。まだ酔いは残っていたのだろうか。脚はもつれるし、頭はずきずきする。それでも、容赦なく足音は追ってくる。

逃げるから追ってくるのかもしれない。踏みとどまって闘うべきかも。

そうは思っても、一度駆け出したが最後、立ち止まる勇気などどこからも湧いてこない。ひたすら逃げることしかできなくなる。むこうがあきらめるまで。あるいは、こちらの体力が尽きるまで。

追われるままに、護は賀茂川《かもがわ》にかかる橋に出た。橋の中央まで行って、彼は初めて立ち止まった。

疲れたからでも、川の瀬音で相手の息づかいや足音が聞こえなくなり、逃れられたのかと安堵したからでもない。

向こう岸の暗闇に光る眼が待っていたからだ。

振り向くと、後ろでも何者かの眼が光っていた。完全にはさまれてしまっている。

「来るな……」

護の声はもはや哀願に近い。しかし、その哀願は聞き届けられず、光る眼は迫ってくる。前方から。後方からも。

「来るな!!」

護は絶叫した。破れかぶれで、どちらかにつっこんでいこうと太刀を振りあげた。

その瞬間。耳もとで誰かが笑った。

くすっと、女の声で。

ぎょっとして動けなくなった護の視界を、女郎花の袿が覆う。何も見えなくなる。はらおうとしてもうまくいかない。

もがいていると、後ろ襟をつかまれ、すさまじい力でひっぱられた。護の身体は橋の欄干を越えて宙に浮いた。

天も地もわからなくなった次の瞬間、彼を受けとめてくれたのは、恐ろしく冷たい川の水だった。

心臓がぎゅっと縮みあがるのが自分でもわかった。思わず口をあけた途端、水を大量に吸いこんでしまった。必死に手足をばたつかせたが、つかまるものは何もなく、身体はどんどん水に沈んでいく。

ごぼごぼと水泡がたつ音にまじって、若い女の忍び笑いが聞こえる。

くすくす、くすくすと。重なり合って聞こえる。ひとりではない、ふたりか三人。

暗い暗い水底《みなそこ》には、栗栖野で殺された弟が立っていた。哀しげな顔をして、喉の傷から大量の血をたらしている。

(かわいそうに)

済は声に出さずに唇だけ動かして、死にゆく兄に語りかけた。

(兄者もおれと同じように、あいつらに捕まってしまったんだなぁ)

不運な兄弟を嘲笑《あざわら》うような忍び笑いが、またどこからか聞こえた。くすくす、と。楽しげに、非情に。

第四章　秘密

今日は御所へ参内《さんだい》する予定のない日だった。夏樹は一日のんびりしようと決め、朝からずっと自分の部屋でごろごろしていた。

最近、何かといそがしかったうえに、休みを先輩たちに譲ってもいたので、いつの間にか疲れがたっぷりたまっていたらしい。いくら寝ても寝足りない、そんな感じだった。怠惰でも彼なりに有意義な時間。それは、突然の来訪者によって打ち破られた。

「いつまで、ごろごろしているのよ！」

言うが早いか、畳の上で横向きに寝転がっていた夏樹の背中を蹴飛ばしたのは深雪《みゆき》だった。完全にふいをつかれた夏樹は畳から転がり落ち、床板でもって顔面を強打する。

「み、深雪！」

抗議の気持ちをこめて、いとこの名前を大声で叫んだ。なのに、深雪はふんと鼻を鳴らし、夏樹が寝転がっていた畳を占領する。

「いやだわねえ。いい若人《わこうど》がこんな真っ昼間から居眠りこいて」

「仕方がないじゃないか。疲れてるんだから」

「仕方がなくなんかないわ。桂《かつら》に聞いたわよ。休みを他人に譲ったりして働きづめなんですってね。何よ、それ。まったく、要領の悪い。そうやって同僚の心証よくしておいたって、出世の期待なんてできないのに」

「そんなんじゃないよ」

むっとして冷たく言い放つと深雪も言い過ぎたと後悔したのか、ほんの少しだけ態度が柔らかくなった。

「とにかく、寝るのも大事だけど、よく食べよく動くのも大事よ。またいろいろ差し入れ持ってきてやったんだから、あとでちゃんと食べてよね」

「それはどうも。で、差し入れって何？」

「栗《くり》。夏樹の好物でしょ」

食べ物に釣られたと思われるのはいやだったが、好物を持ってこられるのは嬉《うれ》しい。

「ありがとう」

「たいしたことじゃないわ」

深雪も口は悪いし行いも乱暴だが、本気でいとこの身を心配しているのだ。……と夏樹が思っていると、

「それより、ありがたく思ってるんなら、わたしの話聞いてくれる？」

前言撤回と心の中でつぶやきながら、夏樹は用心深く訊《き》き返した。

「何の話だ？」

「最近の主上《おかみ》のことよ」

ああ、と夏樹はため息をついた。

「最近の主上ね……」

最近──正確には菊花《きっか》の宴《うたげ》以来、帝《みかど》は変わった。いままで弘徽殿《こきでん》の女御《にょうご》ばかりを寵愛《ちょうあい》していたのに、突如承香殿《しょうきょうでん》の女御に鞍替《くらが》えしたのである。

連日連夜、清涼殿《せいりょうでん》へ召すのは承香殿の女御。弘徽殿の女御も含め、他の妃《きさき》には見向きもしない。あからさまに過ぎるほどに。

「後宮《こうきゅう》のことを言ってるんだよね」

「そうよ！」

ここは宮中ではなく身内の邸《やしき》。猫をかぶる必要もなく、深雪はすっかり気を許して大声を張りあげる。

「鈍い夏樹だって、あれはどうかと思うでしょう？」

「ああ、うん、まあ……」

夏樹が言葉を濁しても、深雪は構わずに語気を荒らげる。

「これは裏切りだわ。弘徽殿の女御さまが本当におかわいそうだわ。お優しいご気性でいらっしゃるから、胸の内をはっきりとはおっしゃらないけれど、毎日おつらそうで。せっかく明るくなりかけていらっしゃったのに、また逆戻りだわ」

「でも、その前は弘徽殿の女御さまばかりが寵愛されて、承香殿の女御さまこそがおつらい立場におられたわけだし……」

「だって、弘徽殿の女御さまは今年の夏の事件でお心を痛めていらっしゃったのよ。主上はそれをおいたわしくおぼしめされて、うちの女御さまにお優しくしてくださったの。ちゃんと理由があることじゃないのよ」

それはあくまで弘徽殿側の理屈であって、他の妃たちからすれば「なんであの女だけが」としか見えないだろう。が、それを弘徽殿の女房である深雪に説いたところで仕方あるまい。

「確かに、あれはちょっと露骨だものなあ」

「ちょっとどころの騒ぎじゃないわ！」

深雪は扇を両手で握りしめ、ぎりぎりと絞りだした。よほど怒りがたまっていたらしい。

「そりゃあね、後宮のことは気持ちひとつで片づく問題じゃないわ。政治向きのこともからんでくるし、あんまりご寵愛に偏りがあってもいけないのよ」

深雪もちゃんとわかってはいるらしく正論を述べる。夏樹は腕組みをして、うんうんとうなずいた。

「でも、今回のことは極端すぎるわ」

それもその通り。

「何かあるとしか思えないの。承香殿側があくどい手段を使ったとしか」

「頭からそう決めつけるのは危険じゃないかな」

「だって、あのかたならやりそうなんですもの」

夏樹も同感だったが、さすがにうなずくのはまずいかと思って違う意見を口にした。

「でも、菊花の宴での承香殿の女御さまは、そりゃあ、お美しかったよ。あの艶姿《あですがた》に主上もくらっときてしまったってことじゃないのかな」

「……そんなにおきれいだった？」

「うん」

夏樹は宴の席での承香殿の女御の姿を脳裏に思い描いてみた。長い時間眺めることはかなわず、瞬《まばた》きする間ほどの印象でしかないが――思い出しただけでぞくりと背中に悪寒が走った。

確かに美しかった。夏樹もあの一瞬に魅了されてしまった。

そして同時に女は怖いなと感じた。あのときは瞬間の印象でしかなかったから、そこまでは思い至らなかったが。

「なんていうか……毒のある美貌だよね」

「あの女御さまなら、そうでしょうよ」

深雪は憎々しげに言い切る。おのれの女主人の競合相手を褒められるのは、そんなにも腹の立つものらしい。

「そのときに怪しげな香のにおいとかしなかった？　変な呪文みたいな声とかは？」

「おいおい。まさか、承香殿の女御さまが怪しげな術か何かで主上をたぶらかしたとか言うんじゃないだろうな」

冗談のつもりだったのに、深雪の目がきらりと光った。

「実はね、これはまだどう判断していいのか、わからない話なんだけどね」

深雪が途端に声を落としてささやく。表情も悪だくみをする者のそれになっている。これでは承香殿の女御と深雪と、どちらが悪女役だかわからない。

「不確かな話なら言わなきゃいいのに」

ぼやき終わる間もなく、夏樹は檜扇《ひおうぎ》で頭を叩《たた》かれた。

「だから、余計にしゃべりたくなるんじゃないのよ！　いいじゃないの、親戚のよしみで聞いてくれたって」

要するに、承香殿がらみで面白い話を入手できたのだが、それを弘徽殿に仕える深雪がべらべらしゃべりまくると、いかにも相手を中傷しているようになるので困る、と。

言ってしまえば、そういうことなのだろう。

（だから、わざわざうちに……ご苦労なことだな）

せっかくの休暇なのに、どうしていとこの鬱屈の捌《は》け口《ぐち》にならなければいけないのか。

夏樹も本当なら「栗を置いて御所に帰れよ」と言ってやりたいのに現実には、

「それで？」

と先を促してしまう。損な性格だった。

深雪は嬉々《きき》として、誰かに話したくてたまらなかった情報を披露し始めた。

「これはね、小宰相《こさいしょう》の君が入手してきた話なの。ほら、夏の事件で……あのかたはとってもつらい体験をなさったでしょう？　その痛手をまぎらわすために、そりゃあもう、前以上に献身的に女御さまに仕えていらっしゃるのよ。でね、小宰相の君いわく、承香殿につい最近、市井《しせい》の尼君が居ついたそうなのよ」

「尼が……？」

すぐさま夏樹の頭に、重陽《ちょうよう》の夜、御簾《みす》越しに話しかけてきた人物のことがよぎった。あの短い髪も、尼僧だったのなら説明がつく。

「仏門に入られたかたは尊いけれど、華やかな御所に尼君はふさわしくないわよね。でも、その尼君はもうずっと承香殿に居ついているらしいの。しかも、三人の娘たちまでひきつれて」

「三人の娘たち」

もう間違いない。深雪が言っているのは、あの宴の夜に承香殿の北面《きたおもて》で出逢《であ》った女たちだ。

「わたしが思うにね、その尼が主上に邪《よこしま》な術をかけたんじゃないかしら。だから、こんな妙な事態になったのよ」

「なるほど、それで香だの呪文だのって質問をしたわけか」

「そう。正々堂々とご本人の魅力でもって勝負なさるならともかく、邪法は使っちゃいけないわよね。ねえねえ、夏樹はどう思う？」

「うん……」

夏樹はぼりぼりと頭を掻《か》いた。

「菊花の宴には、ぼくもおそばにいたけれど、術みたいなものは特に感じなかったなあ。もっとも、陰陽師《おんみょうじ》でもないぼくにわかるはずもないんだけど。それに、仮にそうだとしてもだよ。邪法って言いかたするといかにもおどろおどろしいけど、恋の成就をお願いするおまじないって考えれば？　それくらいだったら、女のひとは普通にやるじゃないか」

「そりゃそうだけど、でも、あの承香殿の女御さまが、かわいいおまじない程度で済ますと思う？」

思わない。

夏樹も深雪に言われているうちに、宴の席での違和感が気になってきた。その後に、何もなければきっと体調が悪かったのだろうで済んでいたはずが、もうひとつ気がかりなことがあった。

最近の主上の行状だ。毎日毎日、顔を合わせているわけではないから夏樹はよく知らないが、頭《とう》の中将が、

「このところ、主上のご様子がどうも妙で……」

と何かにつけ洩《も》らすようになっていたのだ。そんなことを軽々しく言うひとではないのに。

とにかく、承香殿の女御への執着が半端ではないらしい。昼も夜も、片時も放さず、公務に支障が出るほどに。

弘徽殿の女御を偏愛していたときは、そこまではしなかった。表向きのことはそれなりにちゃんと片づけていたのだ。なのに、いまはそれさえもできていない。

もともと型破りでいいかげんで、勝手に盛りあがって勝手に突っ走ってしまう帝だった。熱しやすく冷めやすいところもある。そこはまわりもちゃんと理解していて、いまのところは黙っているが——

先日、さすがに見かねた頭の中将がやんわりと苦言めいたことを口にしようとした。

すると帝は烈火のごとく怒り出した。

夏樹もその場に居合わせていた。あんなに激しく、しかも信頼している頭の中将相手に怒り狂うとは、いくらなんでもおかしいと夏樹も思った。しかもそれが、承香殿の女御の余裕たっぷりの発言で嘘《うそ》のように収まったのである。

「主上、どうか中将をお責めにならないでくださいまし」

たったそれだけの言葉で。まるで承香殿の女御の言いなりだ。

しかし、弘徽殿側の深雪の意見はある程度、割り引いて聞くべきだし、新参の尼とその娘たちに疑いの目を向けるのもいささか安易だろう。

「もう少し観察してみないと、なんとも言い難いな……」

「もう、じれったいわねえ。どうしてこう、夏樹ったら煮えきらないのかしら。だいたい、あんたってば昔っからそうなのよ」

「なんだよ、昔のことって」

「あれはまだわたしが五歳のときよ！」

「はあ？　なんだよ、それ」

深雪に遥《はる》か昔のことまで持ち出されてぐちぐち責められていると、思わぬ救いの手が外部からさしのべられた。桂がそっと簀子縁《すのこえん》から声をかけてきたのだ。

「あの、よろしいですか？　夏樹さまにお客さまがみえられたのですけども」

「お客さま？」

来客の予定などなかったが、夏樹はいぶかしむより先にホッとしていた。これでもう、深雪にいじめられずに済む。

「どなたかな、桂」

「ご同僚のかたらしいですよ。為明《ためあきら》さまとおっしゃって……」

「為明さま？」

夏樹といっしょに深雪までがその名をくり返した。

「深雪、知っているの？」

「知っているってほどじゃないけど」

口ではそう言いつつも、そらした目が裏切っている。為明と顔を合わせたくない理由が彼女にはあるらしい。

「じゃあ、わたし帰るわ。今日話したこと、あんまりよそへばらさないでよ」

深雪はさっと立ちあがると、いまさらのように檜扇で顔を隠し、本当にあわただしく帰っていってしまった。

「なんだ、あいつ。まあ、いいけれど」

「では、お客さまをこちらにお通ししましょうか？」

「ああ、そうしてくれ、桂」

そして、深雪がいなくなったのと入れ替わるように、為明が部屋にあがってきた。

職場ではよく彼と話をしていたが、こうして自宅に迎えるのは初めてだ。夏樹も突然の訪問にとまどっていたし、為明のほうも不安そうな面持ちをしている。

「申し訳ない。いきなり押しかけてしまって」

「いえ、それはかまわないのですが」

「いそがしかったんじゃないのか？」

「いえいえ。いとこが来ていましたけど、もう帰ってしまいましたし」

「いとこ……。もしや、伊勢《いせ》の君か？」

為明は深雪の女房名を即座に口にした。彼女はよほど有名らしい。

が、世に知られているのはあのはねっ返りの性格ではなく、才気あふれる若女房の仮面のほうだ。為明の口調からして、それは訊くまでもなかった。

「そうか、入れ違いに出ていった牛車《ぎっしゃ》がそれだったのか。惜しいことをしたな。文《ふみ》の返事を聞ける絶好の機会だったのに」

「文？　為明さま、みゆ……わたくしのいとこに文を？」

「そりゃあもう、あんな美人をほうってはおけないよ」

為明は照れて紙扇で顔を隠した。夏樹はかくんとあいてしまった口を隠すために袖に顔を押し当てた。

これで深雪がそそくさと帰っていった理由がわかった。宮中でかぶっている大きな猫が、自分に懸想《けそう》している相手の前で剝がれ落ちてはまずいと警戒したらしい。

（さすがだな、深雪……）

夏樹が深雪の意識の高さに感心する一方で、為明はしきりに照れ笑いを浮かべていた。

「だけど、駄目だね。彼女はかわすのがうまくって。誰か、もうすでに意中の相手がいるんだろうねえ」

「さあ、わたくしはよく知りませんが」

やめたほうがいいですよ、と忠告しそうになったが踏みとどまる。なぜと問われて、ついうっかり深雪の本性をばらしてしまったら、あとで当人から殺されかねない。

それに真実を明かしても信じてはもらえまい。身内の謙遜と思われるのが関の山だ。誰でも、自分が信じたいと思ったことだけを信じるものなのだから。

「新蔵人《しんくろうど》、もしわたしが伊勢の君との橋渡し役を頼んだらどうする？」

「そうですねえ……」

夏樹は眉間に思いきり深い皺《しわ》を刻んでうめいた。これが為明の訪問の理由だったらどうしようと気を揉《も》んでいると、為明はくすくすと笑い出した。

「冗談だよ。そんな器用な真似《まね》、新蔵人にはできそうもないと知っているから」

「すみません……」

夏樹は眉間の皺を消して、ふうっと息をついた。あてにしてもらえなくて哀《かな》しむ以上に、安堵《あんど》の気持ちは大きい。

「でも、いとこがらみのことでないとなると、今日のご訪問は……」

「ああ、そんな色っぽい話じゃなくて、全然、逆なんだ」

為明は頭を力なく横に振った。そういえば、いつもの彼と違う。

普段の彼ならもっと明るく、にこにこしながら現れそうなものなのに、今日はどことなく覇気がない。初めての家で遠慮しているのかと思ったが、それだけでもないらしい。

「何かあったのですか?」

「行遠《ゆきとお》に仕える武士がまた死んだんだ」

不吉なことは簡潔に言ったほうがいいと考えたのか、為明は結果を先に告げてから、説明をし出した。

「今度死んだのも、栗栖野《くるすの》へいっしょに狩りに行った男だよ。先に山荘で殺された武士の、兄だか弟だかだそうだ。兄弟が妙な死にかたをしたせいで、かなり荒れて、毎夜、酒をあおっていたらしい。重陽の夜から行方知れずになって、つい昨日、賀茂川《かもがわ》から死体があがったとか」

「つまり、酔ったはずみで……」

「馴染《なじ》みの女のところから、かなり酔っての帰り道だったらしいからな。事故かもしれないし、自死かもしれない」

「外傷は見当たらないんですよね？」

「刀傷などはないらしい。ただし、何日も水につかっていて傷みも激しく、よくわからないそうなんだよ」

水死体がどれだけ無惨なものか、夏樹も知識としてならある。あまり想像したいものではない。

「たて続けに身近な者に死なれるとは、行遠さまもお気の毒に……」

「あのふたりは行遠のお気に入りだったからな。狩りには必ずついてきていたよ」

ならば当然、為明も彼らとは何度も顔を合わせていたはずだ。よその家に仕える下級武士といっても、まったくの他人事《ひとごと》とは思えないのだろう。まして、その死にかたはどちらも悲惨だ。

「そういえば、山荘で殺された武士のほうも、犯人は捕まっていないんですよね」

「ああ。喉の傷から獣に襲われたんだろうということになったが……山中ならともかく、山荘の庭で襲われるというのも解せないよ。だからだろうね、物《もの》の怪《け》に殺されたんだという者もいて」

「物の怪に」

「事件のあと、山荘はすぐにひきはらってきたから、あそこはもう物の怪の棲《す》みかになっているのかもな。行遠なんかは、それならそれで近寄らなければいいんじゃないかって強がりを言っていたよ。あいつが持っている別荘はあそこだけじゃないからだろうけど」

うらやましい話だと、別荘を持っていない夏樹は秘《ひそ》かに嘆息した。

「当人はそんなふうでも、あれからそれほど経《た》っていないのにふたり目の死者が出るのは不吉だと、行遠の家族が、特に母上がおびえているんだ。確かに、今回のことは前回同様、少々奇妙な点があるから」

「奇妙と申しますと」

「重陽の夜遅くに、男の叫び声を聞いたという者がいるんだ。『来るな』とか叫んでいたらしい。それがちょうど、死んだ武士が通ったとおぼしき道沿いの家の者で、その声が護《まもる》のものだとすると、あいつは何者かに追われて川に落ちた可能性がある……」

狩りに付き従っていた武士たちは、夏樹の目にはとても臆病者には見えなかった。いったい、彼は何者に追われて川に落ちたのだろう。その死は、山荘で殺されたもうひとりの男の死と関係があるのだろうか。

「兄弟して誰かの恨みを買っていたんでしょうか？」

「その線は大ありだな。気はいいが荒っぽいところもあったから、諍《いさか》いの相手には事欠かなかったんじゃないかと、ぼくも踏んでいるんだ。行遠は心当たりがないと言っていたけど、従者の知り合いを主人が全部知っているとは限らないし」

「行遠さまと話されたんですね？」

「うん。落ちこんではいたけれど、今度のは邸の外での出来事で物忌《ものい》みの必要はないそうだから。それより、あいつの母上がまいってしまわれてるんだな。これは何かの祟《たた》りじゃないか、そのうち息子の身にも悪いことが起こるんじゃないかって、そういう心配をしておられるんだよ」

「ならば、念のために寺社に詣でて祓《はら》いをなさるとか、陰陽師に占わせるとか……」

「でも、行遠はああ見えても現実的というか、細かいことは気にしないたちなんだ。大げさにすると却《かえ》って他の家人《けにん》たちにも動揺が広がるとか言うし。馬鹿だよなぁ、四角四面に考えすぎて」

だんだん為明の訪問の理由が夏樹にも見えてきた。

「実はあいつの母上に直接頼まれたんだ。こっそり、行遠にみつからぬよう厄払いする手段を考えてくれないかって。あそこの家は父親も頭が堅くって気配りに欠けるから、そういう相談が必然的にこっちにまわってくるんだ」

家族ぐるみでの長いつきあいをしているのだろう。為明の言葉の端々からそれは伝わってくる。

「だけど、こっそりと言われるとまた難しいし、だからといって下手《へた》な相手には頼めないし。で、閃《ひらめ》いたんだよ。新蔵人には確か、陰陽師の知り合いがいたなって」

「ええ、あの賀茂《かも》の権博士《ごんのはかせ》どのの直弟子で、まだ陰陽生《おんみょうしょう》の身ですが実力のほどは保証いたしますよ。多少……気難しいところはございますが」

夏樹は割り引いた表現を使ってやんわりと警告をした。が、為明にはそれが通じていない。

「陰陽師なんて、そんなものだろう」

と軽くかわされてしまう。

「それにそう、見た目も陰陽師らしくないと言うか」

「構わないさ。ぼくは全然気にしないから、ぜひその陰陽生を紹介してもらいたい。賀茂の権博士の直弟子なら、まだ学生でもそんじょそこらの怪しげな陰陽師よりは遥かに優秀だろうし、らしくない相手のほうが行遠の目もごまかしやすいんだ。あいつの母上もこれで安心なさるだろうし、いいこと尽《ず》くめなんだよ」

「はあ……」

夏樹にはいいこと尽くめとまでは見えなかったが、自分が心配する必要もないかもしれないと思い直した。一条は宮中で深雪並みの立派な猫をかぶり慣れているし、為明の前でもうまく優秀な陰陽生としての役どころを演じてくれるだろう。

「いいですよ。さっそく、問い合わせてきましょうか。隣の邸に住んでおりますから」

「そうか、頼めるか。じゃあ、いっしょに……」

「いえ、隣の邸は彼が住む以前から物の怪邸と呼ばれ、さまざまな怪異があったとされておりますので、まずはわたしが先に。いまは陰陽師が住んでいますからなおさら……奇妙なものが出るのですよ」

そこは保証付きだった。しかし、為明は怖《お》じることなく、

「式神《しきがみ》だろ？　陰陽師にはつきものじゃないか。一度は見てみたいと思っていたんだ」

「本当ですか？」

「本当だとも」

そこまで言うからには、万が一、あおえと鉢合わせしてもひっくり返ったりはすまい。それでも念のためにと、夏樹は為明を部屋に待たせ、ひとりで庭に降りていった。

いつものお忍び進路、庭を横切り、塀の壊れた箇所から隣の敷地へと入る。雑草だか秋草だか判然としない茫々《ぼうぼう》の草を踏んで、邸の簀子縁へと近づく。

「おーい」

声をかけつつ、開け放たれた遣戸《やりど》から中を覗《のぞ》くと、一条がそこにいた。畳を敷いて、その上に仰向《あおむ》けに寝転がっている。

着ているものは白の単《ひとえ》。紫の衣を一枚、半身にかけている。髪はあいかわらず結いもしないでそのままだ。水の流れのようにゆるくうねって畳からこぼれ、床板に達してい

る。

瞳は閉ざされ、長いまつげがなおさら長く見える。夏樹が覗いているのにも気づかずに、彼はぐっすりと眠っている。

その美貌とつややかな髪のせいだろうか、まるでどこぞの姫君のうたた寝姿を覗き見しているような怪しい気持ちになってくる。しかし、起こすのも悪くて、夏樹は何もできずに立ち尽くしていた。

完全に無防備になっていた夏樹の背中を、誰かがつんつんとつつく。

「うわっ!!」

文字通り飛びあがり、夏樹は勢いよく後ろを振り返った。為明だ。夏樹の派手な反応に、彼もびっくりしたらしい。

「あ……、驚かして悪かった。面白い道を通っていくなぁと思って見ていたら、やっぱりじっと待ってはいられなくなって……」

こっそり、あとをついてきたらしい。

「脅かさないでくださいよ、為明さま」

「悪い悪い。しかし、それにしても」

為明は夏樹の後ろに視線を移して、ふっとため息をついた。

「なるほど、賀茂の権博士のところには姫と見まごうばかりに美しい弟子がいると聞いてはいたが、あれがそうか。噂《うわさ》にたがわぬ美形だな」

一条の寝姿のことを言っているらしい。夏樹はハッとして室内を振り返った。

畳の上の一条の姿勢は変わらない。しかし、その目は半分開きかけている。

「失礼！」

夏樹は自分でもよくわからないまま簀子縁に駆けあがり、遣戸を乱暴に閉めてしまった。そうやって一条の寝姿を隠し、為明にはひきつった笑みを向ける。

「申し訳ございません。彼はいま休んでいる最中のようで……。すぐに身支度を整えさせ話をつけておきますので、為明さまはどうかしばし、わたしの邸のほうで待っていてくださいませんか？」

為明は不満そうだったが、夏樹が再三拝み倒すので、しぶしぶと隣家に戻っていった。

彼がいなくなるのを待っていたかのように遣戸が開く。その隙間から、一条が顔だけを突き出した。

かなり不機嫌そうだ。立ってもおらず、畳から這《は》ってきたのか、床に寝転がったままだ。

琥珀《こはく》色の瞳に睨《ね》めつけられて、夏樹は思わず一歩さがった。

「一条……」

彼の寝起きが悪いことは夏樹も知っているが、今日は特にひどいようだ。

「悪かった、本当に悪かった。でも、為明さまがついてくるとは思わなかったんだ。けして、ぼくが連れてきたわけじゃないんだ。どうか、そこはわかって欲しい。わかってくれ」

「為明……」

一条は眠たそうな声でその名をくり返した。

「さっきのおめでたそうなやつか」

「蔵人の先輩になるんだけど、陰陽師に相談したいことがあるから紹介してくれって言われて、まずは打診しようと思ったんだけど、本当に、こっそりついてきてるなんて全然気づいてなくて」

「今日は駄目だ」

夏樹の弁明をさえぎるように、一条は投げやりな口調で言った。

「とても、仕事の話なんてできそうにない」

「どこか具合でも悪いのか？」

一条は首を横に振った。しかし、その頬は青白く、寝起きという点を割り引いても元気いっぱいには見えない。もしかして、父親の病気の件が影響しているのかもしれないと、夏樹はますます心配になってくる。

「あのさ、一条、ぼくがこう言うのもなんだけど」

先を言わせず、一条は蠅《はえ》でも追うように手を振った。

「今日は駄目だとあいつに言ってやれ。ぐずるようだったら、日が悪いとか適当にかましてくれていいから」

「だけど……」

「陰陽師はもったいぶったほうが、ありがたみが増すもんなんだよ」

とりつく島もなく、一条は大儀そうに身体《からだ》を引きずって部屋の中に戻っていく。夏樹が見ていると、彼は畳の上にまたごろりと仰向けになった。

目を閉じ、微動だにしない。もともと白い肌が、いまは病的な青白さを帯びている。眠っているというより死んでしまったよう。大宰府《だざいふ》に向かう舟の中の彼や、冥府に下っていってしまった彼を思い出させる光景だ。

不吉なことばかりを連想してしまい、夏樹は胸が潰れそうになった。殴られるのを覚悟で揺り起こそうかと迷ったが、あれほど煙《けむ》たげにされると、それもはばかられる。

「——わかった。この話は日を改めるよう、為明さまに頼んでくる。でも、忘れたりしないで考えておいてくれよ」

返事をじっと待っていると、一条は微《かす》かに唇を動かした。「ああ」と応えたように見えたので、夏樹は気がかりながらも自分の邸へ引き返した。

部屋へ戻れば為明がさっそく、

「どうだった？」

と訊いてくる。その期待に満ちた顔を目の当たりにすると言いにくかったが、夏樹は正直に、今日は日が悪く、話は後日にしてもらいたいとの一条の言葉を伝えた。

為明は失望を隠さなかったが、けしてぐずりはしなかった。

「では、なるべく早くに……。そうだな、二、三日中に逢えるよう、お膳立てしてもらいたいな。ぼくとの話がついたら即、行遠にみつからないよう、あいつの母上のところへ行ってもらって、ちゃっちゃっと呪文を唱えてもらいたいんだ。その程度で片づくとは思うのだけれど、甘いかな？」

「いえ、その程度で済むと思いますよ。一条の腕前は折り紙付きですし、そもそも不安を解消することこそがいちばんの良薬かと」

「そうだよな。そういうものだよな」

夏樹も為明もこの件に関してはそれほど重要に考えてはいなかった。実際は、そううまくは運ばなかったのだが。


何かとよくしてくれる為明のためにも、なるべく早く一条と話をつけなくてはと、夏樹はずっと考えていた。

もちろん、彼と話したい理由はそれだけではない。ふるさとの親はどうするのか、体調のほうはどうなのかと、尋ねたいことはいろいろあった。

夏樹とて、一条を質問攻めにして煩わせたいわけではない。できることなら暗い話は一切なしにして、他愛もないことを時間を気にせずくっちゃべり、あおえの作った料理をつまみつつ、くつろぎたかった。

しかし、いま一条に逢えば、あれこれ訊きたくなるに決まっている。為明の件はともかく、一条本人のことに関して、彼の神経を逆なでせずにうまく話をもっていけるかどうか、夏樹にはまるで自信がなかった。

そんな不安を押し隠して、翌日、夏樹は御所に参内した。行くとさっそく頭の中将のお供で清涼殿に連れていかれる。頭の中将もはっきりとは言わないが、このところ、帝への接しかたに少々戸惑いを感じているらしいのだ。

承香殿の女御への寵愛はいまなお続いていて、衰える気配さえ見せない。頭の中将も、これも一時的なものとあきらめてか、進言に過剰に反応されて以降は静観に徹している。

夏樹もさほど重要とは思っていなかったが——昨日、深雪が頼みもしないのに聞かせてくれた話が頭にあって、気をつけて帝の様子を観察してみた。

顔色は悪くない。以前、この世の者でない女人に愛されて健康を害したことがあったが、あのときのような変化は見受けられない。変わったのは偏愛する相手、それと傾倒ぶりがもっと過激になったことぐらいだ。

最近では〈運命の恋人〉を求めての夜歩きもぱたりと止まった。その理由はと帝に問えば、きっと、

「もはやその必要はないのだよ。ああ、幸せはこんなに近くにあったのだ！」

とのお言葉が返ってくるに違いない。それはそれで、夏樹や頭の中将にとって大変ありがたいことであった。してみると、深雪が言っていたような邪法うんぬんは単なるひがみにすぎないのではと思えてくる。

（深雪には面と向かってそうとは言えないけどね……）

後宮に仕える者にとって、帝の寵愛を得られるかどうかは非常に大きな課題だ。承香殿の女御ばかりを寵愛されては、弘徽殿側は気が気ではないだろう。その気持ちはわかる。しかし、夏樹個人は、どっちもどっちだと内心思っていた。

弘徽殿の女御に帝の気持ちが傾いていた折は、深雪もざまあみろと言いたげに高らかに笑っていたのだ。立場が逆転したからといって怒るのはいささか理不尽だろう。

もちろん、諍いを生むような偏りの激しい愛しかたをする帝がいちばん悪い。しかし、いまの帝は聞く耳を持っていない。

今日も、清涼殿には承香殿の女御とその女房たちが複数、訪れていた。帝はすっかり相好を崩して、承香殿の女御と楽しげに語らっている。

夏樹は落ち着かなげにそのそばに控えていた。いつも以上に落ち着かないのは、女房たちの中によく似た三姉妹の姿があったからだった。

彼女たちは檜扇のむこうから、ちらちらと夏樹のほうを盗み見ては小声でくすくす笑っている。かわされている会話はまったく聞こえなかったが、話のネタにされているに違いない。夏樹にはとても居たたまれなかった。

なんとか理由をつけて退席できないか脂汗を流して考えていると、ふと頭の中将と視線が合った。上司は不思議そうな顔をしてこちらを見ている。

理由はわからないまでも、夏樹が困っているのを感じたらしい。いや、それとも、三姉妹のまなざしに薄々事情を察したのかもしれない。

「そうだ、忘れていた……」

と、思い出したように夏樹に言う。

「今夜中に片づけなければならない仕事があったな。新蔵人、悪いが蔵人所《くろうどどころ》へ戻って、その手配をしておいてくれないかな？　わたしの文机《ふづくえ》の上を見ればわかることだから」

命じながら、頭の中将はそっと目配せをした。この場にいるのが気詰まりならどこぞで休んでおいでと、その表情が言っている。夏樹は上司の出した救いの舟にありがたく乗らせてもらうことにした。

「わかりました。では」

深々と一礼し、三姉妹のほうを見ないようにしてこの場から離れる。渡殿《わたどの》まで来てひとりになると、夏樹は柱にもたれかかって、こらえていたため息を吐き出した。

「なんなんだかなぁ……」

これから先、承香殿の女御が帝に寵愛され続ければ、あの三姉妹と顔を合わせる機会も増えるかもしれない。想像しただけで、かなり気が重い。

けして、彼女らのことを毛嫌いしているのではない。愛らしい娘たちだし、好かれるのは正直、嬉しい。だが、月姫《つきひめ》のあの愛情表現にはどうしても戸惑ってしまう。どこからどこまでが本気なのか、恋愛下手な夏樹には区別のつけようがない。あれが全部本気なら、なおさら大変だ。

夏樹は再度深いため息をつき、気をとり直して歩き出そうとした。その袖をぐいと引かれて立ち止まる。

振り返ると——彼女がいた。

おそらく、月姫だ。三姉妹並ぶと見分けがつきにくいが、こうしてひとりでいると間違えようがない。瞳にこめられたひたむきさが違う。

「夏樹さま?」

かわいらしく小首を傾《かし》げて彼女が言う。こんなに近づいては意味があるまいに、それでも檜扇で顔半分を隠している。そのまなざしはなまめかしく、仕草とはちぐはぐな感じがする。

童女のようでもあり、成熟した女性のようでもあり。からかわれているようでもあり、真摯なようでもあり。だから、こんなに困惑させられるのだろうかと、夏樹は自分の鈍さを遥か棚の上に押しあげた。

どちらにしろ、こんなところで口説かれては困る。

「あの……」

「はい」

月姫は嬉しそうに微笑《ほほえ》んだ。そういう顔をされるとなんと言っていいものやら。

「蔵人所へ戻らなくてはなりませんので……」

「では、いつなら逢っていただけますか？」

「逢う……」

夏樹はまた新たな脂汗を流した。

「逢うとは、その……」

「いつ、月姫のところへ通ってきていただけるのですか？」

夏樹は絶句した。いくらなんでも直接的すぎる。

文のやりとりのほうがまだましだった。その場合なら、自分は無骨者で歌のことなどよくわかりませんといった顔をして、しらを切り通す手がある。が、真っ向勝負を挑んでくる相手にはそれが使えない。役得と喜ぶほどの余裕も度胸もない。

逃げよう、と夏樹は思った。しかし、月姫は彼の袖をつかんで放さない。

「どうして、お返事をくださいませんの？」

「お返事と言われましても……。普通、こういう話は、あからさまにするものでもありませんし、わたしは、あの、とてもその、あなたのお相手になれるような雅《みやび》のわかる人間ではありませんから、どうか、からかわないでいただきたい」

逃げられないのなら、うやむやにしてしまおうとあがいてみる。月姫はそれをどうとったか、檜扇を降ろしてにっこりと微笑んだ。

「文のやりとりから始めよとのことですか？　けれど、わたくしと夏樹さまの仲ならば」

「仲？」

どういう仲なのかと問う間もなく、月姫は先を続ける。

「もはや文は必要ありますまい」

夏樹は頭を抱えこんだ。

「月姫さま……」

「はい」

「おっしゃっていることの意味がどうにもわかりかねるのですが……、わたくしはもしかして誤解を招くようなことをしましたでしょうか？」

「誤解など、どこにもありはしません」

くすくすと月姫は笑う。

「そんなことを言い出すなんて、夏樹さまはやっぱり真面目《まじめ》でお優しいかたなんですのね。思った通りのかた……。母さまは軽々しく殿方を信じてはならないと申しますが、夏樹さまは違うと思うておりました」

じっと夏樹をみつめる月姫の瞳の中に、ちらちらと妖《あや》しい光が瞬きだす。それは単なる錯覚だったのかもしれない。けれど、夏樹はその輝きから目が離せなくなってしまった。

吸いこまれそうな深い黒。その中に浮かんでは消える黄金《こがね》色の光。

そして、耳にゆっくりと染みこんでいく月姫のささやき。

「月姫を好きになってくださいませ。そうしてくだされば、夏樹さまの願いをなんでも叶《かな》えてさしあげますわ」

「願い？」

「ええ。本当なら願いを叶える際には必要なものがあるのですが、夏樹さまの場合は特別ですから、そういうものも要りませんのよ」

「願いを叶えるって……」

話が妙な方向へ進みつつある。これはまずくないかと夏樹も警戒し始めたが、いまさら彼女の瞳からは逃れられない。まるで呪法を施された罠《わな》に落ちてしまったかのようだ。月姫の薄赤い唇がいっそう甘くささやく。

「これは秘密、なのですが」

聞いてはならない秘密だと、夏樹は本能的に悟った。それを聞いたら、もう引き返せなくなると。

耳をふさぎたかったが手が上がらない。言わないでくれと頼みたかったが声が出ない。しかし、その秘密が明かされることはなかった。

「まったくもう。本当にしょうのない――」

冷静で理知的な声に夏樹はハッとする。月姫から身をもぎ離して振り返ると、思いもよらぬほど近くに尼僧が立っていた。

いつからそこにいたのか。なぜ気がつかなかったのか。

そういった疑問は一瞬たりとも夏樹の頭に浮かばなかった。相手の姿が意外すぎて、そんな余裕もなかったからだ。

「尼君……」

青鈍《あおにび》の衣。肩の上で切り揃《そろ》えた髪。仏門に入った女性ならではの装いである。それだけだったら、夏樹もここまで驚いたりはしない。

彼女の髪は真っ白だった。なのに、とても若々しい――月姫とたいして歳《とし》も変わらないように見える。

だが、この声。この姿。重陽の夜、承香殿の御簾のむこうにいた女性に間違いはない。

（たぶん、このひとが深雪の言っていた、承香殿に召しかかえられた尼君……。でも……）

月姫の母にしては若すぎる。もしかすると実母ではないのかもしれないが、血の繋《つな》がりを疑えないほど両者はよく似ている。

（いや、もっとよく似ている相手をぼくは知っている……）

髪が真っ白なせいで余計にそう見えるのか、尼の肌はぬけるように白い。瞳も月姫よりもっと淡い色をしている。

白い肌。自然に色づいた唇。切れ長の目、琥珀色の瞳。

（一条……？）

友人によく似た尼を夏樹は呼吸も忘れて、じっと凝視する。白王尼《はくおうに》はそんな彼を不思議そうにみつめ返している。

月姫は夏樹の袖を放して、両手で顔を覆っていた。母親にまずい場面を見られたと恥じているのか――おびえているのか。

「重ね重ね、娘が失礼をいたしました」

尼は深々と頭を下げる。丁寧ではあるが卑屈ではない。その堂々とした態度、張りのある声には、ただの市井の尼とも思えぬ迫力がある。

深雪の言っていたような、怪しげな呪法を使う尼には見えない。では、やはりあれはやっかみ半分の無責任な邪推だったのか。

それにしても、清涼殿にまで連れてくるとは、承香殿の女御もこの尼によほど傾倒しているようだ。彼女の存在にいままで気づかなかったのは、出家した身を人目にさらしてはならないと御簾の内でじっとしていたからかもと夏樹は推測した。

なんにしろ、この女性は苦手だ。月姫も同様だが、この尼を前にすると落ち着かなくなる。特に理由が思い当たらないのにそうなるのが、なおさら不思議だった。

「あの……いえ、ぼくのほうこそ。どうか、彼女をあまり叱らないでやってください。では、急ぎますので」

夏樹は言い終わらぬうちに彼女たちに背を向けて歩き出した。痛いほど視線は感じても、けして振り返らない。

秘密とやらを聞きそびれたことにあとで気がついたが、残念だったと悔やむどころか、聞かずに済んでよかったと、夏樹は心の底から思った。

清涼殿から離れて、夏樹はゆっくりと蔵人所へ向かった。

なんだか身体がつらい。あの母と子に生気を吸いとられたような脱力感を覚える。月姫の執着にも不気味なものを感じたが、それ以上に尼君の瞳の色に気づいたときの衝撃が大きかった。

（あの琥珀色の目……）

あんなにきれいで不思議な瞳は、一条だけしか持っていないと思っていたのに。

（それも瞳だけじゃなく、顔もあんなに似ていて）

だが、賀茂の権博士は一条の母親はすでに死んだと言っていた。彼が嘘をつかねばならない理由はどこにもないはず。では、他人のそら似にすぎないのか。

（そうに決まっている……。世の中にはそっくり同じ顔の人間もいるっていうし。第一、一条の母親があのひとだなんて、なんだか……、なんだか厭《いや》だ）

そんなことを考えながら歩いていた夏樹は、校書殿《きょうしょでん》の陰に一条がひとりで立っているのを発見して仰天した。

内裏《だいり》の中ということで、あの一条も髪を結って冠をつけ、装束も一分の乱れもなく着こなしている。寝姿の彼もなまめかしかったが、装いを整えた彼もまた格別だ。殿舎の脇に植えられた菊の花を眺めているだけなのに、どちらが花かと疑いたくなるような美しさがある。

その姿は――やはり、似ている。

夏樹が立ち止まってみつめていると、一条はちらりと顔を上げた。彼はそこに他人がいるのに初めて気づいたような顔をした。おそらくは演技だろうが。

夏樹は強いて笑顔を作り、一条に駆け寄った。

「やあ、こんなところで何をしてるんだ？」

「菊を見ていた」

わざわざこんなところに来なくても菊ならどこにでも咲いていように、一条は素っ気なく答える。絶対、夏樹を待っていたに違いない。昨日の不機嫌な応対を後悔して、彼のほうから出向いてくれたのだろう。

本当にそうだったらありがたいなと夏樹は嬉しく感じた。

「ちょうどよかったよ。昨日の為明さまの話をちゃんとしたかったんだけど、いまいいかな？」

「いいとも。どうせ暇を持て余していたところだし」

お言葉に甘えて、夏樹は為明の依頼の件をかいつまんで説明した。

「――そんなわけで、ぜひとも逢いたいって為明さまが。要は、行遠さまの母上を安心させることが目的みたいなんだけど、やってもらえないかな？」

「その程度でいいんなら、たいした手間もかからなくてありがたいが……」

　一条の表情は微妙だった。

「友人の家に仕える武士か。相談しに来たご当人の身に何かあるわけじゃないのか」

「為明さまに？　それって……」

　次の災難は為明の身に降りかかるということだろうか。口に出すと実際に事が起こりそうな不吉な予感がして、夏樹は意図的に言葉を濁した。

　言葉にされなかった問いを一条は正確に読み取って、首を横に振る。

「いや、あんなふうにひとの家の庭にずかずか入ってくるようなやつだったから、よほどあせっているのかと勝手に思っただけだ」

「ずかずかって、あれは好奇心を抑えきれなかっただけだよ。気さくなひとなんだ。それを言うなら、ぼくだっていつも断りもなしに庭から入っていくし」

「それはいつものことだから、もう慣れている。あいつは初対面だぞ」

　確かに為明の行動は非常識だったかもしれないが、彼にはなんとなく憎めないところがある。それになんといっても、夏樹にとってはいい先輩だ。

「あんまり悪く言わないでくれよ。本当はとってもいいかたなんだから」

「とってもいいかたが無遠慮にひとの寝姿を覗くのか」

　一条は寝起きそのままのような不機嫌な顔になった。無防備な姿を他人に見られたことがよほど腹に据えかねているらしい。

「いや、先に覗いていたのはぼくで、あっ、でも別に覗く気はなかったんだけど、たまたまあのとき……」

「それはわかっている」

一条はうるさそうに言って、大きく息をついた。

夏樹ははらはらしながら友人の表情をうかがった。機嫌は悪そうだが、顔色は悪くない。昨日あのあと、彼はぐっすり眠って疲れをとったに違いないと解釈し、夏樹は自分を安心させようとした。が、すんなりとはいかない。

動揺が露骨に表に出ていたのだろう。一条は夏樹を見て微苦笑を浮かべた。

「そんな顔をするなよ。このところ朝夕が冷えこんできたから、身体が疲れているだけだって。陰陽師とはいえ、ひとの子なんだから」

「そりゃそうだけど……。あのさ、一条、無理だったらそう言ってくれよ。為明さまにはぼくのほうからうまく断っておくからさ」

「あいつは気難しくて寝起きの悪い、猫かぶりの面倒くさがり屋だから無理ですって？」

正しい自己評価だ。うなずきかけて、夏樹は思いとどまった。

「そうとは言わないけどさ。でも、ほら、あの、最近いろいろあって身体ばかりじゃなく気持ちも疲れているだろ？」

一条の目が、すっと細くなる。

「いろいろ?」

「ぼくが口を出すようなことじゃないって、重々わかってはいるけど、やっぱり気になるんだ。詳しいことは訊かないよ。ただ、心情的にどうあれ、実家に一度は戻ったほうがいいと思う。万が一のことになる前に」

間に口をはさまれるのを恐れて、夏樹は早口で要点のみをしゃべった。その気持ちを汲《く》み取ってくれたのか、一条は前のように怒ったりはしない。ただ、軽く肩をすくめる。

「そう深刻に考えるな。あれから二通めは来ないし、最初の文にだってそれほどの大病だとは書いてなかった。身体は丈夫な割に気の弱いひとだから、今回もたいしたことのない病を大げさに考えてしまっただけだろうよ」

「ならいいけど。でも、もしかしてってこともあるだろ。母上はもう亡くなって……たったひとりの肉親なんだし」

さりげなく母親のことを持ち出してみる。一条は舌打ちし、

「保憲《やすのり》さまがしゃべったな」

とつぶやいた。やはり、白王尼とは他人のそら似だったようだ。その点にだけは夏樹もホッとした。

「そのときはそのときだ。縁の薄い親子だったと思うしかない」

こう言われてしまうと、もうそれ以上、やいのやいのと言えなくなる。夏樹はうまく

話をもっていけない自分がくやしくて、唇を噛《か》んだ。

「なんだったらさ、いっしょに摂津国《せっつのくに》に行ってもいいんだけど」

「いっしょに行ってどうするんだ？　もうよそう、この話は。それより、為明さまとやらの話に戻そうか。とりあえず、当人と会う日時を決めないとな」

「引き受けてくれるのか？」

夏樹にしても重苦しい話題を長々と続けるのはいやだし、為明の依頼も早く片づけてしまいたい。期待いっぱいの声で確かめると、一条はそっけなくではあったがうなずいてくれた。

「ああいう厚顔無恥な、いや、とてもひとのよさそうな顔をもう一度拝みたいとは正直、思わないが……」

わざと表現を間違え、さらに一条はいったん言葉を切る。

「なんとなく気にはかかっていたんだ。最初、当人が厄介事をかかえているのかと勘違いしたくらいだし」

「おいおい、穏やかじゃないな。まさか、為明さまご本人に何か不吉なことでも起こりそうだとでも？」

「わからない。あのときは寝起きだったし、こっちは一瞬しか相手の顔を見ていないし」

為明にいい印象を持っていないからわざとそう言っているのかもと夏樹は勘ぐって、唇を尖《とが》らせた。

「わからないんだったら、そういう含みのある言いかた、しなければいいのに」

「こういう性格なもんでね。知っているものと思っていたが」

「はいはい。じゃあ、為明さまとの対面なんだけど、いまから蔵人所へ行って訊いてくるよ。むこうは急いでおられたから、もしかしたら今夜ってことになるかもしれないけれど、大丈夫かい？」

「早い分には問題ない」

「よかった」

夏樹が笑うと一条も釣られたように微笑む。とりすました猫かぶりのものではなく、本物の笑みだ。琥珀色の瞳の輝きも優しい。

夏樹はその瞳をみつめながら、

（似ているけど、でも、やっぱり違う）

と心の中でつぶやいた。自分でもどうしてこんなにこだわるのか、よくは理解していなかったが。

その夜遅く。夏樹と一条はいったん帰宅してから、またふたりして御所に戻ってきた。為明が宿直《とのい》で今夜は御所に泊まりこむということだったので、蔵人所で落ち合う約束をしていたのだ。

蔵人所のある校書殿では、為明の他にも何人か宿直する者たちがいた。まずは、夏樹が彼らのところへ出向いた。

「こんばんは。お仕事、ご苦労さまです。差し入れ、持ってきました」

と笑顔で酒を運ぶと、蔵人たちは全員大喜びで彼を迎えた。その間に、裏手から一条がこっそり殿舎にあがりこむ。少々面倒だが、あまりひとに知られたくない話をこれからするのだからやむを得ない。

「為明さまは西の廂《ひさし》ですか？　じゃあ、あちらにも差し入れをしてきますね」

自然なふうを装って、夏樹は為明のところへと向かった。途中には一条が待っており、見咎《みとが》められずに彼との合流も果たす。

「悪いな。なんだか面倒で」

為明に代わって謝ると、一条は軽く肩をすくめた。

「別に。こういうのは多いんだ。別れた女の亡霊がとりついて困っているんだが、正室に知られると面倒なんでこっそり祓ってくれとか」

「……いろいろ大変なんだな」

「あおえなんぞは『一条さんは若いうちからいろんな人間模様を見すぎてひねくれちゃったんですね』とかぬかしやがる」

「もっともだ」

「何か言ったか？」

「いやいや、なんにも」

薄暗い通路を通って西の廂の間へ向かう。約束ではそこで為明がふたりを待っているはずだった。

しかし――衝立《ついたて》障子（台付きの木枠に書画をはさんだ調度品）で仕切ったそこは真っ暗だった。燈台《とうだい》には火が入っていないし、外からの釣灯籠《つりどうろう》の光もその一角には届いていない。

誰もいないかのよう。

何やら、不安になってくる。約束の刻限ぴったりだし、一条が会うと言ってくれたと伝えると、為明はあんなに大喜びしていたのに。

「為明さま？」

念のため、夏樹が名を呼んでみたが返答はなかった。

「おかしいな。本当にいないみたいだ」

夏樹は首を傾げつつ、一条を振り返った。一条は、じっと衝立障子を見ていた。秋の野山が描かれている、なんの変哲もない調度品なのに、そのまなざしは睨《にら》んでいるといっていいほど厳しい。

「一条？」

いぶかしく感じて声をかけると、彼はひと言ぽつりとつぶやいた。

「いる」

一条の右手が上がり、のばしたひと差し指が衝立障子を指し示す。

「あれの後ろだ」

その途端、ぞわりと不吉な悪寒が夏樹の背中を駆け昇っていった。

「何……？」

一条は答えない。

琥珀色の瞳には、衝立障子の向こう側がちゃんと映っているのかもしれない。陰陽師としての能力などかけらもない夏樹は、実際にあの裏側を覗くしか手だてはない。

気は進まなかったが、夏樹は意を決して衝立障子に近寄った。黒の木枠に手をかけて、そっと裏側を覗きこむ。

為明がいた。

仰向けに倒れて。

愛嬌《あいきょう》のある表情をよく浮かべていた瞳は、驚愕《きょうがく》に大きく見開かれている。おしゃべりな口も、だらしなく開かれたまま凍りついている。

もはやあの陽気な笑い声を聞くことはあるまい。喉がこんなにも大きく引きちぎられていては。

「為明さま！」

名を呼んでも無駄だ。夏樹もそれっきり、言葉を失ってしまう。悲嘆や嫌悪や恐怖もなく、ただ呆然《ぼうぜん》と為明の死体を凝視する。何も考えることなどできない。

そんな彼を現実に引き戻したのは、一条のひと言だった。

「あれは死相だったのか……」

夏樹は弾かれたように顔を上げ、友人を振り返った。

「一条、まさか、おまえ、知って……！」

「違う」

一条はすぐさま首を横に振った。

「あのときはわからなかった。こいつの顔を見たのは一瞬だった。自分も本調子とは言えなかったし」

言葉が虚《うつ》ろに響く。外見は冷静なように見えるのでわかりにくいが、一条も少なからず衝撃を受けているらしい。なのに気づきもせず、彼を責めるようなことを口走った自分を、夏樹は恥じた。

気まずさから顔をそむけると、どうしても視線が為明の死体に行ってしまう。いまさらのように、金《かな》くさい血のにおいがしてくる。

夏樹はまだ片手を衝立障子の枠に掛けていた。いまではそれが支えになって、床にへたりこみそうになるのを防いでいる。

「とにかく、ひとを呼ばないと」

夏樹は震える声でそう言った。思考はまだついていっていない。自分ではない、別の誰かがしゃべっているようだ。が、その内容はしっかりしていた。

「一条、おまえがここにいちゃまずい。とりあえず、陰陽寮《おんみょうりょう》で待っていてくれ」

一条はうなずくと、身を翻して音もなく去っていった。夏樹は衝立障子にしがみついて、ゆっくりゆっくり時を数えた。

見たくなくても為明を見てしまうから、目はしっかりと閉じて。まだ一条は近くにいるだろうか、それともすでに内裏を出て陰陽寮に着いただろうかと考えながら。

衝立障子を握った手が汗ばんでいく。速すぎる動悸《どうき》は一向に鎮まってくれない。その一方で、もうそろそろいいだろうと冷静な判断が働く。

「誰か——誰か！」

夏樹は声を張りあげた。演技ではない本物の恐慌がたっぷりと声に表れているのが、彼自身にもよくわかった。

「誰か来てください！　為明さまが!!」

夏樹の必死の叫びに蔵人所はにわかに騒然となった。蔵人のみならず、警固の武士たちも集まってくる。

夏樹は何度も何度も彼らに同じことを説明した。差し入れを届けに来たら、衝立障子の向こうに倒れている姿を発見したのだと。

嘘は言っていない。すべては真実だ。しかも、すぐそこに為明の死体がある。つい数刻前まで、いっしょに話しもした相手の死体が。何も映さない目を見開いて。喉の無惨な傷から血を流して。

夏樹もこの状況にとても耐えきれなくなってきた。

「すみません、外に出たいんです。ここに……いたくないんです」

真っ青な顔で訴えるとまわりの蔵人たちも同情して、夏樹を殿舎の外へ出してくれた。が、外も人でいっぱいだ。宮中で宿直している者が全部、校書殿を取り巻いているのではと疑いたくなる。

何事が起きたのか、わかっている者は実は少ないのだろう。なんだなんだと聞き廻《まわ》っている声がする。彼らにつかまって、また質問攻めにされてはまずい。

夏樹はひとごみを避けて陰陽寮へ向かおうとした。早く一条に逢いたかった。自分のこの混乱を鎮めてくれるのは彼しかいないと思い詰めていた。

陰陽寮でならまわりを気にせず話もできるはず。為明の死の理由についても、じっくり意見を聞かせてもらえるはずだ。

そう信じていたからこそ、夏樹はひとだかりの中に一条の姿をみつけて愕然《がくぜん》とした。

なぜ、まだこんなところをうろついているのか。陰陽寮へ行けと言ったじゃないか。

そんな文句で頭がいっぱいになる。

「一条……」

夏樹は彼に駆け寄ろうとし、一歩踏み出しただけで足を止めた。呼びかける声も中途半端に立ち消えてしまう。

一条は夏樹を見てはいなかった。校書殿のほうでもない。他の誰ともまったく違う方向に向いている。

夏樹は彼の視線の行く手を追った。そこにいたのは被衣《かつぎ》姿の女性だった。

彼女もじっと一条だけを見ている。みつめ合うふたりは、驚くほどよく似ていた。

ぬけるように白い肌も。自然に色づいた唇も。琥珀色の瞳まで、瓜《うり》ふたつだ。

女性の被衣の下からちらりと覗いた髪は白い。身にまとっている装束は、出家した身にふさわしい青鈍色。

相手は承香殿の女御が召しかかえた、あの尼僧だった。彼女もこの騒ぎを聞きつけて見物にやってきたのだろうか。

彼女を見ている一条の表情は微動だにしない。だが、尼僧のほうは恐れとも驚きとも喜びともつかぬ顔をして、一条にささやきかけた。小さな声だったが、夏樹の耳にもはっきりと聞こえた。

「吾子《あこ》……？」

吾子――わが子、と。

第五章　金の瞳

御所では血にまみれた惨殺死体がみつかったばかり。どこもかしこも騒然としており、夜の闇自体がいつもとはまったく違う色合いを帯びているようだった。

こんなときには、ひとの心も乱れて、まともな判断ができにくくなるのかもしれない。それでも、いまの台詞《せりふ》はけして聞き間違いなどではないと夏樹は断言することができた。袿《うちき》を頭からかぶった被衣《かつぎ》姿の白王尼《はくおうに》は、一条を前にして『吾子《あこ》』と——『わが子』とつぶやいたのだ。

まさかそんなことが、と夏樹は頭では思った。

一条の母親はとうの昔に亡くなっているはず。賀茂《かも》の権博士《ごんのはかせ》がそう言っていたし、一条自身もそのことを訂正しなかった。白王尼はきっと勘違いをしているに違いない。

……しかし、そう断定するのをためらわせるほど、一条と白王尼は似通っていた。白い肌も、自然に色づいた唇も、特徴的な琥珀《こはく》色の瞳まで同じだ。初めて白王尼の顔を見たとき、夏樹もその点は気づいていたが、『似ているようでやっぱり違う』とあえて心の中で否定した。いまにして思えば、一条との関連を認めたくなかったのだろう。白王尼が嫌いだとかいうわけでもない。好き嫌いうんぬんを言えるほど、夏樹はまだ彼女のことをよく知らない。承香殿《しょうきょうでん》の女御《にょうご》がらみの相手だから、あまりお近づきになりたくないと警戒はしているが……。

夏樹がはらはらしながら見守っていると、白王尼は一歩前に足を踏み出した。一条に遠慮がちに手をさしのべて、

「吾子?」

と、また言う。今度は問いかけるように、口もとには微《かす》かに笑みを浮かべて。問いかけではあっても、彼女が実際、疑問など少しもいだいていないことは、その表情からも明らかだった。

逆に一条は無表情だった。驚きすらそこにはない。白王尼をみつめる琥珀色の瞳は、冷徹すぎるほどだ。

が、白王尼が二歩目を踏み出した途端、一条は彼女に背を向けて駆け出した。

「一条!」

夏樹はあわてて友人のあとを追った。白王尼は追ってこない。夏樹が一度だけちらりと後ろを振り返ると、彼女はその場にじっと立ち尽くしていた。

被衣の下から覗《のぞ》く彼女の琥珀色の瞳は夏樹の身体《からだ》を貫き通し、そのむこうの一条だけ

を見据えているようで――ぞくりと夏樹の背に悪寒が走った。たとえ彼女の眼中に自分がいなくとも、あのまなざしに無防備に背中をさらしていることに本能的な恐怖を感じて。

承香殿の女御は帝《みかど》の寵《ちょう》を独占するためにあの尼を招いたに違いないと、深雪《みゆき》は憎々しげに語っていた。邪推だと夏樹も思った。が、あの強烈な視線を前にすると、深雪の意見に無条件で賛成したくなる。あの尼ならば、そういった謀略もめぐらしかねない。

（いったい、何者なんだ。あの尼は……）

本当に一条の母親なのか。それは彼女にではなく、一条にこそ問いたかった。

夏樹はなんとか友人に追いつこうと走った。しかし、むこうのほうが足が速くて、とうとう見失ってしまう。

（どこへ――）

御所の内で、一条が立ち寄りそうな場所といえば一ヶ所しか思い浮かばない。夏樹は大内裏《だいだいり》の南に位置する陰陽寮《おんみょうりょう》へと急いだ。

夏樹がそこへ到達するとほぼ同時に、陰陽寮から誰かが出てきた。小舎人童《こどねりわらわ》を伴ったそのひとは賀茂の権博士だった。

「権博士どの！」

よく知っている顔に出会えた嬉《うれ》しさで、夏樹は彼の名を大声で呼び、走り寄った。小舎人童は暗闇から突然ひとが現れたのに驚いて声をあげたが、権博士はさすがと言うべきか、少しも動じた気配がない。

「これは新蔵人《しんくろうど》どの……」

「一条は？」

夏樹の問いかけが権博士の言葉にかぶさる。一拍置いてから、むこうはいつもの穏やかな声で教えてくれた。

「陰陽寮にはおりませんよ。今宵《こよい》は宿直《とのい》に当たっているわけでもありませんからね」

「そう……そうですか」

宿直でないことは夏樹も知っている。問題は一条の行方だが、たったいま陰陽寮から出てきた権博士がそう言うのだから、彼はここには来ていないのだろう。とすると、あと考えられる行き先は自宅ぐらいか。

「お引きとめして申し訳ありませんでした」

一礼し、夏樹はまた駆け出そうとして、権博士に呼び止められた。

「新蔵人どの？」

「はい？」

振り返った夏樹に権博士がゆっくりと近寄り、小舎人童には聞き取れぬような小さな声で耳打ちする。

「お気を悪くされないでください。あなたの身から、いささか血のにおいがするのですが……」

夏樹は一瞬、返す言葉を失って相手の顔をまじまじとみつめた。

「それは……」

ひと呼吸ついてから、言葉を押し出す。

「ついさっき、蔵人所《くろうどどころ》で人が殺されているのをみつけて……、その現場にいましたから、そのせいかと……」

説明しながら、夏樹はハッとする。

この時代、死は穢《けが》れとみなされて忌《い》み嫌われている。しかも、この穢れはひとからひとへ、薄まりつつも伝播《でんぱ》するものと考えられていた。ゆえに、身内が亡くなった者、死体と接した者は、一定期間、物忌《ものい》みをするのが習わしなのである。

「すみません！」

夏樹は一歩後ろにさがり、大声で謝った。

「穢れのことにまで頭がまわらなくて、あの、ぼく、いえ、わたしは、すぐ行きますから。申し訳ありませんでした！」

権博士は何か言おうとしていた――おそらく、「気にしませんよ」とでも言いたかったのだろう――が、夏樹は彼の返事を待たずに、また走り出していた。

急がなくては。

なぜか、夏樹はそんなふうに感じていた。早く一条を捕まえないと、とんでもないことになる、と。

このまま、彼が消えてしまい、もう二度と逢《あ》えなくなりそうな奇妙な焦燥感が胸をふさぐ。冷静に考えれば、一条がそんなことをするはずもない。根拠のまったくない妄想なのに。

夏樹自身もそれはわかっているのに、どうしても気持ちが休まらない。この焦燥感を鎮める唯一の方法は、一条と話すことだけだと信じて道を急ぐ。

御所から正親町《おおぎまち》にある一条の邸《やしき》まではそれほど距離もなく、すぐにたどりつけた。隣の自身の邸には目もくれず、彼は一条の邸の門扉を押す。扉はなんの抵抗もなく開いた。

「一条――？」

呼びかけても邸の中から返答はない。夏樹は声を一段大きくして、また呼んでみた。

「一条、いるか？　あおえでもいい。誰かいないのか？」

この際、馬頭鬼《めずき》だろうが式神《しきがみ》だろうが構わない。いや、取り次ぎがなくとも、最初から遠慮する気はなかった。

痺《しび》れをきらした夏樹は、勝手知ったる友人の家にずかずかとあがりこんだ。幸い、邸の戸口にも錠などは一切かかっていない。

月明かりだけを頼りに、簀子縁《すのこえん》を歩いていく。夏樹の歩みに合わせて、床板はぎしぎしときしむ。その足もとの板の隙間から、何かがじっと見上げているような、そんな気色の悪い錯覚が生じてくる。

昔から、物《もの》の怪《け》邸と噂《うわさ》に高い家だけある。静まり返った夜の中で、邸に漂う不気味な雰囲気は常よりも濃厚になっている。

しかし、夏樹はこれっぽっちも怖がっていなかった。親しい友人の家だから、もう慣れている。それ以上に気が急《せ》いている。仮に、目の前を巨大な火の玉が横切ったとしても、夏樹は目もくれなかっただろう。

一条の部屋の前まで行くと、簀子縁に面した遣戸《やりど》が半分あけ放しになっていた。やっぱり家に戻っていたんだと夏樹は少し安堵《あんど》した。

簀子縁から覗いた部屋の中は真っ暗だ。

「一条」

返事はない。が、暗闇の中に何かがひそんでいる気配はする。こちらを見ている視線も感じる。月に照らされた簀子縁に立つ夏樹の姿は、暗い室内からは丸見えだろう。

「いるんだろう?　入るぞ」

そう言って一歩踏み出そうとした途端、部屋の奥から声がした。

「来るな」

反射的に、夏樹の動きが止まった。

けして大きな声ではなかったが、口調の厳しさが彼をためらわせた。

「勝手にあがりこんで悪かったけど……心配に、なって」

言葉が喉にひっかかってうまく出てこない。もどかしさを感じる反面、こうして積極的に出られないのは却《かえ》ってよかったのかもと夏樹は思った。でないと自分は好奇心に負けて、矢継ぎ早に一条に質問をぶつけていたかもしれないから。

白王尼が言ったことは本当なのか。母親は死んだはずではなかったのか。事実でないとしたら、なぜ白王尼はあんな台詞を口にしたのか。——そんな質問を、ぶしつけに並べたててしまいそうだった。

では、質問する代わりに何をすればいいのだろう?

一条自身もきっと混乱しているはずだ。でなければ、あの場から離れてまっすぐ自分の邸へ戻るような真似《まね》はすまい。いまは、そっとしておくべきだ。彼が今日を限りにいなくなってしまうというわけでもなし、話は明日にでもできる。……たぶん。

そうするのが得策とわかっていながら、夏樹は友人から離れたくなかった。怒らせるのを承知で、一条にもっと近づこうとする。

が、またもや、その足が途中で止まった。暗闇の中で何かが光ったのだ。

金色の光がふたつ。目のように。

一条の目ならば、淡い琥珀色のはず。こんなぎらぎらとした、きつい金色ではない。それに、ひとの目が暗闇でこれほど明るく輝くはずがない。

獣でもあるまいに。

「見るな」

一条がそう言った。その言葉は夏樹にひとつの記憶を喚起させた。死んでしまった友人を蘇生《そせい》させようと、地下深く、黄泉《よみ》の国まで降りていったときのことを。

本来ならば死者を甦《よみがえ》らせるなど、ひとの身に許されはしない。だが、夏樹は牛頭鬼《ごずき》のしろきを通じて閻羅《えんら》王と取り引きをし、一条の魂を返してもらった。そして、現世へ戻るために、ふたりして険しい黄泉比良坂《よもつひらさか》を登った。

その際に、夏樹はとても不安になって——後ろを振り返って一条を見た。けして見てはいけないと牛頭鬼から告げられていた、見るなと一条自身も叫んだのに、禁忌《きんき》を破った。

いまもそうだろうか、と夏樹は迷った。胸の奥にわだかまっている不安を押し殺し、何も聞かなかったふり、見なかったふりをして帰るべきなのか、と。

夏樹の迷いを見抜いたように、一条が闇の中から言う。

「帰れ」

　夏樹は大きく息を吸った。

「心配だから帰りたくない。でも、おまえが帰れって言うのなら、帰る」

　一条は沈黙している。夏樹はさらに言葉を続けた。相手にちゃんと聞いてもらいたくて、一語一語はっきりと発言する。

「いろいろ訊《き》きたい。でも、おまえが訊くなと言うなら、やっぱり訊かない」

　本当は、帰れと言われても帰りたくないし、訊くなと言われようと訊きたい。それをしないよう自分を戒めているのは、ひとえに相手を困らせたくないからだ。

　気持ちは通じたのかどうか。通じていればいいがと願いつつ、夏樹は金色のふたつの光を凝視した。

　光は唐突に消える。一条が目を伏せたのだろうと夏樹は思った。その直後に返ってきた台詞は、

「帰れ。訊くな」

　短い沈黙のあと、夏樹はようやく言葉を喉から押し出した。

「わかった」

　踵《きびす》を返して、部屋を出る。わざとゆっくり歩きながら、呼び止められることを内心、期待していたのだが、一条からの新たな言葉はついぞ与えられない。

いったい、どうすればよかったのか——夏樹は深く悩みながら、一条の邸をあとにした。

承香殿の中の一室では、三人の姉妹がかたまって話しこんでいた。額がくっつきそうなほど顔を寄せ、くすくす笑っているさまは、小さな少女たちが何かいたずらをしようと企《たくら》んでいるようでもある。そこに邪気はまるでなく、本当に仲よさげに見える。

すすきが生い茂る山中の庵《いおり》では、彼女たちも慎《つつ》ましやかなものを身につけていた。が、いまは帝の寵妃《ちょうひ》に仕える女房として、華やかな装束で着飾っている。襲《かさね》は同じ女郎花《おみなえし》でも——よほどその色合いが気に入っているのだろう——織りの見事さ、染色のあでやかさが違う。

「これで三人」

娘のひとりが歌うがごとくつぶやけば、あとのふたりが伴奏のように笑いさざめく。

「あの驚いた顔」

「もしかして、自分の身に何が起こったか、理解できないうちに死んでしまったのかもね」

「少し惜しかったかしら」

「あら、どうして、雪姫《ゆきひめ》」

「だって、花姫《はなひめ》、あのひとは前のふたりとは違って容姿も悪くなかったもの。もっと趣向をこらして、いろいろと楽しんでから狩ってもよかったんじゃなくて？　ねえ、月姫《つきひめ》もそう思うでしょう？」

「駄目よ、駄目」

月姫が応えるより先に、花姫が首を横に振った。

「あまり手間暇をかけて失敗でもしたら、母さまにまた怒られてしまうわ」

「もう充分、怒られたじゃない。小野《おの》の山中とは違うのだから、御所の中で派手な狩りをしてはいけないって」

「だから、手早くすませたんじゃない」

「でもねえ、月姫」と、雪姫が加勢を求めるように姉の名を呼ぶ。

「あのひとが月姫を傷つけたのでしょう？　とても許してなどおけないものねえ」

その問いかけに対し、月姫はうふふっと含み笑いを返した。彼女は脇息《きょうそく》を胸もとに抱きこみ、両肘をついて顎を組んだ手の上に載せている。両腕とも肘のあたりまでむき出しだ。白くてなめらかなその腕には、治りかけの傷がひとつ、斜めに走っていた。

「本当はもっともっと、あいつを怖がらせてやりたかったわよね。わたしたち、優しすぎたわよねえ」

　月姫はまだ笑っている。代わりに花姫が口をはさんだ。

「月姫には何を言っても無駄よ。心はここにないも同然ですもの。素敵な殿方にめぐりあわせてもらったことを、むしろあの男に感謝しているのかもよ」

「あら、あんなに嬉々《きき》として喉を嚙《か》みちぎってやったくせに」

　月姫は赤い唇から、小さくてかわいらしい真珠のような歯を覗かせた。

「だって感謝はしているけれど、それとこれとはやっぱり話が別ですもの」

「言うわねえ」

　三人の姉妹は声をそろえて笑う。会話の物騒な内容さえ知らなければ、華やかな姉妹の微笑《ほほえ》ましい光景と誰しもが思うだろう。

　唐突に御簾《みす》が揺れ、そこへ被衣姿の女がひとり入ってきた。まるで死の影が忍びこんだかのように音もなく。

　途端に三人姉妹は黙りこんだ。そろって笑みを消し、おびえた目を被衣の女に向ける。

　女はするりと被衣を下ろした。彼女が頭をひと振りすると、肩までしかない純白の髪が銀の糸を触れ合わせたような繊細な音をたてる。切れ長の目の中の瞳は淡い琥珀色。三人姉妹とよく似た、それでいて娘たちよりも妖《あや》しさが際立った美貌。

　不思議な威厳に満ちた彼女——白王尼の前で、娘たちは叱られるのがわかっている小さな子供のように身をすくませた。

「母さま」

「何かございましたか？」

「わたくしたち、不手際などしておりませんよね？」

緊張する娘たちへ白王尼は、母親というよりは師のごとき厳しいまなざしを向けた。

「確かに、手がかりになるようなものは残さなかったようですね。けれど、蔵人所の周辺は大変な騒ぎでしたよ。物見高い人間たちが大勢群れて、血のにおいに興奮して。万が一、わたくしたちの正体がばれて、あやつらが武器を手に取り、一斉に襲いかかってきたらどうなるかと、一度も考えなかったのですか？」

反論を許さぬ強い調子で白王尼は言う。娘たちは震えあがった。しかし、そこで母親の表情がゆるんだ。薄赤い唇は睡蓮《すいれん》が明けがたに花開くようにほころんで、慈愛に満ちた微笑を形作る。

「ですが、あの騒ぎのおかげで、思いもよらぬ嬉しい出来事がありましたよ」

「嬉しい出来事？」

異口同音にくり返す三姉妹。母親を見上げる三対の目は、早くも好奇心に輝き始めている。白王尼は軽くうなずいた。

「おまえたちの弟をみつけました」

「弟？」

驚きの声も三人同時。直後、まっさきに問うたのは月姫だった。

「わたくしたちに弟がいたのですか？」

「ええ。父親はおまえたちとは異なりますけれどね。母親はまぎれもなく、このわたくし」

白王尼はしなやかな指を自分の胸にあてて断言する。母親の思いもよらぬ発言に、娘たちがどよめく。そして、最初の驚きから醒《さ》めると、彼女たちはにわかにはしゃぎ出した。

「わたくしたちに弟が」

「どのような子ですの、母さま？」

「わたくしたちも、もちろん逢えますわよね、母さま？」

「ええ、ええ。逢わせてあげましょうとも、いずれね」

娘たちは不満げに唇を尖《とが》らせた。

「いますぐではないのですか？」

「驚かせてしまったらしく、あの子は逃げてしまいました。でも、都にいるとわかった以上、みつけだすのはたやすいこと」

白王尼はすっと左手を上げて、指を軽く鳴らした。すると、彼女の形のよい爪先に火がともった。火は細く長く、寒々しいほど青い。普通の熱い炎ではない。白王尼も熱などまったく感じていない。

「まさか、これほど近くにいたとは。もはや二度と逢えぬと、わたくしの宿世《すくせ》の糸とあの子の糸が交じり合うことは、けしてあるまいと思うていたのに……」

母親のつぶやきに、娘のひとりが無邪気に言う。

「親子ですもの。いずれは逢えるよう、なっていたということですわ」

白王尼は目を細めて微笑んだ。

「そうですね。してみると、運命というものは本当にあるのかもしれませんね。誰しもが逃れられぬ、さだめが……」

そうつぶやいた白王尼は、まるで獲物をたいらげた獣のように満足げであった。


よく晴れた空に、刷毛《はけ》で刷《は》いたような薄雲が浮かんでいる。秋の大気はだいぶ冷たくなってきたが、それがまた空の透き通るような青さを際立たせている。

夏樹は自宅の簀子縁にすわって、空を見上げていた。烏帽子《えぼし》はつけず、肩に袿を羽織って、勾欄《こうらん》に頬杖《ほおづえ》をついて。その表情はけして明るいものではない。

為明《ためあきら》の死体を発見したり、一条の母親を名乗る女が現れたりといろいろあったのは、つい、おとといのことだ。翌日から夏樹は物忌みに入り、ずっと自宅にひき籠もっている。

死の穢れが薄まるまでは、家でおとなしくしていなければならない。慣習上、やむを得ぬことだが、何もできぬというのもつらい。自分ひとりが蚊帳《かや》の外に置かれているような心地がして、知らぬうちにため息を連発させてしまう。

「浮かぬご様子ですね、夏樹さま」

簀子縁のむこうから現れた乳母《めのと》の桂《かつら》が、夏樹のため息を聞き咎《とが》めて眉をひそめる。

「こんなときに気楽に笑ってなんかいられないよ」

「それはそうでしょうけれど。ご同僚が亡くなられたからといって、いたずらにご自分を責めないでくださいませ。そうでなくとも、夏樹さまは悩み事をかかえこみやすい気質でいらっしゃいますから」

夏樹は小さく苦笑した。

桂は一条がらみのことをまったく知らない。夏樹が暗い顔をしているのも、内裏で蔵人の先輩が何者かに殺されたことを気に病んでいるせいだと思っている。

もちろん、それも紛れもない真実だ。ひとりでぼんやり考えこんでいると、暗闇の中で金色に光っていた一条の目と、為明の死に顔が交互に浮かんでくる。

(よりによって、あの為明さまがあんなことに……)

受領《ずりよう》の息子の夏樹とは比べものにならないくらいの名家の出だったのに、出自のよさを鼻にかけることもなかった。明るくて気さくで。お調子者すぎると陰口を叩《たた》く者もいたが、当人は全然気にしていなかった。

（いったい、どうして。誰がなんのために）

暗い西の廂《ひさし》に仰向《あおむ》けに倒れていた為明の喉は、ぱっくりと大きな傷口をあけていた。思い出しただけで、陰惨な血のにおいが漂ってくるような気がする。

幻の死臭をかぎとって、夏樹は無意識のうちに顔をしかめていた。その様子を桂にじっと見られていることに、当人もふいに気づく。

「なんだい、桂？」

「いえ……このたびお亡くなりになったかたは、先日、夏樹さまを訪ねていらしたかたなのでしょう？」

「ああ、そうだよ。為明さまとはいっしょに栗栖野《くるすの》に狩りにも行ったよ」

蔵人所でも、仕事のことを丁寧に教えてくれた。うまい誤魔化しかたも。歳《とし》も三つかそこらしか違わない、将来有望な若者だったのに。それがいきなり、あんな形で。

死はいつも理不尽なものとわかっていても、あまりにも突然すぎた。衝撃が大きくて――その直後にとんでもない出来事があったせいもあって――夏樹は自分がかなり滅入《めい》っているのを自覚していた。食は進まないし、ろくでもないことばかり考えてしまう。

そのことに、いちばん身近な桂が気づかぬはずがない。

「夏樹さま、わたくしも差し出がましいことは言いたくないのですが……」

桂のまなざしは、養い子の気持ちを余すところなく読み取ろうとしていた。視力はだいぶ衰えているはずなのに、相手が実の子以上に慈《いつく》しんだ夏樹となると話は別らしい。

「御所の闇には物の怪が出ると、昔から言われております。そのような物の怪に襲われて、命を落とされたかたの話なども聞いております」

桂の言う通り。都の闇を跋扈《ばっこ》する物の怪は、帝のおわす御所だからといって遠慮などしてくれない。むしろ、ここぞとばかりに暴れてくれる。

御所の中の宴《えん》の松原《まつばら》という場所では、その昔、美男に化けた鬼に女人が食い殺されたという。早朝の役所内に、物の怪に殺された役人の首が転がっていたこともあったとか。真偽のほどは定かではないが、そんな怪奇譚《たん》が何十年も前から貴族たちの間でささやかれていた。

為明の件の調べは当然行われているものの、犯人の目星はまったくついていないらしい。このままだと今回のことも、御所にひそむ物の怪のしわざにされてしまいかねない。

「どうか、お仲間の仇《かたき》を討とうなどと、さような危ないことは考えないでくださいませ。相手は物の怪。ひとではございません。姿形ばかりでなく、考えること何もかもが、わたくしたちとは大きくかけ離れておりましょう。そういったモノとは距離をおくに限ります。いたずらに近づいて、よいことなど何もありません」

「桂は、為明さまを殺した相手は物の怪だと決めてかかっているんだね」

「わたくしが決めたのではございませんよ。みなが、あの傷はひとのしわざとも思えないと、口々に言っておりました」

そんな憶測が出るのも無理からぬことだった。為明の喉の傷は、明らかに刃物によるものではなかったから。

(まるで、獣に食いちぎられたかのような傷……)

つい最近、似たような死にかたをした者が他にもいる。場所は栗栖野の別荘。行遠《ゆきとお》の家に仕えていた武士。彼は喉を大きく引き裂かれて、別荘の庭に倒れていたという。誰に殺されたかは、まったくわかっていない。

死んだ武士と為明は、ともに栗栖野で狩りに興じていた。さらに、あの狩りに参加していた武士がもうひとり、川で不審な死を遂げている。

あの狩りの際に、彼らの死の遠因となるような出来事があっただろうか？

夏樹は何度も記憶の底をさらってみたが、鍵になりそうなものはいまだにすくい取れずにいた。かといって、三度も人死にがあり、うち二件は似たような殺されかたとなると、偶然ではとても片づけられない。

(次に殺されるのは、ぼくかも……)

そうは思っても、身におぼえがないため恐怖心もわいてこない。足が地についていないような、もどかしさを感じるばかりだ。

「夏樹さま」

黙って考えこむ夏樹の様子に不安を誘われたらしく、桂が声をかけてきた。

「なに、桂？」

「ですから、あまり危ないことはなさらずに、おとなしく物忌みなさっていてくださいませ。そうでなくとも、不気味な出来事の多いこのごろでございますからね。昨夜も遅くに、お隣の邸の門前に青い火が点《とも》っていたなどと言う者がいて……」

「隣に火の玉なんて、珍しくもないじゃないか」

「あら、まあ」

桂の目が少し厳しくなった。陰陽師《おんみようじ》嫌いの乳母はいまだに隣の住人を快く思っていないのだ。

「ええ、わたくしも、火の玉程度ならもういいかげん慣れましたわ。でも、普通ならばあり得ないのですよ。墓地の真ん中で暮らしているのではないのですからね。それにこうも身近で怪異が続くと、いずれは夏樹さまの身にもよからぬことが降りかかるのではないかと、わたくしはもう心配で心配で」

「いまさらだと思うけど……」

「何か、おっしゃいましたか？」

「いいや、なんにも」

「なら、よろしいのですけれども。どうか、おとなしく物忌みなさって、お仕事に戻られてからも、しばらくは宿直を他のかたに代わっていただいてください」

「でも、ぼくはまだ蔵人の中でも下っ端で」

「このところ、ずっと働きづめでいらしたんですから、それくらいの融通はきくはずですわ。でなければ、夏樹さまの身が持ちません。今度ばかりは言わせてもらいますけれども――」

くどくどと説教が長引きそうな予感に、夏樹はげんなりした。が、幸いにも救いの手はすぐに差しのべられた。訪問者がやってきたのだ。正直、ひとに逢いたい気分ではなかったが、このときばかりはもろ手を上げて歓迎したくなった。

「桂、桂、誰か来たみたいだよ！」

「まあ……。せっかく、夏樹さまが休まれているというのに……」

桂は不満そうな様子を隠そうともせず、応対するために離れていく。

誰が来たかは知らないが、物忌みの最中と聞けばおとなしく帰っていくだろう。が、夏樹の予想は覆された。やってきたのは行遠だったのだ。

先輩の不意の訪問に、まったく心積もりをしていなかった夏樹はあわてた。急いで烏帽子を着用するが、着替えまでする暇はない。

「お見苦しいところを……」

桂に案内されて部屋へ入ってきた行遠に、夏樹は恐縮して頭を深く下げた。

「いや、わたしのほうこそ、突然来たわけだから」

そう言う行遠のまぶたは腫れ、目も赤く充血している。かろうじて笑みはつくっているものの、顔色は悪い。親友の為明をあんな形でなくしたばかりなのだ、衝撃の大きさは夏樹の比などではあるまい。寝込んでいても不思議ではないくらいだ。

「あの、わたくしは物忌み中でして……、その理由もお聞き及びとは思いますが」

当然、行遠もおとといのことは知っているだろうが、念のために言及しておく。行遠は「ああ」と応えて小さくうなずいた。

「聞いているが、気にはしないよ」

それから、ちらりと視線を桂に向ける。桂はその視線の意味をあやまたず汲《く》み取った。

「では、何かありましたら、すぐにお呼びくださいませ」

桂が退室していき、ふたりきりになっても、行遠はなんと言っていいものか迷うように沈黙していた。夏樹は辛抱強く待った。身近な相手に死なれて、彼が苦悩しているのが理解できたからだ。

いまの行遠の頭の中には、なぜ、どうしてといった疑問詞ばかりが渦巻いているに違いない。彼はどのような状況で死を迎えたのだろうか、おそろしかっただろうか、苦しかっただろうか、と。

すべては死んだ当人以外に知りようもない。そういう想像をすること自体、徒労にすぎないのかもしれない。頭のいい行遠なら、そこまで理解しているだろう。それでもなお、考えてしまうのだ。なぜ、どうしてと。

思いが高じていくと、自分が何かしていれば未然に防げた事件ではなかったかと、おのれを責める方向にまで行きかねない。夏樹は、行遠にそんなふうに自分を追い詰めて欲しくなかった。

(やっぱり、ぼくから進んで話すべきなんだろうか)

死体の発見者として、あの現場のことを。しかし、あれを思い起こし、話して聞かせるのは夏樹にとってもつらい。

やがて、行遠は言葉を選ぶようにゆっくりと話し始めた。

「今度のことは……新蔵人がまっさきに発見したと聞いたのだけれど」

「はい、おっしゃるとおりです」

「わたしは為明の死に顔を見ていないのだ。知らせを聞いたとき、遺体はすでにあいつの実家に移されていて、すぐに弔問に行ったのだが……顔までは見る勇気がなかった」

そのことを悔やむような口調で、行遠はぽつりぽつりと語る。

「喉を引き裂かれていたと聞いた……。さぞや苦しかったろうと、思う。あいつはそんな目にあわねばならないようなことは、何もしていないのに」

行遠は視線をそらし、瞬《まばた》きをくり返した。夏樹ももらい泣きしそうになって、同じように瞬きをくり返す。

「新蔵人は何も見なかったか？　為明をあんな目にあわせたやつの姿を」

「それが何も」

そのことは、事件のあった晩に証言済みだった。一条の邸を追い出されたあと、夏樹はとりあえず蔵人所に戻って、自分が見たものについての詳しい報告をしている。現場から逃げたととられ、余計な詮索をされるのを防ぐ意味もあった。

ただし、あの場に一条がいっしょだったことは伏せておいた。そうしたほうがいいと、夏樹がひとりで判断したのだ。いまの一条は普通とは違う。へたに刺激をして至らぬことを招きたくなかった。

「おそらくは物の怪のしわざと……もう、そういう話が出ているらしい。ろくに調べもしないで」

やはりそうかと夏樹は思った。原因のわからない事件はすべて物の怪のしわざと、自然にそうなっていくのだ。そうすれば、とりあえず原因が判明したような気がして、世のひとびとは安心する。実際は何も解決していないのに。

「為明さまなら誰かの恨みを買うようなこともないでしょうし、場所も場所ですから外部からの侵入は難しいでしょう。内部の者を疑うよりは物の怪ということにしておいたほうが――」

「わたしの母などは、殺生の報いではないかと言っているよ」

「殺生……？」

「わが家に仕えている武士が何者かに殺害された話は聞いているかい？」

そのことか、と夏樹は納得した。

「はい。狩りに同行していた男たちですね」

「済《わたる》も――栗栖野の別荘で殺された彼も、喉を引き裂かれていた。いっしょに狩りに出た兄のほうも、直後によくわからない死にかたをしている。賀茂川《かもがわ》で溺れ死んだんだが、誰かに追われて逃げ惑ったすえに誤って川に落ちたのではないかと思われるふしがあるんだ」

「そうなんですか……」

その件は生前の為明からすでに聞かされていたのだが、夏樹は初めて知るようなふうを装った。どうしてその件を知っているのか説明しようとすると話が長くなるし、為明が行遠に内緒で行動しようとしたことも打ち明けねばならなくなるから。

「狩りに同行したふたりがたて続けに死んで、わたしの母がひどく心配してね。母はそういうことを気にするたちで、わたしにも厄払いをしろとうるさく言うんだよ。面倒なので適当にあしらっていたのだが、そこへ為明の訃報が届いて——」

行遠がふうっと大きくため息をついたのは、親友の死を聞かされたときの気持ちが彼の中で甦ってきたからに違いない。

「わたしの母もかなり参ってしまって。なにしろ、あいつとは幼いときから家族ぐるみで付き合いがあったから、母にしてみればもうひとりの息子を失ったような思いなのだろう。それで……これは狩りなどに興じて要らぬ殺生を行ったからだと、言い張って聞かないんだ。いずれは同じことが、わたしの身に降りかかるのではないかと危惧しているらしい」

「行遠さまはどう思われているのですか？」

「わたし？　わたしは殺生の報いだなんて思ってはいないよ。いままでだって何度も狩りをしたけれど、ことさら残酷な振る舞いはしなかったし、射止めた獲物を無駄に捨てたこともない。殺生は確かに無慈悲な行為かもしれないが、そんなことを言っていたら、肉を食う獣はみんな死に絶えてしまうはずだろう？」

「それはそうですが、お母上がご心配なさるのも理解できます」

「確かにね」

「ここはお母上を安心させるためにも、厄払いをなさってはいかがでしょうか。効果があるかどうかはともかく、そういうことをやったというだけでも、気持ちの上でかなりの違いが出るものですよ。それに、為明さまのご供養にもなるかと」

為明が死の直前にやろうとしていたこと、それをこういう変則的な形ででも実行できたなら、確かに供養になるだろう。生きている者のささやかな自己満足かもしれないが。

「為明の供養か……」

夏樹の言葉に、行遠は少し心を動かした様子だった。しばらく考えこみ、それから小さく苦笑する。

「新蔵人に警告するつもりで来たのに、逆にわたしが進言されるとはね」

「警告？」

「ああ。不吉なことを言うと怒らないでおくれ。物の怪だか、人間だか知らないが、狩りに行った三人ともが何者かの手によって殺されたのは間違いないからね。もし、殺生の報いだとしたら――次に倒れるのはわたしか、新蔵人、きみだよ」

ご冗談を、と笑い飛ばしたかったが、行遠の顔は真剣そのもので、とても笑いごとでは済ませられなかった。


その夜。夏樹は自室で何をするでもなく、燈台《とうだい》の揺れる火をじっと眺めていた。

行遠が警告を発して帰っていったあと、いったい何を言われたのかと桂はしつこく食い下がった。もちろん、夏樹は適当な作り話をして誤魔化した。真実を教えたところで、桂に余計な心配をさせるだけだ。それくらいなら、へたでも嘘《うそ》をついたほうがまだいい。

それに、彼には命を狙われるような心当たりがまったくなく、いまひとつ現実的な危機感をいだけずにいた。栗栖野で狩りはしたが、行遠の言う通り、それほど残酷なことをしたおぼえはない。むしろ、傷ついた狐《きつね》をこっそり逃がしてやったりと、いいことをしたという思いのほうが強い。

（ひょっとして、自分がひと足先に栗栖野を離れたあとに、今度の事件の原因になることが起こったとか）

その可能性を夏樹は真剣に検討してみた。が、

（いくらなんでも、あの為明さまや行遠さまが命までとられるようなひどいことをするはずが……）

そういう結論に行き着く。どれほど考えをめぐらせてみても、これだという解答は出てこない。しかも、いまはそればかりでなく、一条のことも重く彼の心にのしかかっていた。

視線を、あけ放した蔀戸《しとみど》のむこうの隣家へと向けてみた。いつかのように式神の赤い火の玉が見えれば、あそこへ訪ねていく口実もできるのに、そんな期待を胸に闇のかな

た へ目を凝らしても、それらしいものは見当たらない。

夏樹はため息をついて、窓の外から視線をそらした。それとほぼ同時に——ざっ、ざっ、ざっ、と奇妙な音を聞き取る。何か大きなものが、草をかき分け庭を這《は》ってくるような音だ。夜中にひとりで聞きたいような類いのものではない。

何事かと夏樹は一瞬、身を硬くしたが、すぐに緊張を解いた。この音は前にも聞いたことがあると思い出して。

さっと立ちあがり、庭に面した簀子縁に出る。月は雲に隠れてしかとは見えないが、庭を大きな生き物が匍匐《ほふく》前進してくるのがわかった。かなり不気味な光景だったが、夏樹はもう怖がったりしなかった。

「おい、あおえ」

小さな声で呼びかけると、それはぴたりと前進をやめた。

「あっ、夏樹さん」

低い位置からあおえの能天気に明るい声がする。庭を這ってきたのは、隣の邸に居《い》候《そうろう》している馬頭鬼だった。

ちょうど月が雲の合間から顔を出し、その馬づらを照らしてくれる。水干《すいかん》を着たたくましい身体に馬そのものの頭。普通の人間なら卒倒していただろうが、夏樹はもう慣れっこだ。

「どうしたんだよ、おまえ」

勾欄から身を乗り出す夏樹に、あおえは地面に腹這いになったまま照れ笑いしてみせた。

「いえ、夏樹さんの家を訪問するときにはこうしたほうがいいかと思いまして。ほら、乳母さんにみつかったら、いろいろとまずいでしょう?」

「心遣いは嬉しいけど、いったい何?」

「はい、一条さんが」

「やっぱり」

思わず口をついて出た言葉に、あおえは不思議そうな顔をした。

「どうして『やっぱり』なんですか? 夏樹さん、心当たりでも?」

あおえに白王尼のことを教えるべきか否か。その答えはすぐに出た。否、だ。

一条にとってこれはかなり個人的なことだし、どこまで確かな話なのか、まだ全然わかっていないから。あおえに話すかどうか、決めるのは一条自身であるべきだ。と、そういう結論に達した夏樹は曖昧に微笑んだ。

「いや、特に理由なんてないよ。そうじゃないかなと思ったのが当たっちゃったなって意味で、口から出ただけだから」

「そうなんですか。さすが、夏樹さんですね、まさにその通りなんですよ。一条さんがね、どうも様子がおかしくって」

「どうおかしいんだ？　あ、いいや、ぼく自身が行って、この目で確かめてくる」

「そうしてくれると助かりますですぅぅぅ」

あおえは両手を合わせて夏樹を拝むと、百八十度方向転換し、ざっざっと一条宅へ向かって匍匐前進していく。夏樹も庭に降りて、その後ろを歩く。

身体が大きいだけに、這いずる馬頭鬼の姿はかなり怖いものがあった。とはいえ、あおえなりにひと目につかぬよう気を遣ってくれているのだと思えば、文句も言いづらい。匍匐前進でも、こちらの歩く速度と大差はなかった。広い背中を踏んづけてやりたい誘惑にもかられたが、夏樹は耐えた。

「なあ、あおえ。おとといの夜だったっけか、おまえ、家にいなかったよね」

ついて歩きながら、夏樹は何でもないことのように訊いてみた。あおえはざっ、ざっと匍匐前進したまま、

「そうでしたっけ？　おとといの夜、夏樹さん、うちにいらしたんですか？」

「うん、ちょっとね」

「おとといの夜ねえ……。ああ、そういえば、近くの閻魔堂に願掛けに行ってましたが」

「願掛け？」

「何をお願いしてきたんだって訊かないでくださいね。願掛けの効果がなくなっちゃいますから。一条さんにも言っちゃ駄目ですよお」

あおえは夏樹を振り仰ぎ、立てたひと差し指を口に押し当てたのみならず、片目をつぶってみせる。愛嬌《あいきょう》を振りまいたつもりかもしれないが、かなり気色悪い。

「はいはい、わかったよ」

無理に訊かずとも予想はつく。早く冥府へ戻してくださいと願を掛けていたのだろう。あおえが冥府を追放され、一条の邸に居候するようになってもう一年以上が経《た》つ。その間、いろいろあったが、冥府からお迎えが来るような気配はまったくない。もしかして、冥府での時間の捉えかたと人間の世界のそれとではかなりの開きがあって、夏樹の生きているうちにあおえの追放処分が解けるようなことはないのかもしれない……。

(それはそれでいいのかも)

当人には気の毒だが、夏樹はそう思った。隣に馬頭鬼が住んでいれば退屈せずに済むし、一条もひとりで暮らすよりはあおえがいっしょにいたほうがましだろう。特にいまのように、何事かあったときなどには。

祟《たた》りや呪いがすべてではない。馬頭鬼や式神といった、この世ならぬモノたちとも、やりようによっては楽しく共存していける。そんな稀有《けう》な例として、一条邸はいまのままであって欲しいと、夏樹は心の片隅で秘《ひそ》かに願っていた。

庭の土塀の崩れた箇所を乗り越えていくと、あおえはようやく匍匐前進をやめて立ちあがった。

「ふう、疲れた」

そう言いながら、装束についた落ち葉や土をはらって歩き出す。一条の邸の庭に入ってひと目を忍ぶ必要がなくなったからではあるが、草茫々《くさぼうぼう》のこちらでの匍匐前進がつらいのも理由のひとつになるかもしれない。

「一条は部屋のほうかい？」

「はい。ずうっとお部屋に籠りっぱなしで何も召しあがろうとしないんですよ。わたしが様子を見ようとすると怒鳴るし。一日ぐらいはほうっておいても大丈夫かなと思っていたんですが、二日目も様子が変わらないんで、夏樹さんならどうにかしてくださるかなと思いまして」

「わかった。ぼくひとりで行ってくるから、あおえは心配しないでここで待っていてくれ」

「ありがとうございます。やっぱり、困ったときの夏樹さんですねえ」

つぶらな瞳を潤ませて、あおえは夏樹に熱い視線を注ぐ。頼りにされて嬉しいような、そうでもないような。少なくとも、一条のもとへ出向く理由を与えてくれたのはありがたかったかなと感謝しつつ、夏樹は庭から邸内へとあがった。

一条の部屋の遣戸を細くあける。中は真っ暗だ。おとといの夜からずっと、部屋の燈台に火をともしてはいないのかもしれない。

この暗闇の中で一条はずっと何を考えていたのか。もちろん、自分の母親のことに決まっていよう。

(母親か……)

一条のあの反応からして、そうとう複雑な背景がありそうだと夏樹も予想していた。他人が無遠慮に踏み入ってはいけない、微妙な問題だと彼自身も思う。だからといって、知らん顔をするのもためらわれる。

どうしたらいいのだろうとの迷いをふっきれぬまま、夏樹はおそるおそる声をかけた。

「一条？　起きてるか？」

返事はない。だが、部屋の中にはいるはずだ。

「一条、入るよ」

遣戸を全開にしても、月の光は部屋のほんの少ししか射《さ》しこまない。奥には闇が重く凝固している。

おとといの夜とまるで同じだ。あのとき、夏樹は部屋の奥に金色にぎらぎら光る目をみつけた。いま、あの光は見当たらない。眠っているのだろうかと思い、夏樹は足音を忍ばせて、さらに奥の闇へと近づいていった。

片手をのばし、空間を探りながら進む。その指先が薄い布をつかんだ。几帳《きちょう》だ。夏樹がその布を軽くひっぱった途端、何かが闇の中から体当たりしてきた。

「うわっ！」

よける間もなく、夏樹は床の上に転がる。几帳もいっしょになって倒れ、木枠が彼の頭を殴打する。痛みはさほどでもない。が、起きあがろうとしたのにそれができなかった。何者かに両肩を押さえこまれたからだ。

金色に輝くふたつの目が、間近で夏樹を見下ろしている。上にのしかかっているのは友人の陰陽生《おんみょうしょう》に間違いはない。その名を呼び、冗談はやめろと言いたかったのに、夏樹は声を出せなかった。金色の光点からは、人間らしい感情がまったく感じられなかったからだ。

本能的な危機感に突き動かされ、とっさに蹴りあげようとしたが、相手はそれを察知したのか、膝で巧妙に夏樹の脚を押さえこむ。はらいのけようとしても、びくともしない。

はあ、と大きく息を吸いこむ音が聞こえた。見えずとも息遣いで、相手が大きく口をあけたのがわかった。

金色の目が近づいてくる。飢えた獣が捕らえた獲物の喉笛を狙っているかのようだ。

夏樹の脳裏に為明の死にざまが甦った。喉を引き裂かれ、大量の血を流し、驚愕《きょうがく》の表情を浮かべていた死体。このままだと、あれと同じことに自分もなってしまう。

「一条！」

夏樹は出ない声をふりしぼって友人の名を叫んだ。その途端、相手の動きが止まる。金色の光はじっと夏樹を凝視していたが、唐突に消えてしまう。と同時に、上にのしかかっていた重みがなくなり、夏樹は急いで跳ね起きた。

いくらか闇に慣れた目に、こちらに背を向けてうずくまっている人影が映る。長い髪が、白っぽい狩衣《かりぎぬ》の背に滝のように流れ落ちている。

「一条……」

「出ていけ」

手で顔を覆っているのか、一条の声はくぐもっていた。

あからさまな拒絶。それでも、夏樹は手をのばし、友人の肩に触れようとした。

その気配を察したように、一条が勢いよく振り返る。

「殺されたいのか！」

鋭い口調だった。夏樹を睨《にら》みつける一条の双眸《そうぼう》は、やはり金色に輝いている。ぎらぎらと、ひとではない生き物のように。

夏樹は心臓が止まりそうなほどの衝撃を受けた。返す言葉も思いつかない。

一条は肩で息をしながら腕をまっすぐにのばし、あけっ放しの遣戸を指差した。

「早く帰れ。その喉笛を嚙みちぎられる前に」

夏樹は頭を左右に振った。おまえがそんなことをするはずがないだろうと言いたかったのに、それより先に、一条がさらに声を険しくして怒鳴る。

「早く！」

彼の瞳の輝きはまばゆいほどだった。ぐずぐずしていたら本当に殺されかねない剣幕だ。

それでも、出ていきたくなかった。一条のその目の光の意味を知りたかった。なのに、夏樹の身体のほうが——本能のほうが過敏に反応して、彼の本心をも抑えつけてしまう。

夏樹は転がるように簀子縁へと走り出た。もう無我夢中だった。月明かりの庭にはあおえが待っていて、血相を変えて飛び出してきた夏樹を目を丸くしてみつめている。

「あの、どうかしたんですか？　一条さんの怒鳴り声、ここまで聞こえてきたんですけど」

「わからない……」

夏樹の口から洩《も》れた言葉はひどく震えていた。

「わからないんだよ、あおえ……、あいつが何を考えてるんだか……」

「夏樹さん？　あっ、あっ、ちょっと待ってくださいよ。泣かないでくださいよ、夏樹さんってばぁ」

夏樹は目をしばたたき、なんとか涙を押しとどめようとした。けれどもその努力も空《むな》しく、涙が頰にこぼれ落ちてしまう。子供でもあるまいし情けないと自分を戒めても、どうしようもない。

友人が苦しんでいるのに何もできない自分がいやで。手ひどく拒絶されたことに傷ついて。夏樹は唇をきつく嚙みしめ、声を出さずに泣いていた。

暗闇の中で。

一条は床に仰向けに寝転んで、ただじっと虚空をみつめていた。

いつもと違う感覚がある。背中に床板の硬さを確かに感じているのに、身体が浮遊しているようだ。自分を包む闇も、無の空間とわかっていながら、四肢にからみついてくるような質感をおぼえる。意識と五感の間に齟齬《そご》が生じているらしい。

不安がないわけではない。このままではいけないのも、わかっている。早く自分を取り戻さないと、二度と這いあがれぬ深みにはまってしまいかねない。

だが——意識の片隅で、もうひとりの自分がささやく。深みにはまるのがそんなに悪いことか、この浮遊感をいっそ楽しんでしまえ、と。

そして、気持ちの赴くままに、獲物を捕らえ、喉を嚙み、狩りの愉悦にひたればいい、と。ついさっき、その機会があったのに逃してしまったのは本当に惜しかったな、と。

馬鹿を言うなと反論する気力も、いまの一条にはない。もうひとりの自分の誘いを無視するのが精いっぱいだ。

誰かが遣戸を外から軽く叩いた。

「一条さん？」

あおえの声がする。

「大丈夫ですか？　夏樹さん、泣いてましたよ」

夏樹が泣いたのは知っている。部屋にいながらにして、彼の頬の冷たさと涙の塩からさを舌先で味わっていたから。

傷つけてしまったという罪悪感に、どうしてあんな簡単に泣けるのだろうと不思議に思う気持ちが入り混じる。さらに、もっと傷つけてやってもよかったかと嗜虐《しぎゃく》の欲望が頭をもたげてくる。

一条はため息をつき、寝返りを打った。やっぱり、あいつを追い出して正解だったと思いながら。あのままだったら純朴すぎる友人に何をしていたか、彼自身にもわからない。いや、わかっていたからこそ、手荒く追い返したのだ……。

「一条さん、ねえ、いったい、どうしちゃったんですか？」

「うるさい」

部屋の外から呼びかけるあおえを、一条は冷たく怒鳴りつけた。が、また夏樹を連れてこられてはたまらないと思い直して、もうひと言添える。

「しばらく、ほっといてくれ」

あおえはそれでも長いこと遣戸のむこうに立っていたが、やがてあきらめて離れていった。わざとらしく、ため息を連発させて。

一条はもう一度寝返りを打ち、闇の中で身体をのばした。感覚がまた狂う。手足が肉体の限界を越えて、どこまでものびていくような気がする。

どうにも制御が利かない。自分の感覚、思考、行動すべて、タガがゆるんでしまったかのようだ。

きっかけはあの女だった。彼女に突然に『吾子』と呼ばれ、自分と同じ琥珀色の瞳を覗きこんだ瞬間、身体の内部で何かがはじけた。

共鳴したのかもしれない。その震えの大きさに、一条は恐怖すらおぼえた。

「なるほどね」

一条はしわがれた声でひとり言をつぶやいた。

「そういうことか、閻羅《えんら》王。摂理を曲げた代償に——自分の根源を改めて見据えろと？どこまで耐えきれるか見せてみろとでも？」

突然、暗闇に青い火が点った。一条は驚きもせずに、金色の目をその火へと向けた。

不思議な火を前ぶれに現れいでるのはいかめしい冥府の支配者か、屈強な獄卒の群れか。が、予想に反して、揺らぐ青い火が浮かびあがらせたのは、たおやかな女の姿だった。白い髪、琥珀色の瞳、青鈍《あおにび》の装束の美しい尼僧。

青ざめた小さな火ひとつで、ここまではっきり見えるはずもない。それに、彼女の姿にはいまひとつ現実感がなかった。実際にひとがそこにいるのではなく、陰火が映し出した幻にすぎないらしい。

しかし、彼女、白王尼が身動きすると、微かな衣《きぬ》ずれの音が聞こえた。『吾子』と呼びかける声も。かぐわしい香りまで漂ってくる。

この現象に対し、一条はまったく表情を動かさなかった。

「おまえなど知らない」

実の子からそんな台詞をこうも冷たく言われたら、普通の母親ならば哀《かな》しみを露《あら》わにしただろう。しかし、白王尼は動じない。

『そのように聞かされて育ちましたか』

どこか遠いところから聞こえてくるような、不思議な抑揚のついた声だった。

「事実、そうだ。おれの母はとうの昔に死んでいる」

『では、母の死に顔をおぼえていますか？　父親から、母は死んだと聞かされて、そう信じこんでいただけではないのですか？』

細めた白王尼の琥珀色の瞳が、青い火の下で明度を増し、金色に変わる。彼女を睨みつける一条の瞳も、同じ色に輝いている。それを見て、白王尼は嬉しそうに言った。

『気がついていますか？　自分の目が、いまどんなふうになっているか。感じませぬか？　自分の中の、ひととは違う血を――』

「失《う》せろ！」

一条が吼《ほ》えると、青い火はふっと消えた。と同時に、白王尼の姿も消えてなくなる。

青い火は、本当にそこにあったのか。一条自身が造り出した幻にすぎないのか。どちらともつかない。見極めようにも、自分の五感を当人が信じられずにいる。感情が揺さぶられる。

「埒《らち》もないことを……」

おのれを抑えこみ、肩で荒く息をする一条の瞳は、依然として金色に輝いたままだった。

第六章　すすきの原

翌日、いとこの深雪《みゆき》が突然、夏樹の邸《やしき》へやってきた。

彼女の訪問は大抵突然で、いまさら驚くことでもない。それでも顔を合わせるや否や、檜扇《ひおうぎ》で殴りつけられるとは思いもよらなかった。完全に虚をつかれて、夏樹は遠慮なしの直撃を顔面に受けてしまう。

「何するんだよ！」

「ああら、ごめんなさいねえ」

とりあえず謝罪するものの、全然心がこもっていないし、目が完全に言葉を裏切っている。怒りの波動が陽炎《かげろう》のように彼女の全身から立ち昇っているのだ。これはすさまじく怖い。

「どうしていきなり殴られなくっちゃならないんだ？」

「ふうん。心当たりがないんだ」

深雪の顔は笑っていたが、それは御所では絶対に見られない、かなり凶悪な笑顔だった。隙あらば、もう二発、三発かましてやろうと狙っていること間違いない。いくら深雪の暴力には慣れているとはいえ、理由もわからず何発も殴られるのは夏樹とてご遠慮申しあげたかった。

「心当たりなんかないよ。言いたいことがあるなら、はっきり言えってば」

「自分の胸に手を当てて、よっく考えてごらんなさいよ」

当ててみた。ちょっと考えてみた。夏樹はあおえがよくやるように胸を張った。

「ない」

すかさず檜扇が襲いかかってくる。間一髪のところで、夏樹はなんとか攻撃をかわした。

「ああ、もう、腹立《はらだ》たしい！」

深雪はまなじりを吊りあげて怒鳴る。若い貴族たちの間で評判の才色兼備の若女房が、鬼女のごときご面相となって仁王立ちするさまには、かなりの迫力があった。

「だから、何がどうなっているんだか教えてくれよ」

「まあ、白々しい。この耳で確かに聞いたんですからね。承香殿《しょうきょうでん》のところのあの変な三人姉妹に言い寄られて、鼻の下をびろんびろん、のばしていたって！」

「びろんびろんは誤解だ」

「だったら、証明してみせなさいよ」

「どうやれって言うんだよ」

「やれないのは事実だからってことでしょうに！」

鋭い舌鋒《ぜっぽう》とともに次々とくり出される檜扇攻撃をどうにかかわすも、夏樹はとうとう部屋の隅に追い詰められてしまった。ついさっきまで平和に居眠りしていたのに——いろいろ考えすぎて、夜、熟睡できなかったせいなのだが——それが一転、このような窮地に陥るとは予想だにしていなかった。

「鼻の下なんか、のばしてない。こっちは一方的に声をかけられただけで、そう、ちょっと話をしただけだってば」

「あら、とっても親密そうだったって、下仕えの女童《めのわらわ》から聞いたわよ。なんだかもう、通うだのなんだのって話まで出ていたそうじゃない？　戯れで言っているとも思えない、とっても、とっても、とーっても深い仲に見えたんですってよ」

夏樹は思わず顔を歪《ゆが》めた。菊花《きっか》の宴《うたげ》の際、三姉妹にからかわれていた現場を見られたのだろうと思っていたが、そうではなく、その後、月姫《つきひめ》に言い寄られていたところを目撃されたらしい。

「ほら、そんな顔をして。やっぱり、心当たりがあるんじゃない」

深雪は夏樹の表情の変化を見逃さず、鬼の首でも獲《と》ったかのように勝ち誇る。このままだと、檜扇の連打で全身の骨をボキボキに折られかねない。

「いや、あれは単なる先方の思いこみで、ぼくは正直、困ってるんだってば」

「本当に？」

「本当。本当。神かけて本当」

目に力をこめて訴えると、深雪はようやく凶器の檜扇を降ろしてくれた。しかし、完全に疑いを消したわけでもなさそうだ。

「じゃあ、いきさつを詳しく聞かせてもらおうじゃないのよ」

なんでこんな言い訳をしなければならないのかといぶかしみつつ、夏樹は菊花の宴での出逢《であ》いから説明した。もっとも、菊の着綿《きせわた》で顔の汗をぬぐってもらったことは、深雪の怒りに火を注ぐだけのような気がして言わずにおいたが。

「——そんなわけで、あくまでむこうの思いこみというか、なんというか。ぼくとしては、誤解されるようなことはなんにもしてないんだ。むこうが勝手に」

「だったら、はっきり言ってやればいいじゃないのよ。おまえなんか好きでもなんでもないって」

「いくらなんでも、それはかわいそうだよ。いささか常識には欠けるかもしれないけど、悪い子でもなさそうだし……」

月姫を弁護しようとした夏樹が、言葉を途中で呑《の》みこんだ。深雪が両手で握りしめた檜扇が、彼女の手の中でみしみし、きしきしと悲鳴をあげていたのだ。まるで自分の身体《からだ》が握り潰されているようで、夏樹はぞっとしてしまった。

「冗談じゃないわよ。いとこが承香殿のところの女房と恋仲になるなんて。わたしの立場ってものも考えてよね」

「いや、違うぞ、深雪。恋仲なんかになってないって。それに、万が一そうなったとしてもだ。これはぼくの問題であって、おまえとは全然……」

ばきっと音を立てて、檜扇は真っ二つに折れた。細かな破片が、顔面蒼白《そうはく》になった夏樹の頬にまで飛んでくる。

「駄目駄目駄目！　弘徽殿《こきでん》の女御《にょうご》さまに仕えるこのわたしのいとこが、敵陣営の女と通じているなんてことになったら、わたしはもう、針の筵《むしろ》よ！」

「通じる……」

夏樹は青ざめていた頬を今度は真っ赤に染めた。

「通じてなんかいないって」

「でも、むこうはその気たっぷりなのよね。それも、よりによってあの三姉妹のひとり！　もしかして、夏樹も怪しげな妖術にたぶらかされたんじゃないの？」

「違うんだってば」

夏樹は困り果てて悲鳴をあげた。

「だいたい、いまはそれどころじゃないんだぞ」

「それどころじゃないって、なんなのよ。出まかせ言わないでよ。物忌《ものい》みにかこつけて、ぐうたら寝ていたくせに」

深雪は折れた檜扇の尖《とが》った先端を、いとこの頬にぴたぴたと押し当てた。脅迫には屈したくなかったが、このまま深雪の好きにさせると傷のひとつやふたつ実際に負わされかねない。それくらい、今日の彼女は怖い。

常ならぬ相手をこれ以上、刺激しないようにと気を配りながら、夏樹は弁解した。

「寝ていたのは……夜中、眠れなかったからだよ。いろいろ考えすぎてしまって」

「何を考えることがあるっていうのよ。あの女のこと？」

「違うってば。為明《ためあきら》さまのこととか……一条のこととか……」

為明の名を聞いて、さすがの深雪も凶器をひっこめた。表情からも怒気が消えて、殊勝なものに変わる。

「……為明さまのことはお気の毒だと思っているわ。夏樹があのかたと親しかったのも知ってるし。でもね、冷たいようだけど、死んだひとのことをいたずらに思い悩む必要はないわよ。あれは物の怪《もののけ》のしわざだって話だし、運が悪かったというか……。ああいう目立って魅力的なひとって物の怪からも目をつけられて早死にしてしまうのかもねって、わたしの女房仲間たちも話していたわ。でも、いちおう、あれからお祓《はら》いとか供養とかいっぱいしたみたいだから、もう二度とあんなことは起こらないだろうし、為明さまの御魂《みたま》も安らかになられたと思うわよ」

　歯切れは悪いものの、深雪は懸命に夏樹を慰めようとしていた。彼女の心遣いをありがたく受け取って、夏樹は何度も小さくうなずく。

　ひどく乱暴で強引で自己中心的なところも多々あるが、基本的に深雪はいとこを心配してくれているのだ。行遠《ゆきとお》がいだいていた危惧を打ち明けて、彼女にまで不安を波及させることはない。

「一条どのとは喧嘩《けんか》でもしたの？」

「うん。昨日の夜、ちょっと気まずくなっちゃってね」

　夏樹が弱々しく笑ってみせると、深雪はぐっと力をこめて拳を握りしめた。殴られるのかと警戒して夏樹は身を硬くしたが、彼が案じたようなことにはならなかった。

「本当に夏樹ってば、こういうときの対処法がヘタクソなんだから。ちょっと待ってなさいよ」

　袿《うちき》の裾をすっとさばいて背を向けると、深雪は足早に部屋を出ていった。そして、いくらも経《た》たぬうちに戻ってくる。その腕には、よく熟して色つやのいい柿をいくつもかかえていた。

「わたしだって、手ぶらで来たわけじゃないのよ」

　そう言って、運んできた柿を全部、夏樹に持たせる。

「さあ、これから一条どののお邸に行きましょ」

「でも」

「いいのよ。気まずくなったときはね、なるべく早いうちに、なんでもないような明るい顔して接しちゃうのよ。ほら、いとこから柿をもらったからおすそ分けに来たって言えば済むことでしょうが」

いとこに急《せ》かされ、夏樹は柿をかかえて立ちあがった。真っ昼間から隣家を訪《おとな》うのは乳母《めのと》の手前、ためらいがあったが、深雪はさっさと袿の裾を上げて、庭に降りる準備をしている。彼女がいっしょなら言い訳はいくらでもできるかと思い、夏樹は少し気が楽になった。

「桂《かつら》に遠慮してるんでしょうけど、気にすることないわよ。わたしが、自分の持ってきた柿を一条どのに届けるために、夏樹を手伝わせるんだから」

頼もしいお言葉だった。せめて、もう少し優しく言ってくれるとなおいいのだが、それは贅沢《ぜいたく》というものだろう。

こうして、ふたりは堂々と庭の崩れた土塀を経由し一条の邸へと向かった。荷物持ちの下僕と化した夏樹をひきつれ、深雪が先頭に立って。簀子縁《すのこえん》の階《きざはし》の前から邸の中へ、声をかけたのも深雪だった。

「ごめんください。一条どの、いらっしゃる?」

「はいはい」

元気よく返事をして簀子縁に出てきたのは、あおえだった。

「おやまあ、深雪さん」

「お久しぶりねえ、あおえどの」

袖を顎に添えて、深雪はにっこりと笑う。宮中の華と呼ばれるにふさわしい、あでやかな笑顔だ。へし折った檜扇がその懐にしまわれているのを知るのは夏樹ばかりである。

「差し入れを持ってきたのだけど、一条どのはいらっしゃるかしら」

「ええ、ちょうどいいところでしたよ。もう少し遅かったら出ていたかもしれませんから」

「出るって？」

聞き返した夏樹に応えたのは、あおえではなく部屋から出てきた一条だった。

「阿倍野《あべの》に行く。いま、その準備をしていたところだ」

明るい昼の光のもとで、彼の瞳は普段と変わらぬ琥珀《こはく》色に戻っていた。夏樹と顔を合わせても気まずそうな素振りはまったく見せない。夏樹のほうがいささか拍子抜けしたくらいだ。

きちんと髪を結って烏帽子《えぼし》をかぶり、身につけているのは普段着の狩衣《かりぎぬ》。旅支度をしていたのは本当らしい。それにしても阿倍野とは——

「じゃあ、父上のところへ？」

「そういうことだな」

あれほど父親に逢《あ》うのをいやがっていた一条が、急に心変わりした理由などわかるはずもない。ともあれ、彼が親への歩み寄りを見せたことを夏樹は素直に喜んだ。

「うん。そうしたほうがいいよ。絶対にそうしたほうがいい」

力説する夏樹に、一条は一瞬、不思議な表情を見せた。困惑しているような、不安がっているような――なんとも形容し難いそれを目にした途端、夏樹は無意識に叫んでいた。

「ぼくもいっしょに行くよ」

「はあ？」

すっとんきょうな声をあげたのは深雪だった。あおえも声には出さなかったものの、突然の申し出に仰天している。

夏樹自身も驚いていた。どうしてまた、一条がせっかく帰郷する気になったところに水を差すようなことを言い出したのか。が、いまさら訂正するつもりもなかった。むしろ、根拠などどこにもないけれど、われながらいい考えだと思えてくる。

「いっしょに行きたい。摂津国《せっつのくに》ならそんなに遠くないし、いまはちょうど物忌みしてるから都合もいいし、とにかく行きたいんだ。……駄目かな？」

最後の言葉はいかにも自信なさそうに響いた。ここで一条から強く拒絶されたら、夏樹もしぶしぶながら引き下がったかもしれない。しかし、彼は友人を拒絶する代わりに肩をすくめた。

「好きにすればいいさ」

「いいのか？」

訊《き》いてすぐに、夏樹はあわてて言い直した。

「じゃあ、じゃあ、もちろん好きにさせてもらうからな」

一条はそっぽを向いていたが、あおえは嬉《うれ》しそうにぐっと拳を握ってみせ、深雪はあきれて大きく口をあけていた。

いきなり阿倍野行きを決めて、柿を深雪に押しつけるや、夏樹は自宅に飛んで帰り、大急ぎで旅支度を調えた。その勢いのまま、あっという間に、一条とともに旅立ってしまう。たまたま桂がいなかった点も、彼にとって有利に働いたことは否めない。

あとに残された深雪はあおえとふたりで簀子縁に腰掛け、しゃりしゃりと柿を食べていた。

「あわただしかったですねえ……」

あおえが散る落ち葉を眺めつつ、つぶやく。

「本当にねえ……」

と、深雪も同意する。

「気まずくなったとか言うもんだから協力してあげたのに、さっさと仲直りして、さっさと旅立っちゃうんだもの。なんだかねえ」

「あれ？　もしかして、深雪さん、妬《や》いてるんですか？」

「ちょっとはね」

深雪は気負うことなく正直に認めた。

「でもね、わたしも考えたわけよ」

「ほう、何をですか？」

「夏樹はいつまでたってもお子さままで、色恋沙汰にはめちゃくちゃうといけど、きっとまわりがほうっておかないと思うのよね。顔も性格もいいし、真面目《まじめ》で浮気はしなさそうだし、将来有望な蔵人《くろうど》だし、ガツガツしていないから出世はゆっくりでも上からの引き立てで堅実に進んでいきそうだし。女から見たら、夫としてすごくおいしいものねえ」

「おいしいですねえ」

「当人がボケてるから、いままでは浮いた話もあんまり出ないけど、今度みたいにむこうからガンガン攻めてくる相手だと——ついついほだされて、気がついたら深い仲になっちゃって、あるとき突然、枕もとに三日夜餅《みかよもち》ってことにもなりそうじゃないのよ」

男性が三日連続して女性のもとへ通って夜をすごせば、すなわち結婚成立。三日夜餅とは、三日目に晴れてふるまわれる祝いの餅である。

「そうなったら夏樹は逃げられないわ。あの馬鹿、まんまと罠《わな》にはまって、なのにその自覚もなく『男なんだもの、ちゃんと責任とらなくっちゃ』とかほざくに決まってるわよ」

夏樹が他の女と結婚。そのようなことを、深雪が許せるはずもない。仮定の話をしているだけなのに、興奮のあまり、彼女の眉はぴくぴくと動いている。

「そこで考えたのよ……」

「ほう、何をですか……？」

深雪が声を低くすると、あおえもつられたように低音で相槌《あいづち》を打つ。なかなか息の合ったふたりだった。

「一条どのはあの通り、花をもあざむく美貌の持ち主。近寄り難い雰囲気たっぷり。夏樹のそばに一条どのがいれば、いずれが桜か橘《たちばな》か、『わたくしなんて、とてもとてもあの中に入っていけないわ』って、女の子はけっこうひいちゃうのよね。事実、いままでがそうだったし。勇気をふるって恋文を送りつけた子がいたとしても、あの馬鹿は返歌なんかからっきし駄目でしょ？　『こんなのもらっちゃった。どう返事したらいいんだろうか』なんて、わたしのところに相談に来たら、飛んで火に入る夏の虫、丁重に握り潰してさしあげるわ」

「深雪さんもワルですねえ」

「ふふふ……」

「うふうふ」

ふたりは顔を見合わせて低く笑い合った。しばらく、その笑い合いを楽しんでから、

「だからね。夏樹には一条どのと仲よくしていてもらいたいの。恋にうつつを抜かすより、男友達と遊んでいたほうが楽しいっていうお子さまでいて欲しいのよ」

「でも、そうすると深雪さんのお気持ちにも……」

「気づかないでしょうねえ」

「深雪さんのご苦労、お察しいたします。ですがねえ、深雪さん、賀茂《かも》の権博士《ごんのはかせ》さんのことも考えてみちゃあどうです？」

「賀茂の権博士？　どうしていきなり、その名が出てくるのよ」

深雪は驚きを露《あら》わにすると、あおえはしたり顔で立てたひと差し指を左右に揺らした。

ちっちっちっ、と舌まで鳴らす。

「夏樹さんは本命として置いておいてですね、他のひととも真剣に考えてみるべきです

よ。権博士さん、深雪さんに本気ですよ。あのひとも真面目ですし、物忘れは激しいけれど陰陽師《おんみょうじ》としての才能に恵まれていますし、夫としちゃあ、おいしい相手ですよ」

「あら、あのかたとはただのお友達よ」

深雪はいつもの逃げ口上をさらりと口にするが、あおえも簡単にはひきさがらない。

「わたしのお勧めはですね、まず権博士さんと深い仲になっちゃうんですよ。子供のひとりやふたり、つくっちゃうのもいいですよね。でも、ほら、ああいうお仕事のひとですから、魑魅魍魎《ちみもうりょう》との闘いに敗れてあえなくお亡くなりになっちゃうようなことがないとも限りません。若くして未亡人となった深雪さんを、当然夏樹さんは心をこめて慰めてくださるでしょう。そこを逃さず、情でからめてからめて既成事実！」

『からめてからめて』のくだりであおえは肩を揺らし、指を怪しく蠢《うごめ》かせ、身体全体でもって強調する。

「あるいは、権博士さんが亡くならないまでも、ひとの心とは移ろいゆくもの、いつの間にか疎遠になってしまうかもしれません。そしたら、深雪さんが夏樹さんのとこに泣きつきにいくんですよ。そんでもってまた、情でからめてからめて金縛《かなしば》り！　うん、こっちのほうが展開としてはおいしいですねえ。権博士さんとはその後も『前の夫とはお友達として付き合っているの。いまとなっては兄妹《きょうだい》みたいなものよ』って関係にしておいて、夏樹さんとはちゃっかり第二の結婚生活。『初恋は実らぬものだと思っていたけれど、そうでもなかったんだわ。ああ、もっと早くにこの気持ち、打ち明けていたらよかったのかしら』なーんてね」

馬頭鬼《めずき》の乱暴な提案に怒るどころか、深雪は目をきらきらと輝かせていた。

「それって大理想……」

「でしょ、でしょ？　どうせ、夏樹さんなら何年かほうっておいたって、女のひととくっつくようなこと、そうそうありませんよ。その間に権博士さんのみならず、弟の真角《ますみ》さんもつまみ食いしたらどうです？」

「まっ、つまみ食いだなんてはしたない」

「よっ！　この、憎いよ、魔性の女！」

黄色、紅色、檜皮《ひわだ》色の落ち葉が風に乗って、はらはらと散る。そんな感傷的な光景にはとてもそぐわぬ会話だった。片方は馬頭鬼のはずなのに、まるで同年代の女の子同士がきゃあきゃあ騒いでいるようでもある。

「もう、あおえどのったら」

深雪はいつもの癖で懐から檜扇を取り出し、あおえの頭を軽く叩《たた》こうとする。が、扇の先端がぎざぎざに尖っていることに寸前で気づき、手を止めた。

「あら、忘れていたわ。いやあねえ、わたしったら」

「あははは。さすがにそれは勘弁してくださいよぉ、深雪さん」

あわや流血の惨事となるところだったのだが、それでもふたりは陽気に笑い続けていた。

阿倍野は京の南、摂津国に位置していた。一条の父親はその地の豪族とのことだった。秋草の繁《しげ》る野や山を越え、たどりついたその邸は、夏樹の想像とそれほどかけ離れていなかった。広さもたたずまいも、地方の豪族の邸といえばこれぐらいが妥当だろうと思える程度のものだ。むしろ普通すぎて、これが一条の実家なのかと拍子抜けしてしまったのも否定できない。

ここに来るまで、夏樹は実家に関する情報をほとんど与えてもらえなかった。移動中、一条はあまりしゃべらなかったし、たまに口を開いても、自分の過去のことには一切触れなかったのだ。そのせいもあって、想像をいっぱいに膨らませすぎていたのかもしれない。

まずは家の女房が出迎えてくれ、夏樹は一条とともに邸の中へと入った。簀子縁を歩きながら夏樹が落ち着かない気分になったのは、初めての場所への戸惑いだけではなく、妙な視線をやたらと感じていたためだった。

すれ違う家人《けにん》、庭で草木の手入れをしていた下働きの者までもが、わざわざ振り返ってこちらを見る。久しぶりの子息の帰宅に驚いているのかもしれない。あるいは、ここの息子と知らぬまま、ただ一条の美貌に見とれてしまったのかもしれない。

だが、夏樹はそれだけでもないような気がした。一条に向ける視線に驚きや好奇心とは異なるものを感じ取ったのだ。なんとも形容し難いが、いちばん近い感情は畏怖だろうか。

どうしてあんな目をするのだろう、よっぽど複雑な背景があるのだろうかと夏樹は内心いぶかしんでいた。彼が疑問に思ってきょろきょろしているのに気づかぬはずもあるまいに、一条はまったく答えてくれない。

それどころか、久しぶりの帰郷を懐かしんでいる様子もなかった。畏《おそ》れるようにこちらを盗み見していく家人たちなども、まるで眼中にない。夏樹ばかりが周囲を意識して居心地の悪さを感じている。自分で望んでついていくと言い出したのだから仕方ないのだが――

ふいに子供の甲高い歓声が響いた。と同時に、すぐ近くの御簾《みす》の内から小さな男の子がふたり、勢いよく飛び出してくる。追いかけっこでもしていたのだろう。先に走り出てきたほうの子が、側面から夏樹にぶつかってきた。そのまま転びそうになった子供を、夏樹は片手で支えてやる。

「大丈夫かい?」

尋ねた途端、その子は夏樹の指貫《さしぬき》をつかんで声をあげた。

「兄上？」

「は？　いや、違うけど」

夏樹は一条を振り返った。彼は足を止めてはいたが、子供も夏樹も見ようとはせず知らん顔をしている。案内役の女房は落ち着かなげだ。

夏樹は困惑して子供たちに視線を戻した。ぶつかってきたほうは七つかそこら、もうひとりは五歳といったところか。身なりからして家人の子とは違う。おそらく、この邸の子息たち。とすると——

（一条の弟？）

しかし、似たところはどこにもない。夏樹が子供たちの顔を見比べていると、御簾の内側から女の声がした。

「若君たち、こちらへおいでなさいませ」

子供たちの乳母だろうか。叱責するような響きがそこにはこめられていた。まるで、危ないから早く戻ってくるようにと急かしているかのよう。

それを子供たちも感じ取ったのだろう。年長の子が夏樹の指貫から手を放して、御簾のむこうに駆け戻っていく。年下の子もそのあとを追いかけていった。

一条は何事もなかったかのように歩き出した。先頭に立っていた女房は、彼に促される形で歩み出す。夏樹も御簾のむこうでどのような会話が繰り広げられるか、いたく興味はあったが、ぐずぐずしていると置いていかれそうな雰囲気だったので、あわてて一条のあとに続く。

簀子縁から廂《ひさし》の間《ま》を抜けて、ふたりはこの家の主人が待つ母屋《もや》に通された。いよいよ父と子の対面かと思うと、夏樹のほうが緊張してくる。一条はまるで感情を表に出さない。御所に出仕しているときによく見せる表向きの笑みすらない。完全に表情を殺している。

母屋では、壮年の男性とその妻らしき女性が座してふたりを待っていた。

(一条の両親……)

やっぱり似ていない。

女性のほうは一条の母が亡くなってから迎えられた後妻だと聞いていたから、似ていないのは当然。問題は父親のほうだが、とりわけて美男だとか秀でた才能がありそうだとかそんなこともなく、ごくごく普通の印象しかない。思った通り、一条は母親似なのだ。

一条はふたりの前にすわって深々と頭を下げた。

「ただいま戻りました」

父親のほうは笑顔になって深くうなずく。

「待ちかねていたぞ」

「ええ、本当に」

義母のほうもいささかぎこちなさは漂うが、笑みを返した。それでも一条は無表情のまま、振り返って夏樹の紹介を始める。

「こちらは都でいろいろと世話になっている友人です。六位の蔵人を務めておられます」

ほう、と父親は感嘆の声を洩《も》らした。義母は夏樹に、

「お若いのに優秀でいらっしゃるのですね」

と声をかける。けして嫌みな感じはない。

「それほどでも……」

夏樹は頬を赤く染めて口ごもった。一条はこれで連れの件は済んだと言わんばかりに、話を別の方向へ振る。

「父上はお元気そうですね。文《ふみ》の内容とは違って」

父親は声に出して笑ったが、義母はとりなすように口をはさんだ。

「これでも一時は食も進まず熱まで出て、本当に弱っていたのですよ。ですから、急ぎ都へ知らせを出しましたのに……」

ほんの微《かす》かながら、すぐに駆けつけてこなかった一条をなじるような口調になる。無

理もあるまい。それに対して、一条はすました顔で、

「ですが、こうしてお元気になられた」

「もしかして、そこまで見通していたから阿倍野に帰らなかったのか?」

父親の問いに、一条は初めて笑みを——それらしきものを造った。

「ええ。父上の天命はまだ尽きておられぬと星の動きでわかっておりましたから」

「昔から勘の鋭い子だったが、そこまでわかるようになるとはな。陰陽師はそなたの天職だったらしい」

「そのようでございます」

「うん。やはり、都にやって正解だったようだ」

父親は息子の成長を手放しで喜んでいたが、義母は困ったように視線を下に落とした。夏樹もどういった顔をしていいものか迷ってしまう。

一条の態度に非の打ちどころはないにしろ、久しぶりに親に接する態度とはとても思えない。丁寧すぎてよそよそしく、陰陽師としての能力の高さをにおわせる言いかたも、まるで仕事の依頼主と話しているようだ。浮かべた笑みも、よく見れば単に唇の両端を上げただけにすぎない。

そのことに父親は気づいているのか、いないのか。息子の訪れを素直に喜んでいるようだし、悪いひとでないのは充分に伝わってくるが、いささか単純すぎるきらいがある。

この親からどうやったらこの息子が誕生するのか、まったくもって謎だ。まるで、父親の血を一滴も受け継いでいないかのようにも見える。

義母はやはり、先妻の子である一条に距離を感じているようだった。簀子縁でばったり出くわした子供たちは、おそらく彼女が産んだ、一条の異母弟なのだろう。継子《ままこ》と継母《はは》との間が難しくなるのも、昔からよく聞く話ではある。

それに加えて、家人たちのあの視線。実父以外の全員が、一条にどう接していいのかと戸惑っているのは間違いなかった。なるほど、この家には彼の居場所など、どこにもありはしないのだ。

父親はそんなことにはまるで気づかない様子で、あれやこれやと都での生活に関して質問してくる。一条はそれにそつなく答えていく。

「何不自由ありません。賀茂家のかたがたもよくしてくださっています。最近では、いろいろな仕事をひとりで任されることも多くなりました。陰陽師として、ひとり立ちする日も近いかと」

「それはよいことだ」

はたから見たら、これでも申し分ない父子の対面と映るのだろう。夏樹はなんとも言えぬ複雑な心地がしたが口をはさむこともできず、ただ見守るしかない。

「だいぶいそがしいようだが、今日はゆっくりしていけるのだろう？」

「いえ、それが、あまり京を留守にしてもいられませんので。またすぐに職務に戻らねばなりません」

「それはずいぶんとあわただしい。せっかく……」

みなまで言わせず、一条は父の言葉をさりげなくさえぎった。

「こうして父上のお元気そうなお顔を拝見できましただけで充分でございます。離れていても、父親のご息災を毎日祈り続けておりますから」

「嬉しいことを言ってくれる」

父親は感激して目を潤ませた。とことん真面目な人物らしい。

「ああ、それと、父上にうかがいたいことがありましたのを思い出しました」

「ほう、何かな？」

脇息《きょうそく》から身を乗り出した父親に、一条は穏やかな口調ながら単刀直入に質問をぶつけた。

「わたくしの産みの母のことを聞かせてもらえませんか？」

父親の表情がわずかに堅くなる。義母のほうはもっと顕著に狼狽《ろうばい》を表した。一条は構わずに話を続ける。

「幼い頃から、わたくしを見る周囲の目がいささか異なることに気がついておりました。同い年の子などは、露骨にわたしを仲間はずれにしましたよ」

けして楽しい思い出ではあるまいに、なんでもないことのように彼は言う。表情からも動揺はまるで見えない。もうすでに昇華してしまった過去なのかもしれないが、それを久方ぶりの父子の対面で持ち出す必要があるのだろうか。

もちろん、あるからこそ言い出したに違いない。突然の帰郷はこのためかと、夏樹はやっと一条の意図を理解した。

「最初はなぜそんなふうに扱われるのかわかりませんでしたが、あるとき、家人たちが話しているのをたまたま聞いてしまったのです。それによると、霊力のある狐《きつね》がすすきの原で若き日の父上に助けられ、恩に感じた狐は人間の女に化けて、おそばに侍《はべ》った結果、わたしを産み落としたとか——」

冗談とも本気ともつかぬ口調で、一条は父親に尋ねる。

「父上、あれは本当のことでしょうか」

「何を言うかと思えば」

一条の父親は微塵《みじん》の暗さもなく破顔した。

「狐が人間と通じるなど、昔話にすぎない。おまえの母親は間違いなく人間だった」

はっきり否定してくれたことで、夏樹はホッと安堵《あんど》の息をついた。一条は父親の言葉を信じているのかいないのか、静かな笑みを浮かべたままだ。

「確かに。狐が女に化けるなど、いかにも昔話ですね。まして子を生《な》すなど、ありうるはずもない」

「そうとも。家人たちがそういう話をしていたのは、おそらく、あれが稲荷《いなり》を信奉していたからだろう。身分が低くて正式な結婚ではなかったために、そういう悪意のある話を流す者もいたかもしれないが……」

「いえいえ。狐の子と言われるのはけして悪くはありませんよ。将来、陰陽師になったときに、いい箔《はく》づけになります」

父親はこれを聞いて、膝を叩いて笑った。義母は驚いて口をあける。

「それは頼もしい。これならば、そう遠くない日にこの阿倍野でも、都で大活躍する若き陰陽師の噂《うわさ》を聞くことになるだろう」

「はい。どうか、その日を楽しみになさってくださいませ」

母親の話を持ち出した真意はどうあれ、一条のその言葉には掛け値なしの自信がこめられていた。


夏樹は友人よりひと足先に、自分たちが乗ってきた馬の様子を見るため厩《うまや》へ足を運んだ。ひさしぶりの親子の対面を邪魔したくなかった——というより、見ているのがつらかったから、というのが本音だった。

馬番は夏樹に対してもよそよそしかったが、馬の手入れだけはちゃんとやってくれていた。満腹になり身ぎれいにしてもらった馬は夏樹の姿を目にして、愛想よくいななく。そのかわいらしさに、夏樹の表情もほころんだ。

「よしよし、またすぐに出ることになって悪いけど、よろしく頼むよ」

優しく首を叩いてやっていると、背後からためらいがちな声がかかった。

「あの……」

振り返ると、一条の義母が厩の出入り口に立っていた。裾を汚さぬよう袿をつまんで、困惑気味に眉間に皺《しわ》を寄せている。おそらく、彼女もいたたまれずにあの場から逃げ出してきたのだろう。

「なんのお構いもできなくて、申し訳ないと思っているのですが……」

「いえ、とんでもないことです。こちらこそ、せっかくの里帰りに割りこんだりしまして、失礼いたしました」

「いえ、そんな」

頭を下げる夏樹に、彼女はますます恐縮する。

「あの子にあなたさまのような立派なかたが親しくしてくださっているなんて——本当にありがたいことですわ。もっとゆっくりしていただきたいくらいですのに」

社交辞令ではなさそうだ。なさぬ仲の継子をけして嫌っているわけではないらしい。

彼女と距離をおこうとしているのは、どうやら一条のほうか。

「ぼく……わたしのほうが、彼には世話になりっぱなしなんですよ。家が隣同士で、行き来も多くて。あっ、実は彼、賀茂の家を出て、自分で邸を構えて暮らしているんです。その隣にわたしの家がありまして、それで何かと」

「まあ」

やはり、初耳だったらしく、彼女は袖で口もとを覆った。

「あの子ったら、なんにも教えてくれなくて……。いいえ、わたくしたちも悪いのですよね。賀茂家のかたがたに任せきりで、文もろくに出さなくて。でも、そうしたほうが、あの子にとっていいかとも思ったのですよ。へたに里心がつくよりも、都で勉学に励んで早く一人前になるようにと――」

いささか言い訳めいて聞こえるが、そう考えたことも真実なのだろう。

「ご安心ください。賀茂家を出て邸を構えたのは、それだけ優秀だという証《あか》しですから。彼はきっと、後世に名を残すような陰陽師になりますよ」

「そう言ってくださると、ホッといたしますわ」

義母は肩の荷が下りたように微笑《ほほえ》んだ。やはり悪いひとではないようだ――そう確信した夏樹は、思い切って言ってみた。

「でも、驚きました。彼から昔の話は全然聞いたことがなかったもので。その……『狐の子』だなんて言われていたなんて」

「ああ、それは」

彼女は、自分も心を痛めているのだと表明するように顔を曇らせた。

「噂です、噂。夫の話しましたとおり、そのようなことあるはずもございません。わたくしもくわしくは存じませんで、あの子の産みの母親は病で亡くなられたとだけ聞いておりますわ。稲荷を信仰されておられて……その恩恵なのかどうか、たいそう勘が鋭かったようですわ。あの子と同じに。占いの類いも行っていたと聞きますから、あの子の陰陽師としての才能は母親譲りかもしれません」

こう言ってはなんだが、あの父親から受け継いだものでないことは確かだ。

「身分の違いから結婚を周囲に反対されて、そのせいもあって誰とも親しくしていなかったせいで、無責任な話ばかりが先行して。でも、とても美しいかただったそうです。あの子とは、瓜《うり》ふたつだったとか」

「そうでしょうね……」

白王尼《はくおうに》の総毛立つほどの美貌が、夏樹の脳裏をよぎる。

狐が美しい女に化けて人間の男と通じ、子供を儲《もう》ける。そんな夢物語が、あの白王尼ならばもしやと思わせるような、神秘的な雰囲気が彼女にはあった。

「あの……」

黙ってしまった夏樹を、義母は心配そうにみつめている。

「こんな話を耳にしたからといって、どうか、変わらずにあの子と親しくしてくださいませね」

「それはもう」

言葉に力をこめて、夏樹は大きくうなずいた。

「ご安心ください。わたしは彼の友人ですから。この先、何があったとしても」


阿倍野の邸を出たふたりは来たときと同じように馬に乗って進み、すすきの原で夕暮れを迎えた。まばゆい黄昏《たそがれ》の光を受け、一面のすすきが穂を金色に輝かせて波打っている。まるで光の海のようだ。

一条は馬上から目を細めてそれを眺めつつ、つぶやいた。

「この分だと、どこかで野宿ということになるな」

それはもうすでにわかっていたことだ。だからこそ、彼の親はあれほど泊まっていくよう勧めたのに、

「どうしても、できるだけ早く京に戻らなくてはならないのです。師匠ともそのように約束して、無理をして出てきたのですから」

一条はそう言い張って出立してきたのである。

「すまないな」

いきなり謝られて、夏樹は戸惑った。

「いや、こうなることは目に見えていたから、別に」

「夜は冷えるぞ」

「大丈夫だろう。寒ければ、一晩ずっと移動していたっていいし」

「おまえは馬鹿だな」

「そっちだって」

一条は微かに苦笑いした。父親に見せていた嘘《うそ》っぽいものとは違う、気持ちがそのまま表れた笑みだ。こちらを振り向かず、彼の視線はすすきの群れに向けられたままだったが、夏樹は少しホッとした。

一条の瞳がいつもよりわずかに明るいのは、黄昏の光をみつめているせいだろう。あのぎらついた金色とはまた違う。万が一、夜になって一条の目が妖《あや》しく光り始め、また襲いかかってくるようなことがあったとしても、そのときはそのときだ。

夏樹がそう考えているのを見抜いたように、一条がつぶやく。

「もし、今夜、おれが変になったらどうする?」

「変って?」

「この間みたいに……」

「抑えられるのなら抑えてくれよ」

わざと軽く答えたのだが、一条はいらだたしげに眉をひそめて振り返った。

「そうできるならそうする。保証ができないから訊いているんだ」

「じゃあ、そのときはそのときだ。おまえの目が醒《さ》めるまで、ぼこぼこに殴ってやるよ」

「いっそ、斬れ」

一条は夏樹が腰に佩《は》いた太刀《たち》を指差した。

「その霊剣で斬れ。それくらいにしないと駄目だ」

「無理だろ、それは。きっと、おまえの動きのほうが速い」

「殺されるぞ」

「だから、そのときはそのときだって」

本気でそう思っているから言っているのに、一条は激しく首を左右に振る。

「問題を先延ばしにしていないで、いまから斬るつもりでいろ。おまえが死んだら、あの乳母やいとこが悲しむ。いや、もっとたくさん悲しむ者がいる」

「そっちだって。権博士どのとか、あの父上とか、ぼくとかが悲しむよ。だから、そうならないよう、できるだけ自制してくれ」

一条は、はあっと大きく息を吐いた。

「難しい注文だな」

「どうして難しいんだよ。そもそも、どうして……そんなことになるんだよ」

「あの女を見たときに」

ふいに、一条がいままでと口調を変えた。静かな声だった。視線は群生するすすきに向けている。

「身体の奥底で何かが蠢いたような感触があった。それがなんで、どういう意味があるものかは知らない。そんなものをいままで自分が持っていたこと自体、知らなかったんだから」

あの女とは白王尼のことだろう。御所で初めて彼女と出逢い、自分そっくりの顔と対面したときの話をしているのだ。

「そのときわかったのは、これは抑えこまなくてはならない負の衝動だっていうことだった。ひととして生きていきたいなら、けして表に出してはならない、他人には知られてはならない……。だから、逃げた。おまえに邸にまで押しかけてこられたときには、正直、腹が立ったぞ。なぜ、そっとしておかないんだとな」

一条は夏樹を振り返り、歯を見せて笑った。瞳は琥珀色、歯も尖ってはいない。けれど、おかしいから笑ったのではなく、まだ怒りがくすぶっているのがうかがいしれた。

怖がるどころか、一条と同じくらいに腹立たしさを感じて夏樹は言い返した。

「そんなこと言ったって、こっちだって心配でたまらなかったんだし」

「邪険に追い返してやったのに、またのこのこ現れて。二度目のときは、本気で嚙《か》み殺してやろうかと思った」

けして冗談ではなく、一歩間違えば血まみれの事態になっていたのだろう。夏樹もそれはあの場で身をもって感じていた。

「こらえてくれて、ありがとう」

「緊張感がない。本気で言っているんだぞ」

それはわかる。でも、いたずらに怖がるのもどうだろうかと夏樹は思うのだ。

「あの白王尼って、なんだと思う？」

きわどい質問だと承知の上で夏樹は訊いてみた。深く立ち入ってはいけないのかもしれないが、ずっと遠慮し続けてもいられない。第一、とうの昔から——阿倍野への同行を言い出した時点か、逃げ出した一条を追いかけた時点か、あるいはもっと以前からか——この友人をほうっておけなくなっている。

どうして、そこまで一条に執着するのか。好きだからとしか答えようがない。その気持ちのままに、夏樹は言葉を重ねた。

「承香殿の女御が帝《みかど》の寵愛《ちょうあい》を得るために、懲りもせずまた怪しげな祈禱師《きとうし》を招いたんだって、深雪は断言していた。実際、あの尼君が出仕し始めたのと、主上《おかみ》のご様子の変化とは時期的に重なるし、その可能性は高いと思うけれど――それとは別に、あの尼君は似すぎてるな。一条、おまえに」

並はずれた美貌、全体にまとっている神秘的な雰囲気も、まったく同じとまでは言い難いにしろ、やはりどこか似通っている。優秀な陰陽生《おんみようしよう》に、ひとの心を操る尼僧。ともに不思議な力を有しているから、そう感じるだけなのかもしれないが……。

「『吾子《あこ》』って呼んでいたけれど、まさか」

「おれの母親は死んだ」

一条は静かに、けれどきっぱりと言いきった。

「そう聞かされている。顔もおぼえていない。だが、小さい頃から『狐の子』と言われ続けてきたのも事実だ。家人がしゃべっているのを立ち聞きしたっていうのは嘘さ。昔から、面と向かって言われてきた。大人からも、同い年のガキどもからも『おまえは畜生の子だ』『顔も目の色も、狐が化けたあの女にそっくりだ』って。だから、お返しに言ってやった。『おまえはあと半年で死ぬ』とか『おまえが昔殺した女が、血まみれで恨めしそうな目をして後ろにずっと立ってるぞ』とか。みんな、震えあがった。はずしたことは一度もなかったからな。そういうのが見えたんだよ、昔から」

夏樹はうっと息を呑んだ。家人たちのよそよそしい視線の意味が、ようやく彼にも理解できた。母親の出自のせいばかりではなかったのだ。

「それって……反感買うばかりじゃ……」

「あいつらの好意なんて、いらない」

一条は傲然と胸を反らした。

「脅すネタが見えない相手は、近くの川にどんどん叩き落としてやったさ。そしたら、ようやく静かになって、陰でこそこそ言う程度になった。やっと、ちょっかいを出してくるやつがいなくなったんだ。爽快だったな」

虚勢ではなく、本心からの台詞《せりふ》を彼は乱暴に言い放つ。膝をかかえて寂しがる少年時代など、確かに一条には似合わない。

「面と向かって言われることはなくなっても、じろじろ見られるのはあいかわらずで、うっとうしかったからこの原に来て、陽《ひ》が暮れるまでよくひとりですごした。すすきが風に揺れているのを眺めているだけで飽きなかったんだ。陰では『ほら、狐の子が尾花《おばな》を見て母親のしっぽを恋しがっているよ』とか言われていたらしいが、そいつは陰口叩いた数日後に熱を出して倒れた。偶然なんだけどな」

くすくすと一条は思い出し笑いをする。本当に偶然なのかどうか、その笑いかたからすると、どうも怪しい。

「そんなこんなの積み重ねで、狐ゆずりの千里眼でなんでもわかる気持ち悪い子供って噂が立ったみたいだ。それを忠行《ただゆき》さまが……保憲《やすのり》さまの父上がどこかで小耳にはさんで、うちで面倒を見ようかと言ってきた。噂を本気で信じたわけでもなく、嘘でもともと、家での働き手が欲しかっただけなんだろうけれど。どうでもいいかと思いながら、おれは忠行さまとともに都へのぼった。断る理由なんてない。阿倍野には未練のかけらもなかった。

「そのとき……もう二度と戻らないつもりだったんだ」

「そのとき……父上を恨んだ？　捨てられたとか思った？」

「はっ！」

一条は短く息を吐いて笑った。

「まさか。あのひとはいつもおれをかばってくれたよ。後妻を迎えて、子供ができても、分け隔てはしなかった。義理の母上もそうだよ。ふたりとも善良で、不器用で、ひと並みに欲もある。そのことに対して後ろめたさをいだくほどの正直者だ」

「後ろめたさ？」

「ああ。もういない先妻の悪い噂にまみれた子供より、生まれたばかりで自分によく似た赤ん坊のほうがかわいくて当たり前だろうに。自分が腹を痛めて産んだ子に跡を継がせたいと思うのも当たり前なのに、どうして後ろめたさを感じる必要があるんだか」

聞きながら、夏樹はあっと思った。

（同じだ……。久継《ひさつぐ》どのが頭《とう》の中将さまの裏切りに対していだいた思いと）

だから、一条は久継の気持ちを読み取ることが可能だったのか。並はずれた才能を持ちながらそれを活《い》かせず、周囲の理解も得られなかった状況は、若き日の久継と少年時代の一条とに共通しているかもしれない。両者の相違は破壊衝動の有無——いや、破壊衝動は一条にもある。違いは、単に程度の差にすぎない。

「……都行きを決めたのは、正解だったとぼくは思うよ」

「おまえに言われるまでもない」

夏樹の発言に、一条は厳しい声で応じた。

「全部、自分で決めたことだ。親もとを離れるのが厭《いや》だったなら、泣いてわめいて抵抗すればよかったんだ。そうすれば、いくらまわりが勧めても、そうしたほうが誰にとってもいいんだとわかっていたところで、親父《おやじ》は承諾しなかったろう。でも、おれは自分から都行きを望んだ。阿倍野じゃなく都を、おれ自身が選んだ。その選択に後悔はない。だから——」

口調がそこで変わった。

「自分を制御できない、いまのこの状態が、とても、厭だ」

一条は短く区切った言葉を、本当に厭でたまらないように吐き捨てる。

「掻《か》き乱されるのはごめんだ！」

どうして彼ばかり、こんなに苦しむのか。

夏樹はそんなもどかしさをいだき、そっと馬を寄せて、友人の背中に手を当てた。

「大丈夫だよ」

熟しきった実のように赤い太陽は、遠い山の稜線《りようせん》にいまにも沈もうとしている。一条は唇を嚙み、険しい目で夕陽を睨《にら》みつけている。その瞳は怒りとやりきれなさにたぎってていたが、涙で湿ってはいない。何か大きなものに、闘いを挑んでいるかのようだ。

「きっと大丈夫」

夏樹はずっとその言葉をくり返した。なんの根拠も保証もないのだと、重々わかったうえで。もしかしたら、自分自身が誰かにそう言ってもらいたかったのかもしれなかった。


その貴族の邸には、どことなく緊張した空気が漂っていた。

簡単な白木の祭壇に、白い幣束《へいそく》が数本。その前に座した涼やかな容貌の若き陰陽師──そんな舞台設定が、この空気をさらに強めている。

陰陽師は賀茂の権博士。そしてここは、洛中《らくちゆう》に位置する行遠の実家だった。

「当代一と噂に高い賀茂の権博士どのにお越しいただくとは、ほんにありがたいこと。これできっと、息子につきまとう暗雲もきれいさっぱり晴れましょうや」

早口でそう語る中年の女性は、行遠の母親だ。彼女は賀茂の権博士の訪問に感激して、だいぶ饒舌《じょうぜつ》になっている。息子は困惑気味の表情で、その母の隣におとなしくすわっていた。

「このところ、息子の周囲に凶事が立て続けに起こって。家に仕える武士がふたりも殺され、それればかりか今度は長年のお友達までもが……。権博士どのもお聞き及びでしょう。蔵人所《くろうどどころ》の中で物《もの》の怪《け》にとり殺されたという、為明さまのお話を」

「母上。そのあたりのいきさつなら、すでにもう、わたしのほうから権博士に」

息子にたしなめられて、母親はむっとした顔を作った。

「どのように話したというのです？　どうせ、親が心配しすぎてうっとうしいとでも申したのでしょうよ。でも、現にこうして、そなたの狩り仲間が続けざまにむごい目にあっているのですよ。親として心配するのは当然でしょうに」

「母上のお気持ちは、重々わかっておりますとも。ですから、こうして賀茂の権博士どのにお越し願ったわけですし」

「もう少し早くお願いしておけば、為明さまとてあんなことには——」

「やめてください、為明の名をくり返すのは」

その名前が呼び起こす数々の思い出が、まだ行遠にとっては苦痛なのだろう。ほうっておくと親子喧嘩が目の前で始まりそうな雲行きだ。

「できうる限りの手は尽くします」

権博士が落ち着きはらった低い声で言うと、行遠親子はハッとしたように彼のほうに向き直った。

権博士は鷹揚《おうよう》な笑みを浮かべてみせる。嫌味にならぬ程度の自信をこめ、依頼人の不安はよく存じあげていますよと暗に伝える、業務用の笑顔だ。効果はあって、行遠親子はすぐさま言い争いをやめた。

「お恥ずかしいところを……」

母親は小さな声でそうつぶやき、行遠は恥ずかしさにうっすら赤くなった顔を背ける。

権博士は静かに微笑み続けている。

「正体のわからぬ危険が御身《おんみ》に迫っているのですから、無理もございません」

「では、やはり何かの祟《たた》りが息子に？」

怖《お》じているのか、やはりそうであったかと息巻いているのか、母親は身を乗り出してきた。

「いいえ。生霊《いきりょう》、死霊《しりょう》の類いは憑《つ》いておりませんと、はっきり申しあげておきましょう」

行遠がホッと息をつく。物の怪がどうの祟りがどうのという話には否定的なようでいて、当人もかなり気にしていたようだ。

「ですが、行遠さまの身のまわりに凶事が続いたのは事実。用心を重ねるに越したことはございません。たとえば、霊的なものでなく実体のある物の怪、ひょっとして凶悪な人間などが関わっているのやもしれません」

権博士の言葉ひとつで、行遠親子は不安と安堵の間を行ったり来たりする。だからといって、この陰陽師は彼らを弄んでいるわけではなく、思ったままを口にしているにすぎなかった。

「ですから、わたくしばかりでなく、腕におぼえのある者を幾人か警固に加えてはいただけないでしょうか。ときに太刀は呪術よりも明らかな効果をもたらしますから」

そう説明した権博士の脳裏に、夏樹の姿がよぎった。菅原道真公《すがわらのみちざね》ゆかりの霊剣、光り輝く白銀の太刀。あれがここにあったなら完璧だったろう。しかし、最初から彼に頼るつもりなどなかった。夏樹は蔵人であって、陰陽師でも権博士の弟子でもないのだ。

「そういうことでしたならば」

と、行遠の母親が言った。

「すでに、選《よ》りすぐりの剛の者たちを警固に加えてあります。なにしろ、ふたりも人死にが出ましたからね、その不足を補うためにも急遽《きゅうきょ》手配したのですよ。昨今は物の怪ばかりでなく、賊の類いも多く出ると聞いておりましたし、権博士どののおっしゃるとおり、用心を重ねるに越したことはございませんから」

母親の得意げな様子に、行遠は苦笑する。権博士は双方に温かみのある――と、受け取られるのを計算した上での――まなざしを向ける。

「念のために守りのまじないをお邸に施しておきます。それから今宵《こよい》はこちらで祈禱を行って、様子を見てみます。夜になれば、何か変化が起こるやもしれませんから」

「よろしくお願いいたします。ああ、これでやっと眠れますわ。最初の事件があった日から、わたくし、心配で心配でほとんど眠れずにいたのですよ。なのに、この子ときたら……」

長々と続く愚痴に、賀茂の権博士はこれも仕事のうちと割り切って忍耐強く相槌を打った。いま言ったことはすべて、きっちりやっておくつもりだったが、おそらくこの件は母親の取り越し苦労で終わるのだろうと権博士自身もタカをくっていた。この時点では。

そして、夜がふけて。

行遠の邸のそこかしこに篝火《かがりび》が焚《た》かれた。侵入者に備えてではあるが、行遠の母親が闇を怖がっているせいでもあった。闇の中から恐ろしいものが現れて、大事な息子をさらっていきそうな気がする――そんな危惧が、このところの不吉な出来事のせいで、もともと神経質だった彼女の中に深く根付いてしまったようだ。

篝火が照らす警固の武士たちも、いかにもいかつく、いかにも強そう。行遠の母親が『選りすぐりの剛の者』と自慢しただけのことはある。

彼らは油断なく周囲に目を光らせつつ、邸内を巡回している。そのうちのひとり、庭を歩きまわっていた武士が、土塀に立てかけてある奇妙な品に目をとめた。

毛筆で字とも絵ともつかぬ図柄が記された、木の板だ。邸の敷地の四隅にはこの、権博士がこしらえた呪物《じゅぶつ》が置かれていた。

「こんなものが、どういう役に立つのかねえ」

大事な物だと聞かされてはいたが、彼の目にはよごれた安っぽい板木としか映らない。同業の陰陽師ならともかく、その道の素養もない武士にその効力がいかほどのものか、わかるはずもなかった。

それでも、好奇心は刺激される。若いながらも優秀な陰陽師の噂は彼も小耳にはさんでいたし、この邸の者たちがこうむった不審な死の話も恐ろしいというより興味深かった。

無骨な男は手に提げていた弓の先で、木の板を軽く突っついた。もし、まわりに誰かいたら、彼をとめていただろう。「そんなものにさわっていると、例の陰陽師から呪われるぞ」とせせら笑いながら。物の怪などそう簡単に現れはしまい、警戒すべきは生きた人間、盗賊の類いのほうだと、武士たちも軽く考えていたのだ。

足もとの板木に気を取られていた男の頭上に、何かがふわりと落ちてきた。袿だ。

「うわっ!?」

薄物の袿は男の頭をすっぽりと覆い、視界を完全にふさぐ。突然のことに驚いて、彼は両手をばたばたと振りまわした。

柔らかな布はもがけばもがくほど四肢にからまってきたが、それでもなんとか引き剝がすことに成功する。なんでこんなものが降ってきたんだと毒づきながら空を振り仰ぐと、土塀の上に腰かけている若い娘と目が合った。

美しかった。

長い髪と、女郎花《おみなえし》の色目の着衣が夜風に揺れて、裾からは白いふくらはぎがちらりと覗《のぞ》く。切れ長の目が興奮しているようにきらきらと輝き、赤い唇はわずかに開いて、小さな歯と濡《ぬ》れた舌を覗かせている。ひょっとして、舌なめずりをしていたのかもしれない。

これほど美しく、一見して無防備とわかるような相手でなかったら、男も賊の侵入かと警戒し、弓矢を構えただろう。が、盗賊とはかけ離れた意外すぎる人物の唐突な登場に、彼は口をぽかんとあけて立ち尽くすだけだった。

娘は媚《こ》びをいっぱいに含んだ甘い声で言った。

「まあ、助かりましたわ」

「この袿は、そなたの……？」

「はい」

彼女が微笑みかける。これほどの美女に、これほど魅力的な笑みを向けられたことなどいままで一度もなかった男は、それだけで陶然としてしまう。さらに娘はとんでもないことを言い出した。

「いまからそこへ参りますから、どうぞ受けとめてくださいね」

「えっ……」

否《いな》やを言う暇もない。娘の華奢《きやしや》な身体が宙に舞う。男は反射的に両手をさしのべ、天から降ってきた彼女を受けとめた。

不思議な娘はくすくすと笑いながら、白い両腕を相手の首にまわす。赤い唇を近づけてくる。男が赤面して身を離そうとした、次の瞬間——

愛らしい歯が彼の喉に突き立てられた。

目にも留まらぬ速さで喉笛を嚙みちぎるや、娘はひらりと身をかわして男の腕の中から逃れた。男は声もたてずに地面に倒れる。自分の身に何が生じたのかもわからず、小刻みに痙攣《けいれん》しつつ傷口から血を噴き出させる。そして、あっけなく息絶えた。

娘は口もとの血を手の甲でぬぐうと、落ちていた袿を拾って、頭から全身にまとわせた。その視線が、権博士のほどこした呪物に向けられる。薄い木の板は横まっぷたつに折れていた。死んでしまった武士が袿で顔を覆われて暴れた際に、うっかり踏み砕いてしまったのである。

「とっても、うまくいったわよ」

彼女がそう言うと、土塀の上にふたつ、人影が生じた。三人ともにそっくりの顔。白王尼の三人の娘たちだ。

あとから来たふたりは、ためらいもなく土塀から舞い降りて、敷地内に身軽く着地する。天女の羽衣のように、被衣《かつぎ》の裾が宙に躍る。くすくすと楽しげに笑いながら、彼女たちは周囲を見まわす。武士の死体をからかうように爪先でつつき、折れた木の板に目を見張る。

「なんだか、いろいろと小細工を仕掛けているみたい」

「面白いわね。たまにはこういうのもいいわ」

「仕返しの仕上げですもの。これくらいあったほうが楽しめるわ」

どの台詞がどの娘の口から洩れているのやら。声すらも三人はそっくり同じだ。

「それで、肝心の獲物はどこ？」

「もちろん、いちばん守りの堅いところでしょうよ」

「どうやって、そこを探し当てる？」

「こうやって」

三人姉妹のひとりが指を鳴らした。途端に、邸を明るく照らしていた篝火が、ひとつ、またひとつと順に消えていく。

そこかしこで驚きの悲鳴が起こった。何事かと色めき立つ男たちの声も聞こえる。なんとか火を消させまいと、あるいは新しい火を熾《おこ》そうと、四苦八苦している気配も伝わってくる。

が、彼らの努力も空《むな》しく、やがて篝火はすべて消えてしまい、闇が邸中を覆い尽くした。混乱と恐怖が渦巻くその暗黒に、三人の娘たちはするりと身を滑りこませていった。

消えたのは篝火だけではない。屋内の燈台《とうだい》の火も、残さず消えた。風もないのに突然に。

賀茂の権博士が祈禱を続けていた一室も、また例外ではなかった。

その部屋には行遠もいた。すわったまま、半分眠りかけていた彼だったが、この異変に眠気は完全に吹き飛んだようだ。

「何事ですか、これは」

ぶざまに取り乱すようなことはなかったが、さすがに不安そうだ。なにしろ、外の篝火も消えて周囲は完全な闇。あわてふためく家人たちの声も伝わってきているのだから。

権博士はちっと舌打ちした。行遠には聞こえぬよう、小さく。歪めた表情は、ありがたいことに闇が隠してくれる。もし、行遠がそれを目にしていたら、余計におびえていたに違いない。

「火を……」

権博士は首を横に振ったが、これでは相手に見えないと直後に悟って声に出した。

「おそらく、点《つ》かないでしょう。何者の仕業か、まだわかりませんが……守りのまじないを打ち破って侵入してきた者がいるようですね」

「では、物の怪？」

「たぶん」

行遠がひゅっと息を呑む音がした。

「どうすれば……」

「失礼、行遠さま」

権博士は行遠のそばへ寄ると、その身体を腕の中に抱きこんだ。ぎょっとして身を強《こわ》ばらせる相手の耳もとで、権博士は声をひそめてささやく。

「これは身固めと申します。この暗闇の中、相手の正体もわからずに動くのは危険が多うございます。こうして朝までお抱きしていれば、難を逃れるやもしれません。どうか、けして声をたてず、身動きもなさらないでくださいませ」

「こ、声もたてず？」

「ええ。でないと身を守ることが難しくなります」

わかったと言いかけ、行遠は権博士の直衣《のうし》を両手で握りしめ、無言でうなずいた。身の危険を切実に感じているのだろう、微かに歯が鳴っている。この程度の音ならば、まだ誤魔化せる。そう思って、権博士は行遠の身をきつく抱きしめた。

さしもの陰陽師もこれほど完全な闇を見通すことはできなかったが、それでも権博士は周囲に視線を配り続けた。妖しい気配があればいち早く察知しようと、全身の神経を尖らせる。

その彼の目が、遠くの小さな明かりをとらえた。

青い火だ。

紙燭《しそく》の火だろうか。ゆらゆらと頼りなく揺れて、外の簀子縁を移動している。その動きといっしょに呼び声も聞こえた。

「行遠！　行遠！」

小さな火を持って簀子縁を走っているのは行遠の母親だったのだ。臆病なはずの彼女も、息子の身が心配になって暗闇の中を飛び出してきたらしい。

「行遠は無事ですか！」

必死に息子の名を呼ぶ声に、行遠が応えた。

「母上！」

と同時に——簀子縁の足音が消えた。あれほど切迫していた母の声も消える。細くのぼった青い火も、ふっと闇に融《と》ける。

代わりに、闇がその濃さを確実に増した。行遠でさえ、微妙な異変を肌で感じ取って、権博士の腕の中で身震いをする。

「しまった……」

権博士のつぶやきに、女の忍び笑いが重なった。くすくす、と。

行遠の母親の声ではない。もっと若い娘のものだ。それも複数。

そして、彼女らは同時にささやく。

「みつけたわ」

三方から、金色に輝く瞳が権博士と行遠を見据えていた。

「どうかしたか、一条？」

隣にいた一条が身動きしたのを察して、夏樹は問いかけた。

目をあけても、あたりは真っ暗。しかし、どんな状況かはわかっている。背中にはもたれかかった幹のごわごわした感触があり、湿った木の皮のにおいがする。近くに繋《つな》いだ二頭の馬の鼻息も聞こえる。肩先に感じているのは一条の体温。

都へ戻る途中、陽が暮れてしまったうえに疲れてもいたので、ふたりは山中の木の下で早々と野宿をすることにしたのであった。

「いま、声が聞こえたような――」

「どんな声？　ぼくには何も聞こえなかったけど」

「若い女の笑い声――」

「え？」

「いや、きっと空耳だな」

「本当に空耳？」

「ああ」

ひどく眠かったせいもあり、一条がそう言うのなら、そういうことにしてしまおうと夏樹は思った。

急に一条が質問してきた。

「いま、おれはどんな顔をしている？」

「……暗くてわからない」

金色の目が光っているのしか見えない。それでも、怖くはなかった。寝ぼけてもいたし、相手の声がいつもと変わらない調子だったから。

「それより、寒くないか？」

「いいや」

「じゃあ、もうちょっと寝ようよ」

「ああ」

きれいな金色の光が消える。一条が目をつぶったのだろう。夏樹もそれを確認してから目をつぶった。

身の危険など、微塵も感じなかった。目が金色に光ろうと、たとえ狐の子だろうと、一条は一条のままだと信じていたから。

第七章　願いと代償と

くすくすくす——

何かを企《たくら》んでいるような含み笑いが、閉ざされた闇の空間に響く。三方向から。金色に輝いている瞳も三対。侵入者は三名。それも若い女のようだ。

ただし、普通の人間ではあるまい。術者。もしくは物の怪《もののけ》か。

後者だろうと、賀茂《かも》の権 博士《ごんのはかせ》は直感で判断した。この邸《やしき》の御曹司は、どうしたわけか物の怪に目をつけられてしまったようだ。母親の危惧は的中したことになる。

賀茂の権博士が今回の仕事を、息子を溺愛している母親の思いこみと甘く考えていたのは否定できない。守りのまじないも、もっとしっかりしたものを施しておけばよかったと、いまさら悔いても遅い。

「権博士どの……」

権博士の腕の中で、行遠《ゆきとお》が救いを求めるように彼の名をつぶやく。まさか自分の母親に化けて物の怪が近づいてくるとは思いもよらず、呼びかけに応じてしまったのは、取り返しようのない失敗だった。彼もそれを悟ったのだろう、震える声には恐怖が色濃くにじんでいた。

その恐怖が、三人の侵入者たちにはいたくお気に召したらしい。行遠の台詞《せりふ》を耳にして、彼女らは楽しげな嬌声《きょうせい》をあげた。

「もしかして、賀茂の権博士？」

「陰陽師《おんみょうじ》？」

「あらまあ」

そしてまた、華やかな笑い声。

「あの仕掛けはそういうことなの」

「なんて素敵」

「面白い余興ね」

権博士は目を細め、彼女たちの姿を確認しようとした。しかし、闇が濃すぎてそれができない。わずかに人影が三つ、見えるばかりだ。

三人ともに、なよやかな女の姿をとっているようだが、だからといってあなどるのは危うすぎる。まだその正体は定かではないし、こちらは行遠という素人を抱えている。陰陽師の威信にかけて、賀茂家の名にかけて、まずは彼を守りきらなくてはならない。

「好き勝手なことを言ってくださいますね」

権博士が文句をつけると、彼女たちはまた笑いさざめいた。何が起きてもおかしくてしょうがないらしい。そんなふうに笑われて、普通の相手ならいらだち激怒したかもしれないが、権博士はあくまで冷静だった。

「こちらのかたを狙っておられるようですが、いったい何ゆえなのですか？」

「何ゆえですって？」

「わたくしたちは狩りをしに来ただけよ」

「そちらのおかたが今宵《こよい》の獲物」

行遠の身体《からだ》が大きく震えた。娘たちの発言に戦《おのの》いたかと権博士は思ったが、そればかりでないことは次に続いた言葉でわかった。

「狩りだと？」

行遠の口調にこめられていたのは恐怖のみではない。先ほどまではなかった怒りがそこに生まれていた。

彼は権博士の胸を突き飛ばすと、暗闇に向き直って問うた。

「済《わたる》を、護《まもる》を、為明《ためあきら》を殺したのはおまえたちか!?」

しばしの沈黙。その間に彼女たちは、行遠の言葉の意味を仲間内で確認しあっていたようだ。

「もしかして、山荘で喉笛を嚙《か》みちぎってやった男のこと？」

「賀茂川《かもがわ》に追い詰めてやった男のこと？」

「蔵人所《くろうどどころ》で血まみれにしてやった男のこと？」

行遠は穏やかな風貌には似合わぬ、獣の咆哮《ほうこう》のような声をあげた。

「物の怪どもが！」

腰の太刀《たち》を抜いて闇雲に斬りつける。が、白銀の刃《やいば》は空《むな》しく虚空を裂いたのみ。

相手は跳びあがってよけたのだろう。衣《きぬ》ずれの音がまるで鳥の羽ばたきのように響いたのち、たん、と床に着地する爪先の音がする。

「何を怒っているのかしらね」

「あなただって狩りを楽しんでいたでしょうに」

「立場が変わったからといって怒るのは理不尽だわよ」

いきなり斬りつけられたというのに、娘たちの口調におびえなどは微塵《みじん》もない。むしろ理はこちらにあるとでも言いたげに行遠を責め、あまつさえ挑発する。

「それとも、もっと詳しく知りたいの？　わたくしたちがどんなふうにあの男たちを狩ったのか」

「面白かったわよ。特に三人目の血は、とっても甘かったわ。やっぱり貴公子と武骨な侍とでは違うのね、血の味も、肉の味も」

「でも、愚かなのは同じ」

「──言うな！」

行遠が再び太刀を振るう。しかし、その刃が対象を切り裂くことはない、悲鳴は一度もあがらず、周囲を身軽く跳躍する気配が伝わってくるばかり。闇の中でも、あの金色の瞳には行遠の動きがはっきりと見えているらしい。

めちゃくちゃに振るわれる白刃をかいくぐって、華奢《きゃしゃ》な人影がひとつ、前に飛び出す。突然の接近に、行遠が息を吞《の》む。速すぎて、彼には対応できない。

そのままであったら確実に、行遠はなんらかの危害を加えられていただろう。しかし間髪入れず、賀茂の権博士が行遠の着ていた狩衣《かりぎぬ》の背中を片手で鷲《わし》づかみにしてひっぱった。

行遠を引き倒し、代わりに権博士が前に出る。幣束《へいそく》を握った右手を突き出して。

太刀を、彼はこの場に持ちこんではいなかった。幣束は白い紙を木の串《くし》の先端につけた祭具であって、太刀の代わりにするにはあまりにも貧弱に見えたが、次の瞬間、幣束の先端にがっしと堅いものが当たった。

おそらくは歯の感触。否、牙の感触だ。敵は幣束に嚙みついたらしい。

ぎゃあ、と悲鳴があがり、物の怪が離れた。

「なんてこと！」

少しでも遅かったなら、まず間違いなく行遠はあの牙に喉を食いちぎられていただろう。

しかし、憤慨する声からはかわいらしい娘の姿しか想像できなかった。あまりにも落差が大きい。

(それとも、姿を変えられる物の怪なのか?)

あり得る話だ。青い火だけをともして簀子縁《すのこえん》を駆けてきたあれは、行遠の母親そっくりの声をしていた。姿も真似《まね》ていた可能性は高い。

「いったい、わたくしに何を食べさせるおつもり?」

「依頼主の血肉でないことは確かですね」

権博士は一切感情をこめずに言った。

「ひとと人外《じんがい》は異なる理屈を持っております。あなたがたにはあなたがたの理屈がありましょう。それを否定する気は毛頭ありません。しかし、わたしの依頼主を害するとあらば、話は別」

「どうすると言うの?」

闇の中から声がする。それが、幣束に噛みついた娘のものかどうかは、もうわからない。三つの声はそっくり同じで、まったく聞き分けができないのだ。

「邪魔をなさるおつもりなのね」

「いいわよ、やってごらんなさい」

「そこの貴公子を守りきれたら、あなたの勝ち。守りきれなかったら」

愛らしい声が三つ、重なる。

「わたくしたちの勝ち」

込められた露骨な嘲《あざけ》りに激怒した行遠が、弾《はじ》かれたように立ちあがった。おのれの命を賞品のように扱われたのが、よほど腹に据えかねたのだろう。

「おまえたちの勝手にさせるものか！」

怒鳴って、太刀を闇雲に振りまわす。その刃が敵に達することは一度としてなかった。見えていれば、行遠も充分反撃できたはずだ。彼にはそれだけの腕がある。しかし、ひとの目では闇を見通すことはできず、加えて娘たちは三人とも並はずれて敏捷《びんしょう》だった。とにかく状況が悪すぎる。このままだと敵の思うまま、行遠の命は危うい。

「行遠さま、おさがりください。危険です」

権博士の懇願にも、激昂《げっこう》している行遠は耳も貸さない。自分の身も顧みず、友人の仇《かたき》をとろうと躍起になっているのだ。

権博士はなんとか近くに寄って命知らずな青年を救おうとする。当然、敵はそれを阻もうと、彼へも攻撃を仕掛けてくる。

武装していなかった権博士は手にした幣束で応戦した。敵はむしろ、行遠の白刃よりも幣束が苦手なようだったが、権博士のほうとて実際は攻撃をかわすので精いっぱいだった。

なにしろ速い。

（まるで、獣……）

三人の娘たちは、ふたりの若者を翻弄し続ける。疲れなど知らぬように、楽しげに。生死を懸けて挑んでいるのではない。彼女らは戯れているのだ。その証拠に、ずっとくすくすと笑っている。

そろそろ決着をつけようとしたのだろう。嘲笑《あざわら》いつつ行遠を翻弄していた娘のひとりが、ふいに彼の胸もとに飛びこんできた。今度は権博士の手も届かない。

「危ない！」

権博士は幣束を投げ捨て、懐から白い紙人形を取り出して宙に放った。

一瞬のうちに紙人形は増殖する。薄っぺらい手足をぱたぱたと動かして、娘たちの顔に貼りつく。

「きゃあ！」

「何よ、これ！」

きわめて単純な形の紙片なのに、まるで命を吹きこまれたよう。はらってもはらっても、手足をばたつかせて宙を掻《か》いては舞いあがり、彼女らにまとわりつこうとする。

その隙に行遠はさっと身をかわした。が、紙人形も、ほんのつかの間の目くらましにしかならなかった。

しつこく迫る紙人形たちを振りきって、娘が跳躍する。まさしく獣のように。

次の瞬間、行遠の悲鳴が部屋にこだました。

一拍遅れて、どおっと床に倒れ伏す音。起きあがる気配もなければ、もがく気配すらない。権博士の息を呑む音がいやに大きく響いたのみ。

「しとめたわ！」

高らかな勝利の宣言。

と同時に、戦意を喪失したように紙人形たちが動きを止める。ただの紙に戻って、空しく床に散っていく。

権博士は大きく息をあえがせただけで何も言わない。言えない。

「わたくしたちの勝ちね」

「残念だったわね、陰陽師」

用は済んだと言わんばかりに、満足げな笑い声と軽やかな足音が遠ざかっていく。それとともに、闇の重苦しさも減少する。権博士は肺の奥底から息を吐いた。

「火が点《つ》いたぞ！」

邸の外で大声がしたかと思うと、次々に篝火《かがりび》が点火されていく。ようやく、周囲に明るさが戻り始める。してみると、いままではあの娘たちがいたがために、火が点かなかったらしい。

「行遠さま！　ご無事ですか！」

家人《けにん》たちが大声をはりあげ、駆けつけてくる。その中には行遠の本物の母親もいた。両側から女房たちに支えられて、ふらふらになりながらも部屋に飛びこんでくる。

「行遠！　権博士どの、行遠は⁉」

「ご安心を」

家人たちの手にした紙燭《しそく》の火が、賀茂の権博士を照らす。すでに彼は、先ほどとは打って変わったとり澄ました笑みを浮かべていた。

「この通り、ご無事でいらっしゃいます」

行遠は無数の紙人形が散らばる中に、呆然《ぼうぜん》とした顔で立ち尽くしていた。その身には、傷ひとつ負ってはいない。彼の断末魔の悲鳴が確かに闇を震わせたはずなのに。

「行遠‼」

母親がわっと泣いて息子にしがみつく。行遠自身は自分が無傷でいるのがまだ信じられないらしく、紙燭の火にまぶしそうに目を細めつつ、泣く母親や権博士を交互にみつめている。

「権博士どの、わたしは……生きているのか？」

妙な質問だが、そう訊《き》きたくなるのも仕方がなかった。

「これでございます」

権博士は心得顔で、紙人形を一体差し出した。その首の部分は半分以上ひきちぎられ、かろうじて胴と繋《つな》がっている。

「これが行遠さまの身代わりとなりました」

行遠は紙人形をまじまじと眺め、ようやく意味を理解したように大きくため息をついた。

「そうか、そうなのか。では、あの連中はいったい」

「もちろん、普通の人間ではございません。物の怪ですね、それもたちの悪い。狩りと称して楽しんでいました」

「狩り……」

その言葉に触発されて、行遠の表情が変わった。やっと茫然《ぼうぜん》自失の様子が消えて、彼本来の聡明《そうめい》さが現れる。

「権博士どの、もしも、あの物の怪どもが栗栖野《くるすの》で狩りをした者を狙っているのなら――」

「だとしましたら？」

「次は、新蔵人《しんくろうど》が襲われるかもしれない。彼ともいっしょに狩りをしたんだ」

意外な名前が出てきて、権博士は軽く瞬《まばた》きをした。夏樹の柔和な性格と狩りがすぐには結びつかずに戸惑っていたのだが、行遠が言うならそれは事実なのだろうと思い直す。

「新蔵人を守ってやってくれ。これ以上、友人が死ぬのはいやだ」

「わかりました、行遠さま。どうか、お任せください」

自分が保証するまでもあるまいとよくわかった上で、権博士は行遠を安心させるために大きくうなずいたのだった。


優美な琴と琵琶《びわ》の合奏が夜の静寂に染み透っていく。場所は後宮《こうきゅう》の殿舎のひとつ、弘徽殿《こきでん》だ。

弘徽殿の女御《にょうご》に仕える女房たちがそれぞれ得意の楽器を持ち出して、女主人のために演奏しているのである。

殿上人《てんじょうびと》を招いての宴《うたげ》とはまた違う内輪の催しだが、女御に聞かせるためとあって、どの女房もけして手は抜かない。それどころか、日頃の練習の成果を見せようと、かなり張りきっている。

音曲《おんぎょく》ばかりでなく、燈台《とうだい》の火が照らし出す彼女たちの姿もまた美しかった。弘徽殿の女御の装束は萩《はぎ》の襲《かさね》。紫と白を合わせた典雅な装いだ。女房たちもそれぞれ、桔梗《ききょう》、紫苑《しおん》、赤朽葉《あかくちば》、紅葉《もみじ》と、秋らしい色彩で身を飾っている。

今宵の管絃《かんげん》のきっかけは、一の女房の小宰相《こさいしょう》の君が「女御さまをお慰めいたしましょう」と言い出したことだった。

しばらく前までは帝《みかど》の寵愛《ちょうあい》を弘徽殿の女御こそが独り占めしていたのに、いまは完全に承香殿《しょうきょうでん》の女御に取って代わられてしまっていた。おっとりとした性格だけに、弘徽殿の女御はそれに関して自分からどうこう言うこともない。逆に、女房たちが帝の態度の急変に不満を洩《も》らすと、

「いいのよ。後宮に住まう妃《きさき》はわたくしばかりではないのですもの。ご寵愛がひとところに偏ってしまわれるのは、どなたにとっても不幸なこと。きっと主上《おかみ》もそうお考えなのでしょう」

そう言って浮気者の夫をかばうのだ。

そばに仕える女房たちにも、けして嫉妬したり哀《かな》しんだりしている様子を見せない。といって、何も感じていないはずもあるまい。控えめな笑みの下に、深い苦悩を隠しているはずだ。

かくして、弘徽殿の女御のためにせめてもと、秋の夜の風雅な演奏会がひらかれたのであった。

弘徽殿の女御は脇息《きょうそく》にもたれかかり、くつろいだ様子で女房たちの演奏に聞き入っていた。一曲終わると、彼女はひとりひとりの技能を惜しみなく賞賛する。

「近江《おうみ》の君の琵琶はいつ聞いても素晴らしいわね。これほどの上手はどこにもいないでしょう。四条《しじょう》の君もずいぶんと上達していてよ。少将の君の箏《そう》の音《ね》は申し分ないし、伊勢《いせ》の君の和琴《わごん》も軽やかで素敵だわ」

女房たちはそれぞれ、女御から直接お褒めの言葉をいただいて大喜びする。深雪《みゆき》も和琴の腕前を認めてもらい、得意満面だ。

演奏が一段落つくと、女御を囲んでのおしゃべりが始まる。話上手の女房があちこちから仕入れてきた面白おかしい話題を、このときとばかりに次々と披露する。

女房たちは笑いさざめき、女御は扇で口もとを隠して、おっとりと微笑《ほほえ》む。扇に添える指先すら可憐《かれん》だ。深雪が女御のそばに仕えるようになって、もう二年かそれくらいは経《た》つが、女御の美しさ愛らしさにはいまでもうっとりとしてしまう。

自分の周囲の華やかな光景に感じ入って、深雪は秘《ひそ》かにため息を洩らした。

（こういうときよね。宮仕えに出てよかったなあって思うのは……）

ずっとずっと、この光景を眺めていたい。しかし、夜がふけるにつれ、だんだんと眠気が彼女を襲ってきた。

見廻《みまわ》せば、同じように眠気をこらえている女房が何人もいる。すでにこっそりと退室している者も。が、多くはこの夜を惜しむように女御のまわりにとどまっていた。

きっと朝までおしゃべりは終わるまい。深雪もいくら眠いからといって、局《つぼね》にひっこみたくはなかった。それではもったいなさすぎる。

外の空気を吸って眠気を晴らそうと、深雪はそっと簀子縁へと出た。夜気はここ数日で急に冷たくなっている。大きく深呼吸して新鮮でひんやりとした空気を胸に詰めれば、思惑通りに頭がすっきりしてきた。

「よしっ」

自らに気合いを入れ、殿舎の中に戻ろうと深雪は簀子縁を歩く。その足が、ふと止まった。彼女はわずかに眉間に皺《しわ》を寄せて振り返った。

「何?」

思わずひとりごちたのは、笑い声が聞こえたように思ったからだ。

くすくすくす——と。

女房たちの笑い声が外まで響いているのかと最初は思った。が、方向が全然違う。あれは内からではない、外からの声だ。

こんな夜ふけに誰だろう、と深雪はいぶかしく思った。最近、夜中に御所の内をそぞろ歩く貴族もぐっと少なくなっているというのに。

蔵人所で為明が何者かの手によって惨殺され、それが物の怪のしわざと噂《うわさ》されると、御所の夜はだいぶ静かになった。それまでは恋人のもとへ通う貴公子の沓音《くつおと》がしょっちゅう聞こえていたのに、血に飢えた物の怪と出くわしては大変と、みなそろって自粛し出したのだ。

おかげで貴公子たちとしゃれた会話を楽しむ機会が少なくなり、女房たちもつまらながっていた。今宵の演奏会は、女房たちにとってもそんな憂さを晴らす意味合いもあったのだ。

それにしても、楽しそうな声だった。誰だか知らないが、よほどいいことがあったらしい。

特に気にする必要もあるまい。いつまでも寒い簀子縁に突っ立っていないで、同僚たちのもとへ戻ったほうがいい。頭ではそう思うのに、なんとなくあの笑い声が気になる。

その理由のひとつが──腕にびっしりと生じた鳥肌だ。

どうしてこんなふうになるのか不思議で、深雪はますます眉間の皺を深く刻んだ。

(うかつに近寄らないほうがいいってことなのかしら?)

一度は殿舎の中へ早く戻ろうと歩き出し、やっぱり気になって、また立ち止まる。深雪の中で好奇心が頭をもたげている。同時に警戒心も増している。

後者に従ったほうが無難なのはわかりきっている。が、彼女がそこでおとなしくひっこむはずもなかった。

結局、好奇心に衝き動かされるまま深雪は方向転換し、声がした方向へ忍び足で歩いていく。簀子縁の角を曲がろうとして、今度は警戒心が瞬間的に膨れあがり、そっと顔半分だけ出して覗《のぞ》くにとどめておく。

身を隠していて正解だったのだ。

笑いながら夜の中を弾むように駆けてくるのは三人の若い女。ともに被衣《かつぎ》姿で、顔立ちもよく似通っている。

間違いない、承香殿の女御のところの三姉妹だ。

深雪はわが目を疑った。怪しげな出自の者どもとはいえ、仮にも帝の妃に仕える女房が供もつれずこんな真夜中、外を駆けまわっているなど——常識ではとても考えられない。

深雪自身、御所では本当の自分を押し殺し、大きな大きな猫をかぶって過ごしている。ときおり、羽目を外して暴れたくもなる。三姉妹もそんな気持ちでいたのかもしれないが、それにしてもあのはしゃぎぶりは異常だ。

小さな子供のように飛び跳ねているせいで袿《うちき》の裾が乱れ、白いふくらはぎがちらちらと覗いている。なのに、気にした様子もない。被衣は風をはらみ、夜の鳥の翼のように大きく広がっている。彼女らの身軽さも、ひとの域を超えているように見える。

くすくすくす——

歌うような笑い声。乱れる黒髪。黄色がことさらあざやかな女郎花《おみなえし》の袿も乱れて。すんなりとのびた華奢な手足は、三人とも透けるように白い。

彼女らはとても危険な生き物のように、深雪の目には映った。離れて見ているだけなのに、鳥肌はすでに腕のみならず、全身に波及している。要らぬ音をたてて、むこうに気づかれてはまずいと、本能的に悟って身体が硬くなる。

なぜなら、三姉妹のうちひとりの装束が、返り血でも浴びたかのごとく真っ赤に染まっていたから。彼女らの瞳が三人とも、怪しく金色に光り輝いていたから。

忍び笑いも、まるで血に酔い痴《し》れているかのように聞こえる。確かに彼女らは美しい。しかし、見てはならないものを見ているような気がしてくる。

どうなることかと思ったが、幸い、三姉妹は自分たち以外の存在には気づかぬまま、承香殿のほうへ行ってしまった。深雪は、いつの間にか額ににじみ出ていた汗をぬぐって息をついた。

鳥肌はまだおさまらない。むしろ、いまさらのように身体ががたがた震えてくる。

(なんだったのかしら、あれは。どうして、わたしはこんなに……)

こんなに怖がっているのか、よくわからない。ともかく、不用意にこの身を三姉妹の前にさらさずにおいて、本当によかったと深雪は痛感する。

(もしも覗いていることがばれたら、自分はどうなっていただろう)

なぜか、彼女の脳裏に浮かんだのは、喉を切り裂かれて倒れた自分の姿だった。

ぱたぱたと軽やかな足音をたてて、三姉妹は承香殿の中の、与えられた一室へと帰ってきた。そこで娘たちを待っていたのは、母親の白王尼《はくおうに》。彼女は小さな厨子《ずし》の前で、数珠を手にし祈りを捧《ささ》げていた。

「母さま、いま戻りましたわ」

三人の娘が息をはずませつつ、異口同音に母へ呼びかける。振り返った白王尼は、返り血でよごれた娘の袿を見ても顔色ひとつ変えない。

「首尾よくいったようですね」

「ええ、それはもう」

「たやすく屠《ほふ》ってやりました」

「噂の陰陽師もわたくしたちの前では形なしでしたわ」

三人の娘たちは同時にぺちゃくちゃとしゃべり出す。白王尼は右手を上げて、それを制した。

「落ち着いて。一度にしゃべろうとせず、順にお話しなさい。陰陽師がどうかしたのですか？」

「ですから、陰陽師があそこに待ち構えていて」

「陰陽師がわたくしたちの狩りを邪魔しようと」

「明かりを消して、獲物の母親に化けて近づきましたらば」

またもや三人同時に説明しようとする。そのかしましさに、さしもの白王尼も閉口した。

「落ち着きなさい」

母親がぴしゃりと命じると、娘たちは途端に静かになった。それでも、興奮は冷めやらず、三対の瞳はまだ金色に光り輝いている。

「月姫《つきひめ》」

白王尼は返り血を浴びている娘を指名した。

「あなたがお話しなさい。ゆっくりと、順序よく説明するのですよ」

「はい、母さま」

指名から洩れたふたりが不満そうに唇を尖《とが》らせる。月姫は得意げに妹たちの顔を見やってから、母が命じた通り、時系列順に事の次第を報告した。

邸の四方に守りのまじないが仕掛けられていて侵入できずにいたが、うまく警固の武士を使って突破したこと。篝火を消して家人たちを怖がらせてやったこと。そして、獲物の位置を知るために親に化けて近づき成功したこと、を。

「――そこまではとてもうまくいきましたわ。ですが、さすがに四人目ともなるとむこうも警戒していたようで、陰陽師を招いてわたくしたちの邪魔をさせようとしたのです」

月姫は頬を紅潮させ、かわいらしく小首を傾《かし》げて説明する。小さな子供が「こんなにうまくやりおおせましたよ、母さま」と自慢しているかのようだ。

花姫《はなひめ》と雪姫《ゆきひめ》も口をはさみたくてたまらないらしく、そわそわしている。ふたりとも、母親が許せばいまにもしゃべり出しそうだ。

白王尼は平静な様子を崩さず、相槌《あいづち》も打たない。が、話にはちゃんと耳を傾けている。よくよく見れば、彼女が苦笑を噛《か》み殺しているのがわかるはずだった。

「あれは陰陽寮《おんみょうりょう》の賀茂の権博士。どれほどの腕前かと思いましたけど、しょせんは人間ですわ。暗闇の中で何も見えず、紙人形を散らして逃げ惑うぐらいの術しか使えませんわ。わたくしたちはそうではありませんもの、首尾よく獲物をしとめて戻ってまいりました。母さまにもおわかりになりましょう？　新たな流血に、身体のすみずみにまで力がみなぎってくるようですわ」

褒めて、褒めてと、娘たちの輝く目が訴えている。白王尼は淡い色彩の瞳で三人の顔を順々に見廻し、穏やかに告げた。

「その陰陽師にしてやられましたね」

予想外の言葉に、娘たちはきょとんとする。次の瞬間、彼女らは血相を変え、一斉にしゃべり出した。

「そんなはずはございません」

「あの陰陽師は手も足も出せず」

「この血がその証拠――」

白王尼はまた片手を上げただけで娘たちを黙らせた。

「今宵、わたくしが感じ取れる血はひとり分しかありませんよ。最初、それが獲物の血かと思ったのですが、いまの話だと警固の武士と公達《きんだち》とふたり分なくてはおかしいはず」

それを聞くや、花姫と雪姫は月姫の袿に鼻を寄せて返り血のにおいをくんくんと嗅ぎ出した。それでいったい何がわかるのか疑問だが、彼女らの表情からすると、母親の言うことをやっと理解できたらしい。三姉妹は愕然《がくぜん》としてつぶやく。

「母さま、でも……」

「わたくしたちは確かに……」

「獲物は血まみれになって倒れて……」

白王尼はこらえきれぬように、くっくっと喉を震わせた。

「おそらくは陰陽師の目くらましだったのでしょう。人間が術でわたくしたちをだまそうとするとは……あなたたちも、まだまだですね」

互いに顔を見合わせていた三姉妹たちはいきなり甲高い声をあげ、手足をばたばたさせて騒ぎ出した。

「なんてこと」

「くやしい。くやしい」

「ただの人間にだまされるなんて！」

怒りを露《あら》わにする娘たちに対し、白王尼は袖を口もとにあてて華やいだ笑い声をたてる。

「だからこそ、面白いのですよ。人間風情とあなどっていると、彼らはときとして思いもよらぬことをやってくれますからね。それが楽しいから、かかわらずにはいられない——わたくしたちの業なのでしょう。どうしようもないのです。ねえ、承香殿の女御さま？」

白王尼が御簾《みす》のむこうに視線を向けてそう言うと、騒いでいた三姉妹がいきなり静かになった。一転して怒りを消し、好奇心いっぱいの顔になって御簾を凝視する。

空気が緊張する。

白王尼は御簾のむこうの誰かに悠然と微笑みかけている。

「そこにいらっしゃることは、先ほどから承知しておりましたわ。お待たせしてしまいましたわね。さあ、女御さま、少納言の君さま、こちらへどうぞ」

ややあって、御簾があがった。

そこには白王尼の言った通り、承香殿の女御と女房の少納言がいた。

少納言はその場にすわりこんでしまっている。本当は逃げ出したいのに、腰を抜かしてしまったらしい。完全に涙目になって、いまにも気を失いそうな有様だ。

それはそうだろう。狩りだの獲物だの血まみれだのといった物騒な言葉で彩られた話を聞いたなら、どれほど白王尼を妄信《もうしん》していようとおかしいと気づくはずだ。まして、娘たちの瞳はいまも金色に輝いている。ひとではない証《あか》しに。

承香殿の女御は少納言のようにへたりこんではいなかった。青ざめた顔を昂然《こうぜん》と上げて、視線をまっすぐ白王尼に注いでいる。

「今宵も、主上のお気持ちを繫ぎ止めておくための祈禱《きとう》をしてもらえると聞いていたから来たのだけれど、なんだか取りこみ中のようね」

声が微《かす》かにうわずって、さすがに動揺は隠せていない。白王尼の正体を、彼女はいまのいままで、まったく知らぬままだったのだ。それでも、しっぽを巻いて逃げ出そうとしないところはさすがとも言うべきか。

「いえいえ、もうこちらの話は終わりましたから」

白王尼のほうもいつもと変わらぬ様子で受け答えをする。立ち聞きされていたことなど、歯牙にもかけていない。

「どうぞ、女御さま。今宵もこちらの御仏《みほとけ》に願《がん》をおかけいたしましょう。そうなさいますれば、主上のお心はいつまでも女御さまおひとりのもの。女御さまは後宮の真のあるじとなられるのです」

甘いささやき。少納言は首を横に振って後ずさりしようとしたが、女御は逆に進み出て、白王尼の前に腰を下ろした。

「女御さま！」

少納言が女御の背中にすがりつく。

「この者たちは、ただのひとではございません！　あの金色の目をご覧くださいませ！」

少納言は三姉妹を指差した。彼女らは目を輝かせているばかりか、獲物をうかがう肉食獣のように舌なめずりをしている。もう表面を繕うことも放棄したらしく、内なる獣性が全開だ。

「危のうございます、どうか、どうか……！」

「どうしろと言うの？」

視線は白王尼に据えたまま、承香殿の女御はとり乱す少納言に強《こわ》ばった声で尋ねた。

「この者たちを追い出せと言うの？　いま、主上はわたくしに夢中よ。白王尼どのの祈禱のおかげだということがわかっていて、それでもなおそう言うつもり？」

「にょ、女御さま……」

少納言は絶句し、白王尼は声をあげて笑った。

「さすがは女御さま。よくおわかりでいらっしゃる」

三姉妹も控えめながら、くすくすと笑う。承香殿の女御はさすがに気味悪そうに娘たちを見やった。三姉妹を受け入れ難い気持ちが女御にもどこかあるらしい。

しかし、母親のほうとなると話は別だ。恐れる気持ちはもちろんあるが、なにしろ彼女は帝の関心をひとり占めするという実益をもたらしてくれる。それこそが、女御にとってはいちばん大事なことだった。

「主上のご寵愛さえ得られるなら——わたくしの産む皇子《みこ》がいずれ皇位を継ぎ、このわたくしが国母《こくも》となれるのなら、血をすする物の怪の力をも借りるわ」

「ご安心くださいませ。わたくしは血をすすったりはいたしません」

気負う女御をなだめるつもりか、白王尼はことさらに優しい声で言う。

「贄《にえ》があればこそ、霊力を使えますのも事実でございますけれど」

「贄……」

その言葉に閃《ひらめ》くものがあったのか、女御はあっと小さな声をあげる。

「もしや、先ごろ内裏《だいり》の中で殺されていた蔵人も……」

「ええ。ですが、誰でもよかったというわけでも。あのかたには殺されてしかるべき理由がありましたし、けして無益な狩りをしていたわけでもございません」

女御は黙してしまったが、少納言はひいっと小さな悲鳴をあげた。

「なんと恐ろしい。この内裏の中で、よくもそんな真似を……」

「ですが、少納言の君さま。その血のおかげで、わたくしの祈りの効果がこれほど早くはっきりと顕《あらわ》れたのですよ。主上はもう承香殿の女御さましか、お目に入らぬご様子。それに、いままでわたくしに祈禱を依頼されたかたがたからも、きちんと贄をいただいておりますわ」

「そんなことは聞いておりません！」

「よくお調べになってくださいまし。願いの叶《かな》った女人たちの近い身内に、あるいはそばに仕える者たちの中に、血を流して死んだ者が必ずございましょうから」

「それもすべて、おまえたちがやったというのですね⁉」

「ええ。当人たちに贄を差し出したつもりはなかったでしょうけれど。ですが、何がしかの代償もはらわず、願いのみ叶えようとは虫のよすぎるお話」

「その通りだわ」

承香殿の女御が凜《りん》とした声で肯定した。少納言は死にかけている魚のように口をぱくぱくさせる。

「女御さま……！」

「何もせずに不満ばかり並べているような生きかたは厭《いや》よ。わたくしは主上のお心が欲しい。皇子も欲しい」

「考え直してくださいませ、女御さま。この者たちは甘い言葉でわたくしたちをだまそうとしているのです。物の怪など信じては……。ああ、何も知らずに、わたくしが、わたくしがこの者たちを……」

「いいえ、少納言、わたくしはおまえに感謝しているわ」

少納言がとり乱せばとり乱すほど、女御は落ち着きをとり戻していくようだ。彼女の希望は最初から決まっていた。世人になんと思われようとも、後宮の、ひいては女としての頂点に立つ夢は捨てきれまい。

女御は激しく身震いした。それも、ただ一度だけ。

「贄が必要なら、いくらでも獲《と》っていけばいいわ！」

白王尼は満足げにうなずくと、手をのばして女御の青ざめた頬に触れた。女御は逃げようともせず、白王尼をまっすぐに睨《にら》み返している。

「強い目ですわね」

白王尼がささやく。賞賛するように。

三姉妹も女御をみつめている。くすくすと笑ってはいるが、女御をあなどっているからではなく、彼女の気丈さを楽しんでいるようだった。

「人間の強い欲望――それにどうしようもなく、わたくしたちは惹《ひ》かれるのです。だから、かかわらずにはいられない。人間に近づくのは危険だと知ってはいても」

小さな声で白王尼はつぶやく。女御にではなく、自分自身に聞かせているのかもしれない。

燈台の火が彼女の美貌に微妙に陰影をつける。化生《けしょう》のものであろうとも——いや、それゆえになおさら——美しいものは美しい。

「よろしいですわ。女御さまの願い、この白王尼がきっと叶えてさしあげましょう。主上のお心を、そして皇子を、わたくしからの贈り物としてお受け取りください。その代償に、わたくしには贄の血を」

女御は唇をきつく結んでうなずいた。少納言はとうとう両手で顔を覆って泣き出してしまい、三姉妹は嬌声をあげて手を叩く。

「ひとつだけ、訊くわ。おまえたちはいったい何者なの？」

と、女御はいまさらながら質問した。

「さあ？　女御さまはご自分が何者かご存じでいらっしゃいますか？」

「わたくしはわたくしよ。承香殿の女御と呼ばれようと、親が授けてくれた名で呼ばれようと」

「わたくしとて、そうですわ。白王尼と呼ばれようと、違う名で呼ばれようと」

「違う名は、なんというの？」

好奇心から尋ねる女御に、白王尼はいままでとは違う、静かで甘やかな笑みを返した。

「いろいろですわね。その昔、わたくしを葛《くず》の葉《は》と呼んだ男もおりましたわ……」

野宿をした翌朝早く、馬に乗った夏樹と一条は無事に都へとたどりついた。

野宿の際、暗闇で一条の目が金色に輝いていたことは当人には教えていない。むしろ、何事もなく朝を迎え、帰京できたいまとなっては、どうでもいいことのように夏樹には感じられた。

確かに、暗闇の中でしょっちゅう目が金色に光るようであれば、うかつに夜中、外出できなくなって日常生活に支障をきたすかもしれない。しかし、陰陽師という職業柄、それを逆手に取る戦法もありえる。一条自身も言ったではないか、狐《きつね》の子という噂も陰陽師としての箔《はく》づけになる、と。

（うん。式神《しきがみ》たちや馬づらの馬頭鬼《めずき》とも同居しているんだもの。いまさら、怪異のひとつやふたつ増えたって、どうということもないさ）

昨日の夜も思ったことだが、瞳の色がどうであろうと一条は一条だ。彼が自分を見失わなければ、それでいい。

腹をくくって自らを納得させ、無意識に頭を縦に振る夏樹を、一条が不審そうに横目で見やった。

「何をうなずいているんだ？」

「いや、別になんにも」

正直に教えたら、怒るか、厭そうに苦笑されるか。どちらにしろ、こっちの真意は口に出さずともそのうち自然に通じるだろうと期待して、教えずにおく。

何も解決していないのに、夏樹はだいぶ気分が軽くなっていた。阿倍野《あべの》で見聞きしたこと、一条の家庭の複雑さ、少年時代の話はけして明るいものではなかったし、ぶしつけに踏みこんではいけなかったかと反省もしている。それでもやはり同行してよかったと思う。少なくとも、知らずにいてああでもないこうでもないと気を揉《も》むよりはずっとましだ。

（あの尼君がなんと言おうと、ぼくは一条を信じればいい）

そう再確認できて、夏樹は至極満足していた。が――

その満足感は一条の邸の門前に立つ男の姿を目にした途端、はかなく消えた。直衣《のうし》姿のそのひとは、賀茂の権博士だった。

けして彼が嫌いなわけではないが、こんな朝早く一条の邸の前にいる姿を見ると、また何か起こったのかとつい警戒してしまう。一条のほうは師匠なのだから当然かもしれないが、特に態度を変えるでもなく、馬から下りて権博士に近づいていく。

「保憲《やすのり》さま？」

賀茂の権博士はふたりを見ると、珍しく驚いた顔になった。その直後、ホッとしたように表情をゆるめる。

「そうか、新蔵人どののもいっしょで……」

「あ、はい」

どうしてそんなふうに言われるのだろうと不思議がりつつ、夏樹も馬から下りて権博士に近づいた。

「こんな朝早くに何事ですか？」

「いえ、昨夜遅くにも新蔵人どののお邸にうかがったのですが、出かけていらっしゃると聞きまして。そろそろお戻りかと思い、たったいまここへ来たばかりなのですよ」

「もしかして、乳母《めのと》から聞きました？」

「いえ、年輩の舎人《とねり》でしたが」

夏樹はふうっと大きく息をついた。陰陽師嫌いの桂《かつら》のことだから、賀茂の権博士に失礼な振る舞いをしでかしてはいまいかと一瞬、心配になったのだ。

そういうわけだから、権博士を夏樹自身の邸へ連れていくのは抵抗があった。なかば強引に阿倍野行きを決行した直後だ、へたに桂を刺激したくない。

「保憲さま、ここではなんですから、わたしの邸へ」

事情を知っている一条がそう促してくれ、夏樹たちはとりあえず邸の中へと入った。

早朝だったせいで、あおえはまだ寝ている。

「起こすか？」

「うるさいから、やめよう。保憲さま、お静かに歩いてくださいよ」

「わかった」

ともに意見が一致し、三人はそうっと奥の部屋まで移動する。無事に部屋に入れてから、権博士から聞かされた話は夏樹にとってかなりの衝撃だった。

「行遠さまが襲われた……？」

「ええ。ですが、ご安心ください。無傷でいらっしゃいますよ。物の怪たちは紙人形の身代わりを行遠さまと信じて立ち去りました。二度目の襲撃があるやもしれませんが、今度はわたくしも油断いたしません」

権博士はそう断言する。二度目はこんなへまはしないと、静かな表情が物語っていた。

「それをぼくに知らせるために、二度も足を運んでくださったんですね？」

「まあ……そればかりでもないのですがね」

言いにくそうに少しばかりためらったのち、権博士は本当の理由を教えてくれた。

「行遠さまがおっしゃったのですよ。次に狙われるのは新蔵人どのだと」

いきなりの警告を受けて呆然とする夏樹に、権博士は行遠の邸での一件をもっと詳しく説明する。

「定かではありませんが、物の怪たちの口ぶりからすると、栗栖野で狩りをした者たちを知っているのではないかと思われるのです。そうすると残るは新蔵人どの、あなたということに」

権博士はそうしめくくったが、夏樹はそれよりも違う点が気になっていた。

「物の怪がそんなことを……。目が金色に光る、三人の若い娘が……」

夏樹は不安げに一条を見やった。友人の瞳は、いまは淡い琥珀《こはく》色に落ち着いている。あれが金色に輝くのは、いまのところ夜に限定されているようだ。

一条は無表情にみつめ返してくる。何を考えているのかは、そこからはうかがい知れない。が、夏樹自身の考えていることとそれほど違っているとも思えなかった。一条も胸にいだいているはずだ。行遠を襲ったのは白王尼の三人の娘たちではあるまいか、との疑念を。

（要はそれを権博士どのに話すかどうかだけど……）

夏樹が気を揉んでいると、一条がおもむろに口を開いた。

「三人の若い娘というと、承香殿の女御さまが最近召しかかえられた尼君を思い出しますね。あちらは三人の娘たちを伴ってきたとか」

その口調に緊張は感じられない。権博士も自然に、

「わたしもそれは考えたよ」

と答える。

「もっとも、若い娘が三人というだけで、あちらと結びつけるのは早計にすぎると思うが」

「ですが、最近の主上の変化を考え合わせるに、可能性は濃厚ですよね。あの尼君は女御さまに取り入り、怪しげな術を使って、主上を惑わしている様子。その尼君の娘なら、同じように術を使えましょう。術を使ってひとを惑わす若い娘が三人——ここまで条件がそろうなら、調べてみる価値は充分にあるかと」

「それはそうだが、あの女御さまがらみだとなかなか厄介だ」

権博士はため息を洩らしてから、夏樹を振り返った。

「というわけなのですよ、新蔵人どの。相手は三人、それになかなか小賢《こざか》しく、正体も定かではない。用心していただかないと……」

「そうやすやすとはやられませんよ。ぼくにはこの太刀がありますから」

夏樹はそう告げて形見の太刀に軽く触れた。

「自分の身は自分で守れます」

そう。自分の身はこれで守れる。それよりもずっとずっと気にかかるのは、やはり一条のことだ。

一条当人は権博士を前にして、完全に表情を消している。しかし、心中は穏やかではあるまい。

あまりにも彼に似すぎている白王尼。その娘たちの瞳が闇の中で金色に光るのであれば――

（もしかしたら一条の姉かもしれない娘たちが、物の怪……）

阿倍野まで足を運んで結論づけてきたはずの問題が、またもや目の前に立ちのぼってくる。どうしたものかと悩んでいると、突然、外の簀子縁からどすどすと振動付きの足音が轟《とどろ》いてきた。

「一条さんたち、帰ってきてたんですねえええ」

三人がうっと息を呑むと同時に、あおえが満面の笑みで乱入してくる。

「おかえりなさぁい！」

たくましい両手を広げ、一直線に一条に駆け寄ってくる。しかし、一条はさっと身をかわし、代わりに夏樹を馬頭鬼の腕の中に突き飛ばした。

「ああ、夏樹さんもおかえりなさぁぁい」

相手はどちらでも構わなかったのか、あおえは夏樹をぎゅうぎゅうと抱きしめる。その力のものすごさたるや、夏樹は悶絶《もんぜつ》死しそうになった。

「ぐええええええ」

友人の悲鳴を聞いても、一条は悪びれた顔ひとつせず、

「お客さまはお帰りになる。あおえ、夏樹を玄関まで送ってさしあげろ」

「あら、もうお帰りで？　はあい、わかりましたぁ」

言いつけ通り、あおえは夏樹を腕に抱いたまま部屋の外へひきずっていく。いくらもがいても、馬頭鬼の剛腕からは逃れられない。

ようやく門の前で解放された夏樹は柱にしがみつき、肩をあえがせて空気をむさぼった。

「まったくもう……」

たぶん、一条は夏樹を追い出したかったのだろう。白王尼の問題に、これ以上深く関わらせないために。

「水くさいったら、ありゃしない」

「そうですよ、ホントに」

夏樹のつぶやきに、なぜかあおえが同調する。

「帰っているのなら、わたしを起こしてくれてもいいじゃないですか。みやげが欲しかったとかそう言ってるわけじゃないんですよ。でも、留守居役のわたしに『ご苦労さま』のひと言ぐらいはあってもいいじゃありませんか」

「あ、ご苦労さま……」

「そう言ってくださるのは夏樹さんだけですうぅぅ」

　これでも、もとは冥府で亡者を相手に獄卒を務めていたとは――しかし、間違いなく彼は馬頭鬼であっても、人間ではない。いわゆる物の怪とも違うが、あちらの世界には詳しいかもしれない。

「あのさ、あおえ」

「はいはい、なんでしょう、夏樹さん」

「ちょっと訊きたいんだけど……」

「わたしにわかることでしたら」

「うん……人間と狐の間に子供ってできるものなのかなあ」

　夏樹がためらいがちに質問すると、あおえは手を口にあてて、ぷっと吹き出した。

「あらまあ、突然何を言い出すかと思ったら。そんなことがあるわけないでしょう？」

「そうか。やっぱり、そうだよなあ」

　馬頭鬼のあおえが保証してくれるならそうなのだろうと、夏樹は胸を撫《な》でおろした。いや、そうしようとして、手が止まった。

「だいたい、人間の（ピー）と狐の（ピー）が（ピー）できるわけがないでしょ？　うん、もう、夏樹さんったら恥ずかしい」

　一瞬、自分の耳を疑う。あおえの台詞《せりふ》の途中に、何やら不思議な甲高い音が混じり、声が三ヶ所ほど聞き取れなかったのだ。

いくら馬頭鬼でも普通にしゃべりつつ、あんな音を放てるとは、夏樹にはにわかには信じ難かった。しかし、あれは空耳ではない。確かに聞こえた。

「いま……ピーピー変な音がしたような……」

「あらあら、いくらわたしだって、そんな言葉、朝っぱらから口にできませんよぉ」

あおえは何を考えているのやら、頬を赤く染めてたくましい身をくねらせる。

「いや、そういうことじゃなく……」

夏樹がもどかしげに首を横に振ると、あおえは劇的に表情を変化させた。

「も、もしかして夏樹さん、赤ちゃんがどうやったらできるのか、なんにもご存じないとか……！」

「はあ？」

何を言い出すんだ、こいつ。の、つもりだったのに、その『はあ？』をあおえは完全に誤解してしまった。

「だって、だって、元服もとっくに済ませた大人なのに！　実経験はなくとも、せめて知識ぐらいは持ってるって疑ってもいなかったのに！」

「………」

「でも、真面目《まじめ》すぎる夏樹さんなら、ひょっとしてそれもありえるのかも」

「あのな……」

「ああ、どうすればいいんでしょうか、わたし。いまさらコウノトリがどうの、甘藍《キャベツ》畑がどうのなんて嘘《うそ》っこの説明をするのもいかがなものかと思うし。ああ、まさか夏樹さんがそこまでうぶだったなんて。深雪さんの苦労もとってもしのばれますぅぅ」

あおえは頭を抱えて勝手に苦悩の独白をしている。夏樹が口をはさむ隙もない。

「やっぱり、夏樹さんの将来を考えるなら、ここはわたくしがきちっと正しい知識を授けてさしあげねば！」

結論に達したあおえは、夏樹の両肩をつかんで長い馬づらを寄せてきた。鼻息がむちゃくちゃ荒いし、目がイッてしまって、かなり怖いことになっている。

「夏樹さん、いいですか」

動揺もろ出しの口調であおえは言った。

「花に、おしべとめしべがあるようにですね！」

「説明しなくていい、そんなことは！」

夏樹が思わず突き出した拳は、見事に馬づらのど真ん中に命中していた。

あおえの悲鳴は、奥の部屋にいる一条と権博士の耳にも届いていた。

一条は露骨に厭な顔をし、権博士は苦笑する。が、若い師匠の口から出たのはそのことではなかった。

「阿倍野へ行って来たそうだな」

「はい」

一条はあっさりと認める。

「父も一時は危なかったようですが、わたくしが行きましたときはもうすっかり回復して、なんの問題もございませんでした」

「それはよかった。しかし、いったいどうして急に行くつもりになったのかな。しかも新蔵人どのを伴って」

一条は軽く肩をすくめた。

「あっちがついていくと言い張ったんですよ」

「ほう」

澄まし返った弟子を冷やかすように、権博士はにやにや笑う。

「まあ、それで何かがふっきれたのなら、いいことだ」

その言葉に対して、一条は沈黙を守った。照れているのだろうと解釈して、権博士はそれ以上の詮索はしない。なにしろ、速急に対処しなければならない厄介な問題が控えているのだから。

「戻ってきたばかりで疲れているところに、こういう話をするのも心苦しいが、さて、承香殿の女御さまのところの尼僧をどうするべきだろうか……」

　重いため息とともに権博士がつぶやく。彼はまだ、白王尼と直接逢《あ》ってはいない。ゆえに、彼女がどれほど一条に似ているかを知らず、弟子が微かに眉をひそめているのも、事態の困難さを憂いているものと思って疑わない。

「状況からして、白王尼とやらとその娘たちはかなり怪しい。もしも彼女らが化生の者だとして、そのことを承香殿の女御さまはご存じなのかどうか……」

「あの女御さまなら知っていてもおかしくはありませんね。何もかも承知の上で、目的のために目をつぶっているのかも」

「だとすると、なおさらややこしくなるな。仮にご存じないとしても、証拠もなしにいきなり承香殿へ物の怪退治に踏みこめるはずもない。そうなると、むこうがしっぽを出すのを待つしかないか」

「夏樹を餌にでも使いますか？」

　権博士はおやっと言いたげに表情を動かした。

「いいのかな、それで」

「次に狙われる可能性の高いところに網を張るのは、戦略として当然でしょう。ある意味、彼の警固にもなりますし、そんな顔をされるいわれはないと思いますが」

「ならばなぜ、当人がいるときにその話を持ち出さなかったのかな。彼なら進んで協力してくれるだろうに。むしろ面倒に巻きこみたくないから、強引に追い出したのだと思っていたが……」

「まさか。彼には敵をだますような芝居などとても望めないからですよ。協力してくれと頼めばそれこそ簡単に応じるでしょうが、変に張りきって事を大きくされては逆に困ります。白王尼とその娘が物の怪であれば、主上のためにも後宮の平穏のためにも、確実に排除しなくてはならないのですよ。ええ、絶対に取り逃がすわけにはいきません」

言葉の最後、一条の口調がわずかに強くなる。権博士はそれを仕事への意気込みと受け取った。阿倍野へ行って過去へのこだわりを捨て、陰陽師としての道を歩むことに専念するつもりになったのなら、師匠としては大変喜ばしい。

「その通りだな。新蔵人どのを餌に使うことも含めて、作戦を練ってみよう。そのためにも、できる限り多くの情報を集めないと」

とりあえずこれからの方針が決まったところで、権博士は立ちあがった。

「少し休んで、昼をすぎてからでもいいから陰陽寮のほうへ出仕してくれ。やるべきことはたくさんある」

「わかりました」

相手の目を見ないようにして、一条はうなずく。その理由を、権博士が知るはずもない。

弟子の邸を出てから、彼もいったん自宅に戻っていった。すぐに陰陽寮へ行くつもりだったが、玄関にまで出迎えに現れた弟の真角《ますみ》が、意外な客人のことを教えてくれた。

「兄上。兄上に、一刻も早くお会いしたいという女人がいらしておりますが」

「女人？」

心当たりのない権博士は、何かの依頼かなと首を傾《かし》げた。正直、このいそがしいときにわずらわしいと思ったが、もうすでに部屋にあげてしまったのであれば仕方ない。

（会うだけ会って、場合によっては断るか、代わりの陰陽師を紹介するかすればいい）

しかし、部屋で待っている女人の顔を見るや、権博士もさすがに驚きを隠せなかった。

彼女には見おぼえがあった。それも、内裏の中で何度もすれ違っている。

「あなたは確か……」

「はい」

その女人は何かにおびえるように青ざめた顔をあげ、か細い声で名乗った。

「承香殿の女御さまにお仕えしております、少納言と申します。賀茂の権博士どのにおすがりしたく、女御さまにも告げずにやってまいりました」

欲しかった情報が、むこうのほうから飛びこんできていた。

第八章　恋しくば

夜がふけるのを待って、賀茂《かも》の権博士《ごんのはかせ》は一条を伴い、承香殿《しょうきょうでん》へと出向いた。目立たぬよう、裏からそっと殿舎の中へ入る。手引きをしてくれたのは少納言だった。彼女は気の毒なほど震えていた。少納言の君といえば、承香殿の女御《にょうご》の腹心の女房。その彼女が女御にも内密に行動を起こそうとしているのだ、かなりの精神的な重圧を感じているに違いない。

それでも今朝がた、少納言は権博士の邸《やしき》にやって来てくれた。白王尼《はくおうに》の秘密を知らせに。

あのとき——少納言は名乗りをあげたあと、権博士相手に堰《せき》を切ったようにしゃべり出したのだ。

「お願いでございます。どうか、女御さまをお救いください。あのようなものにたぶらかされては、一時はよくとも、いずれなんらかの災いとなります。なにしろ、あれはひとではないのですから。わたくしはそうとも知らず、ええ、本当に知らずに……」

そう言うや、さめざめと泣き出す。権博士は彼女が落ち着くのを辛抱強く待って、なんとか詳しい話を聞き出すことができた。白王尼が承香殿に入るようになったくだり、そして人外《じんがい》の正体をちらつかせた夜のことを。

「女御さまはただひたすらに主上《おかみ》を思うあまり、その純なお気持ちを物《もの》の怪《け》につけこまれたのでございます。わたくしも、男女の縁をとりもつのに霊験あらたかと小耳にはさんで、よもや化生《けしょう》の者とも思わず——すっかり、だまされていたのですわ！」

少納言の訴えだけだと、女御は一方的な被害者のように聞こえる。そんなことはあるまいと権博士は心の中でこそ思え、口に出しては、

「少納言の君が女御さまを思うお心の深さはとてもよくわかりました」

と優しく彼女を慰めた。それくらいの二枚舌、使うを惜しみはしない。

ともかくこれで、白王尼が妖術を用いて、帝《みかど》の気持ちを操っていたことは立証できた。それればかりか、行遠《ゆきとお》の邸を襲った娘たちも誰だか教えてもらえたのだ。権博士にとっては、よくぞ訴えに来てくれたと、いくら感謝してもし足りないくらいだ。

「このように申し出ていただいて本当にようございました。少納言の君のおっしゃる通り、このままだと承香殿の女御さまの御身も危のうございます。へたをすると、取り殺されてしまうやも」

「やはり……なんと恐ろしい……」

一概にそうとも言えないのだが、権博士はここぞとばかりに少納言の恐怖心をあおった。

「それにしても女御さまも困ったことを。目的がなんであれ、物の怪を後宮《こうきゆう》の中にひきこみ、外法《げほう》の術を使わせたとあっては、いかに主上の寵妃《ちようひ》といえどもきついお咎《とが》めを受けましょう。お父上の右大臣さまでも女御さまをお救いにはなれますまい」

「それは困ります」

いまのいままで、よよと泣いていた少納言が勢いよく顔を上げる。目が必死だ。

「けして外には洩《も》らさず、内密に、内密に、あの物の怪を滅ぼしていただきたいのです」

「内密にというのはわかります。しかし、相手の正体もわからぬままでは、滅ぼすといってもかなり厳しいですね。まずは敵をよく知らないと。そのためにも――承香殿の内部への案内《あない》をお願いいたしたいのですが」

そう持ちかけると、最初こそは少納言もとんでもないと怖じ気《おけ》づいていた。しかし、説得を続けるうちに彼女も腹をくくってくれ、さっそく今夜ということで話がまとまったのだ。

「万が一、みつかったときにもわたくしが関わっていることは、どうか、どうか、内密にお願いいたしますよ」

権博士とその弟子の前を歩きつつ、少納言は振り返っては何度も念を押した。

「あの物の怪に逆恨みなどされてはたまりませぬ。ですが、女御さまのためを思えばこそと、わたくしは……」

女御さまのため、女御さまのためと少納言はくり返す。物の怪も怖いが、承香殿の女御の勘気にふれるのも、彼女にとっては恐ろしいに違いない。

「ご安心くださいませ。少納言の君のことは他にけして洩らしません」

「きっと、そうしてくださいませね」

少納言は急に立ち止まると、前方の暗闇を指差した。

「ここをまっすぐに行き、曲がってすぐが白王尼の局《つぼね》でございます。いま、あの者どもは女御さまのもとにいます。わたくしはここまでで……。あの金色の目を思い出しただけで足がすくんでしまいますので……」

「そうでしょうとも」

応えたのは権博士。一条はずっと黙りこんでいる。が、彼はいつも御所では猫をかぶっているので、その態度もけして不自然ではない。

「今夜すぐにかたをつけようとしているわけではありませんが、何があるかわかりませんからね。少納言の君はどうぞ、ここまでで」

権博士の許しを得るや、少納言は足早にその場を駆け去った。足手まといにもなりかねないから、陰陽師《おんみょうじ》たちにとってもそのほうがいい。

「さあ」

少納言を安心させているために浮かべていた静かな微笑を消して、権博士は一条に声をかけた。

「手早くいこうか」

「はい」

無人の局に、ふたりは足音もなく忍びこんだ。

調度品は少ない。御帳台《みちょうだい》に唐櫃《からびつ》、文机《ふづくえ》がひとつずつあるだけだ。女御に重用されているのだから、もう少し贅沢ができそうなものなのに、局全体から受ける印象は意外に質素なものだった。

質素なのはともかく、あさる材料が少ないのは困る。これでは、白王尼たちの正体をつかむ手がかりなど何も得られそうにない——かと思えたが。ふたりのまなざしは同じ一点に止まって動かなくなった。

文机の上。そこには小さな厨子《ずし》がひとつ、扉を閉じた状態で置かれていた。

尼の部屋ならば、厨子があるのも当たり前だろう。あの中には仏像が納められているに違いない。が、ひょっとして違うものが隠されているのかも——

目配せが師弟の間でかわされる。あそこに何か重要なものがあると、互いに感じている顔だ。

権博士が文机の前に片膝をついた。用心深く厨子の扉に手をかける。鍵はかかっておらず、扉はゆっくりと開いた。

中身を見て、権博士はほうっとため息をつく。

「これは……？」

彼が厨子の中から両手でつかんで出したものは、彩色された小ぶりの木像だった。観音《かんのん》や菩薩《ぼさつ》の類いではない。高く結った黒髪に釵子《さいし》（かんざし）を飾り、彩りあざやかな衣と薄い領巾《ひれ》をまとった、なまめかしい女人の像だ。右手には剣を、左手には宝珠を携えている。

仏像の中にはこういう女人像もあるにはあるが、尼僧が持つには逆にふさわしくないような感じはした。権博士も像を検分しつつ、眉間に皺《しわ》を寄せる。

「この像だけなら弁才天《べんざいてん》で通りそうだが、台座が問題だな」

美しい女神は獣の上に乗っている。獣は、とがった鼻に吊《つ》りあがった目、太い尾を有していた。

「猪《しし》に乗っているなら摩利支天《まりしてん》。しかし、これは」

「狐《きつね》ですね。どう見ても」

平静な顔で一条は言ってのける。権博士も像をみつめたままうなずいた。

「狐に乗った女神……だとすると、稲荷《いなり》か、あるいは」

「茶吉尼天《だきにてん》」

「だとしたら、怖いな」

権博士が苦笑してそうつぶやいたのにも理由があった。

茶吉尼天――本来はヒンドゥーの悪鬼でダーキニーといい、人間の心臓を好んで食らうという。屍肉《しにく》をあさるジャッカルが神格化されたものとも考えられ、そこから狐と同一視され、稲荷とも結びつくようになった。

茶吉尼天は狐に乗った女神像の他に、三人の半裸の女性としても表される。彼女らは人間の手足をむさぼり、血を満たした髑髏杯《どくろはい》を捧《ささ》げ持っている。ひとの死を半年前に察知し、その屍肉を食らう機会を狙うともいう。

その一方で、大地の豊穣《ほうじょう》を、愛欲、愛情を司《つかさど》っている。茶吉尼天ならば、多少無理な願いでも叶《かな》えてくれるとさえ言われ、その像は呪詛《じゅそ》に用いられることもあった。

そうと知って眺めると、女神の美貌は寒気がするほど蠱惑《こわく》的に感じられた。瞳は切れ長、赤い唇は両端がすっと上がっていて、いったい何を考えているのか知りたくなるほどだ。

そう、木像とわかっていても、造りが細やかなせいで、まるで生きているかのように見え――

突然、茶吉尼天の目がカッと大きく見開いた。赤い唇も開いて、細やかな歯がびっしり並んでいるのが露《あら》わになる。いや、小さいながらもそれは牙だ。鋭利な牙で、茶吉尼天は権博士の指に噛《か》みついた。あっと声をあげ、彼が像を放り投げる。

床に落ちるや否や、茶吉尼天の騎獣までもが俊敏に動いて、権博士の足もとに走り寄る。騎乗の茶吉尼天は凶悪な形相のまま、手にした太刀《たち》を大きく横にひと振りした。よける間もない。指貫《さしぬき》もろとも、権博士の脛《すね》が横一文字に斬り裂かれる。

驚愕《きょうがく》と苦痛に顔を歪《ゆが》める権博士に、小さな茶吉尼天はもうひと太刀浴びせようとした。が、できなかった。一条が後ろから、勢いよく彼女を踏みつけたのだ。

バキッと木の裂ける音が響いた。妖《あや》しい女神像の頭頂から狐のしっぽまで、縦半分に深い亀裂が入る。再度、一条が強く踏むと、圧力に負けて像はまっぷたつになった。足をどかしても、茶吉尼天も狐も動かない。もはや、ただの壊れた木の像にすぎず、凶相は消えてあの蠱惑的な笑みをとり戻している。

が、裂けた木像の断面は、全部が赤黒く染まっていた。さらに、同じ色の、とろみのある液体がそこから染み出て床を汚していった。

「あ……！」

別室で承香殿の女御と、あれこれよからぬ話に興じていた白王尼は、ふいに小さな声をあげた。

「どうかしたの？」

女御がいぶかしげに尋ねる。同じ部屋にいた三姉妹も、びっくりしたような顔で母親を見ている。

白王尼は純白の髪をひと振りすると、思わず声を出した自分自身に苦笑した。

「女御さま」

「ええ、何？」

相手が人間ではないともう知っているのに、承香殿の女御は恐れ気もなく身を乗り出す。むしろ正体を知ってからのほうが、白王尼への心理的距離は近くなったようだ。

稀有《けう》なこと、と感心しつつ、白王尼は彼女に告げた。

「人外のものは正体がばれれば去らねばならぬという掟《おきて》がございます。今回はそれにはあたらぬかと思うておりましたが、やはり、そういうわけにもいかぬようで」

「突然、何を言い出すの？」

白王尼が立ちあがると、三姉妹も母につられたように身を起こした。その所作ひとつで、白王尼の言葉が冗談ではないことが女御にも理解できたらしい。彼女らが急に方針を変えた理由まではわかりようもなかったが。

「待って、白王尼どの。あなたはわたくしを国母《こくも》にしてくれるのではなかったの!?」

「ええ、女御さま。あなたさまのもとで過ごすのはさぞや楽しかったでしょうに、わたくしも残念でなりませんわ。ですが、多くの人間に正体を知られれば、それだけ身の危険も増しますので――」

「多くの人間？　誰がわたしとあなたを引き裂くというの？　駄目よ、行っては駄目」

女御はまるで子供のように駄々をこねる。白王尼は両手で女御の頬を包みこむと、その目をまっすぐに覗《のぞ》きこんだ。

いままで、そんなふうなさわられかたは帝にもされたことがなく、女御は驚いて息を呑《の》んだ。白王尼はさらに、額が触れそうなくらい顔を近づけてきた。

「御自分の欲するところに正直なかた。けっして嫌いではありませんでしたわ。無理に圧《お》し殺そうとするよりも、ずっとずっと好ましい。女御さまならば外法に頼らずとも、きっときっと国母になりでしょう。この白王尼が自信を持って言祝《ことほ》ぎいたしますわ」

そうささやくや、彼女は素速く身を翻した。

「白王尼――！」

追いすがろうとするも、一瞬の瞬《まばた》きのあと、女御が目をあけると、部屋からは白王尼はもとより三姉妹の姿すら消え失《う》せていた。

賀茂の権博士が受けた傷は二ヶ所。左足の脛を斬られ、右手のひと差し指をかじられている。

どちらもたいした傷ではない。太刀傷にしても、かすり傷に近かった。しかし、権博士は真っ青な顔で息をあえがせていた。

心臓は不自然に激しく脈打っている。熱が出てきたのか、身体が小刻みに震えてどうしようもない。まるで傷口から毒でも吸収したかのよう。

「保憲《やすのり》さま！」

異常を察した一条が身体《からだ》を支えてくれた。もう少し遅かったら、その場でぶざまに倒れていただろう。

「はやく、ここか、ら、でよう」

舌も震えていて、はっきりと発音できない。それでも一条は意図を汲《く》み取ってうなずき、権博士に肩を貸して歩き出した。

「大丈夫ですか、保憲さま。いったい、どうして……」

「仏罰《ぶつばつ》があたったのでしょう」

応えたのは女の声。

「菩薩や観音よりずっと卑俗なものでも、荼吉尼天も神仏であることに変わりはないのですよ。それをあんなふうにして」

気配も感じさせず、いつの間に現れたのか。白王尼とその三人の娘たちが、彼らの前に立ちはだかっていた。局の出入り口をふさぐように。

最悪の展開に権博士は唇を嚙み、一条は険しい目で彼女らを睨《にら》みつけた。

「像を壊したのはおれだ。罰があたるというなら、この身にあたるべきだろうに」

それには耳を貸さず、白王尼はため息をつく。

「せっかくの贄《にえ》の血も流れ出てしまった。もったいないこと……」

子供のいたずらを嘆く母親のようでもある。そんな彼女の背後から、三姉妹が興味津々で顔を出している。

「あの子が弟？」

「まあ、きれい」

「わたくしたちよりも母さまにそっくりね」

この声。行遠の邸で聞いた声に間違いない。

権博士は驚愕に目を大きく見開いていた。声だけの問題ではない――言い交わしている内容もそうだし、娘たちや白王尼の容貌も、彼にはあまりにも衝撃的だった。

似すぎている。一条に。

弟子にその意味を問おうとしても、権博士の唇はもう思うように動かない。荼吉尼天に嚙まれ、その邪気にあてられたのかもしれない。一条も権博士に何も説明しない。静かな敵意を剝《む》き出《だ》しにして、白王尼に対峙《たいじ》している。三姉妹すら眼中になく、ただ白王尼とだけ睨み合っている。

なぜ、そこまで強い感情を相手に対していだくのか。彼女とは前にも会ったことがあるのか。そんな疑問が権博士の中で渦巻くが、いまはそれを問うこともできない。

じわじわと白王尼の瞳が光度を増していく。その目はもはや、人間とは異なる金色の強い光を放っていた。そこにいるのは見た目こそたおやかな尼だが――ただそれだけの存在でないことは明白だった。

ここで闘いになったら、勝てるかどうか。四対二で最初から分が悪いのに、権博士自身は戦力にならないどころか完全に足手まといだ。

しかし、白王尼たちには最初から闘うつもりなどなかった。

「これ以上とどまっていても危険が増すだけ。娘たちの狩りも終わったようですし、われらは去るといたしましょうか」

しゃべれない権博士に代わって、一条が問いかけた。

「主上はどうなる？」

「贄の血が無駄になったのですから、ほどなく術も解けましょう」

三姉妹たちが不満げにさえずり出す。

「まだまだ遊べると思っていたのに」

「どうしても去らなくてはなりませんの、母さま？」

「わたくしはまだここにいたいわ」

特に最後の声は切実だったが、白王尼は一顧だにしない。

「仕方がないでしょう？　もちろん、ただでは引きさがりませんよ。あの子を連れていきます」

白王尼が指差した『あの子』はもちろん、一条のことだった。指名されたほうは、途端に荒々しい口調になった。

「勝手に決めるな！」

「強がりを」

白王尼は自信たっぷりに鼻で笑う。そんな仕草も、一条にそっくりだ。

「どうせ、そなたもひとの世で生きることが苦しくなる日がやってきます。愛《いと》しい者や信じていた者が、そなたの本性を知るや否や、手のひらを返してしまうでしょうからね。そうなる前に、わたくしたちといらっしゃい」

「どうして行かなくてはならない？　おまえたちは物の怪で、おれは人間だ」

「まだそんなことを言っているのですか。そんな光る目をしておいて」

一条はとっさに片手で目を覆った。しかし、権博士はもうすでに気づいていた。弟子の瞳が、いつもよりまばゆい金色の光を放っていることに。そうなるとますます——白王尼と似てしまうことに。

「ほら、この母の目をご覧。そなたと同じ色に輝いておりましょう？」

母。

その言葉を耳にして、権博士は目を剝く。一条は、けして白王尼を母親と認めたわけではあるまいに、反射的に彼女の瞳を覗きこんでしまう。

明らかな失態だった。その瞬間、彼の身体が大きく傾《かし》ぐ。権博士も支えを失って、床板の上に転がった。

権博士が痺《しび》れる身体を必死に起こすと、一条は目を見開いたまま床に倒れていた。どうにかして反撃したいのに、身体が動かずどうにもならないのだろうか。目を憤怒《ふんぬ》に輝かせ、がちがちと歯を噛み鳴らしている。

「一条……！」

喉の奥からしぼり出した権博士の呼びかけに重なって、廂《ひさし》の間《ま》を駆けてくる足音が響く。もめている声も聞こえる。

「なりません、女御さま！」

あれは少納言だ。ならば、相手は——

権博士がそう思ったと同時に、承香殿の女御が局に乱入してきた。いつもあでやかに着飾って気品と自信に満ちている彼女が、血相を変え、大声を張りあげる。

「行っては駄目よ、白王尼！」

遅れて現れた少納言が女御の腰にしがみつく。

「女御さま！　おさがりくださいませ、危のうございます！」

「お放しなさい！」

女御は腹心の女房を振りほどこうとするが、少納言もそうはさせまいと必死だ。もがく人間たちを尻目に、白王尼は手を振った。すると唐突に燈台《とうだい》の火は消えてしまい、局は闇に包まれた。

「わかってくださいませ、女御さま」

まったく見当違いの方向から、白王尼の声がする。

「潮時でございます」

到底聞き入れられない台詞《せりふ》だったのだろう、女御が金切り声をあげる。少納言までがいっしょになって恐慌状態に陥っている。ふたりの声がうるさすぎて、権博士には何がなんだかわからない。この状態で襲われたらひとたまりもない。

だが、闇に塗りこめられていたのは、それほど長い時間ではなかった。再び明かりがついたとき、その場にいたのは女御と少納言と権博士ばかりで——一条もいなかった。

天に隠れたか、地に潜ったか、白王尼たちはなんの痕跡も残さずに去ってしまった。あまつさえ、一条を連れて。

次から次へと起こる怪事に、さしもの権博士も混乱してしまった。そうでなくとも、身体の痺れは消えていないのに。胸も痛くてたまらないのに。

そんなことにはお構いなしに、権博士を女御が糾弾する。

「おまえが白王尼を追い出したのですね！　わたくしの夢を台無しにしてくれたのですね!!」

涙で顔をくしゃくしゃにして叫ぶ彼女の目に、権博士がどんな状態なのか、まったく見えていないらしい。少納言が止めなければ、つかみかかってきていただろう。

「早く行ってくださいませ、権博士どの！」

言われるまでもない。権博士は自由の利かない足をどうにかひきずって、ふらふらと局を出ていった。


ことことと、板戸を叩《たた》く音で深雪《みゆき》は目を醒《さ》ました。風かなと思い、ほうっておこうとしたが、音は断続的に一定の調子をとって響く。

誰か、外にいるのだ。

昨夜目撃した光景が記憶に甦《よみがえ》り、深雪はぞっとした。

あの三人の娘たち。血に酔い痴《し》れた、妖艶で異様な舞い――

あんなふうな見てはならないものをまた見てしまったらどうしよう。そんな恐怖がこみあげてきて、深雪は頭から夜具をひきかぶった。このまま何も聞かなかったふりをして寝入ってしまおうとするが、板戸を叩く音はやまない。耳を澄ますと苦しげな息遣いまで聞こえてくる。

いよいよ本格的に物の怪の登場かと深雪がおびえていると、微《かす》かに聞き慣れた声がした。

「伊勢《いせ》の――君――」

深雪は夜具をはね飛ばして起きあがった。

「賀茂の権博士？」

ついに彼が積極的な行動に出たかと思った。この状況なら、そう考えるのが普通だろう。

嬉《うれ》しいような、恥ずかしいような、困ったような。あおえが冗談で言っていた未来展望までが、頭の中をぐるぐるめぐり出す。どうしていいかわからなくて身をよじる。

「そんな、でも、その、こんな突然に……」

しかし、深雪も遅ればせながら権博士の様子がおかしいことに気がついた。なんだか、こういうやりかたは彼らしくない。第一、息遣いも声もひどく苦しそうだ。死にかけてでもいるかのように。

「権博士どの?」

返事はない。息遣いだけ。

深雪はおそるおそる蔀戸《しとみど》をあけてみた。隙間から目だけ覗かせ、見廻《みまわ》すと——階《きざはし》の下に権博士がうずくまっていた。

「まあ……」

驚いた深雪が外に飛び出すと、彼は青ざめた顔を起こして弱々しく微笑《ほほえ》んだ。

「どうか、お静かに……。これでも、先ほどよりは楽になりましたから、心配なさらずとも大丈夫ですよ」

しかし、とてもそのようには見えない。声もひどくかすれている。

「ひとを呼んできます。しばし、ここで待って……」

「いいえ、どうか内密に。これが公になると、わたしを頼ってくれたかたの進退にも関わりますので」

なにやら子細ありげな様子だ。足に傷を負っているようだが、傷の深さと苦しみようとが全然釣り合っていない。とはいえ、彼が冗談でこんな真似《まね》をするとも思えない。

「まさか、ここで死に水を取ってくれなどとおっしゃらないでくださいね」

「まさか」

冗談に笑ってくれたので、深雪は少しホッとした。

「少しの間、休ませてください。それから、新蔵人《しんくろうど》どのに……」

すべてを言い終わる前に、権博士は気を失ってしまった。


その日、夏樹はようやく物忌《ものい》みがあけて、何日かぶりに御所に出仕してきていた。ところが、蔵人所《くろうどどころ》へたどりつくまえに、見おぼえのある小舎人童《こどねりわらわ》につかまってしまう。

「新蔵人さま、いますぐ伊勢の君のもとへ。なんだかわからないのですけど、とにかく急いでください」

使いの者に『なんだかわからない』と言われてはどうしようもない。あとでと断ろうとしたが、小舎人童は有無を言わさず夏樹をひっぱっていく。深雪からよほどきつく命じられていたらしい。

悪い胸騒ぎがした。小舎人童がひと目を忍んでいる様子が、なおさら不吉さを感じさせる。さらに、弘徽殿《こきでん》の中にこっそり入るようにと言われて、夏樹の不安は頂点に達した。

「あのね、いくらいとこだからって、こんな誤解を招きかねないようなこと……」

「伊勢の君がそうおっしゃっているからいいんですよ。どうか、他のかたがたにみつかりませんように。ここからそっと、局へ行かれてくださいね。でないと、ぼくが叱られてしまいます」

「それはお気の毒さま……」

「ですから、早く！」

なかば強引に背中を押され、弘徽殿の中に放りこまれる。夏樹は仕方なく、深雪の局を目指して忍び足で進んだ。

どうにかこうにか、目的地にたどり着いたのだが――

「夏樹、早く入って」

ここでもまた急《せ》かされる。

（ひとをなんだと思っているんだか……）

心の中で嘆きつつ、深雪の局に足を踏みこんだ夏樹は、そこに予想外の人物が寝かされているのを見て息を吞んだ。

「権博士どの……！」

つぶやいたきり、真っ赤になって絶句してしまう。すると、いきなり深雪に頭をはたかれた。先日、真っ二つに折れてしまった檜扇《ひおうぎ》ではなく、新品のほうで。

「馬鹿、何を誤解してるの。状況をよく見なさいってば」
「だから、この状況は、その……」
みなまで言わぬうちに二発目を食らう。速度も破壊力も、最初の一撃から倍増してい
た。このまま深雪が力をつけていけば、夏樹が殴り殺される日もそう遠くない。
「賀茂の権博士どのはね、昨夜、外に倒れていたの！　それをわたしはたったひとりで、
苦労して苦労してひっぱりあげ、ずっとずっと眠らずに看病してあげてたの！　それだ
けよ、それだけ!!」
「すみませんねえ……」
権博士は敷物の上に横たわったまま、小さな声でそうつぶやく。あんなふうに言われ
れば、謝る以外にないのだろう。
「それは言わない約束でしょ。さ、そんなことより、夏樹に早急にお話ししたいことが
あるとか――」
促されて、権博士はよろよろと半身を起こした。夏樹はあわてて、寝ているよう勧め
たが、彼はなんとしても起きあがろうとする。仕方なく、夏樹が彼の肩を支えてやった。
「いったい、どうされたのです。何があったと……」
「たぶん、邪気にあてられてしまったのでしょう。これでも、だいぶましになったので
すよ。心臓を奪われなかっただけでも幸運なんでしょう」

ずいぶん物騒なことを言うと、夏樹は顔をしかめた。

「邪気とは、なんの？」

「茶吉尼天《だきにてん》」

そして、権博士は昨夜の顚末《てんまつ》を話し始めた。

茶吉尼天が何かもよく知らなかった夏樹も、聞いていくうちに顔色を徐々に変えていった。ひと通り話が済んでからも、しばらくはなんと言っていいものかわからずに押し黙る。

「でも、どうして一条どのがさらわれて……？」

白王尼がどれほど彼に似ていたか、よく知らない深雪だけが理解できずに首を傾げている。権博士は何かに気づいているようで、夏樹の表情をじっとうかがっている。その視線をはね返すように、夏樹は顔を上げた。

「権博士どのは、白王尼の居場所に心あたりはございませんか？」

「もともとは小野《おの》の庵《いおり》に住んでいたと聞いています。しかし、はたして、いまでもそこにいるかどうかはわかりませんが……」

「それだけ聞ければ充分です」

権博士を敷物の上に横たえさせると、夏樹は素早く立ちあがった。局を出ていこうとする彼の袖を、深雪があわててつかむ。

「どこ行く気よ」

「決まっているだろ、小野だよ」

「たったひとりで？」

深雪は信じられないと言いたげに首を横に振った。

「相手は人間じゃないのよ。そりゃあ、一条どのが心配なのはわかるわ。でも、あのかたは陰陽生《おんみようしよう》よ。夏樹より、ずっとずっと物の怪の扱いは慣れているわ。もちろん、このままにしておけって薄情なことを言ってるんじゃないのよ。たとえば、滝口《たきぐち》の武士の弘季《ひろすえ》どのに応援を頼むとか――」

深雪の言い分ももっともだ。しかし、一条の出自もからんでくるとなると、うかつに関係者を増やすわけにはいかない。どこからか話が洩れれば、昔、阿倍野《あべの》で狐の子と蔑まれていたのと同じことが、この都でも起こりかねない。本人はそれを箔《はく》づけになるとうそぶいていたが、夏樹は余計な物思いの種を、これ以上、増やしたくなかった。

「大丈夫。絶対、あいつを連れて帰るから。深雪は権博士どのの看病をよろしく」

返事は聞かず、夏樹は深雪の手を振りほどいた。

「馬鹿夏樹！」

そんな罵倒の台詞だけは、はっきりと聞こえた。

わかっているよ、ぼくは馬鹿なんだよと――深雪の本心を知らない夏樹は、苦々しげに自嘲しながら先を急いでいた。

小野は都の北東に広がる山里。すぐ近くに比叡《ひえい》の山並みを望み、一面すすきに覆われていた。

為明《ためあきら》たちと狩りをした栗栖野《くるすの》に似ているかもしれないと夏樹は思った。阿倍野から帰る際、立ち寄ったあの原にも似ている。

風にそよぐ花すすき――別名、尾花《おばな》。なるほど、ふさふさとした穂は狐のしっぽのようにも見える。ここに白王尼が庵を結んでいたのも、何か意味があるのかもしれない。

夏樹は賀茂の権博士から、一条が白王尼たちと対面したいきさつを聞くや、矢も盾もたまらずに御所を飛び出してきた。そのまま、たったひとり馬を駆って、この小野にやってきたのである。

怖いなどとは思わなかった。相手の正体が霊威のある狐だろうが、人肉を食らう荼吉尼天だろうが、あるいは一条の肉親だろうが――友人が不本意な形で囚《とら》われているのなら、救い出すしかない。

幸い、自分には菅原道真公《すがわらのみちざね》ゆかりの霊剣がある。相手が物の怪ならば、これは絶大な力を発揮するはずだ。

（一条のことがなくても、彼らとは闘う羽目になったかもしれない……）

霊狐たちが栗栖野で狩りをした者たちを狙っているのなら、夏樹自身も標的になっているはずだからだ。おそらくは、狐を狩ったことが彼女らの逆鱗《げきりん》に触れたのだろう。自分は傷ついた狐を逃がしてやった。それなのに、と理不尽にも感じるが、相手が獣なら恩など感じることはできないのかもしれない。

（それとも、理をもって説得すれば聞いてくれるだろうか。白王尼は無理でも、あの子なら……）

好きだと言ってくれた、月姫《つきひめ》なら。それとも、あれは自分を油断させるためについた嘘《うそ》だったのか。

そんなことを考えつつ馬を進めていた夏樹の前に、ふいに人影が現れた。すすきの中に、彼を待つようにじっと立ち尽くしているのは、黄色に緑を重ねた女郎花《おみなえし》の装束の娘。被衣《かつぎ》で顔が半分隠れていても、誰だか、ひと目でわかった。

「月姫どの……？」

夏樹が馬上から声をかけると、彼女は被衣を肩に下ろして顔を——哀《かな》しそうな表情を見せた。

「このようなことになったのを、わたくしも残念に思っています。もっと長く、御所にいたかったのに」

口調にもまなざしにも憂いがあふれて、とても演技には見えない。それでも、夏樹は警戒を解かなかった。

「しかし、きみは……きみたちは、人間を狩っていたんだろう？　いくら承香殿の女御さまのためとはいえ、そんなではひとの間に混じって住むわけに……」

「そちらが先にわたくしを狩りました」

非難がましく月姫が言う。

「夏樹さまに助けられて危うく難を逃れましたが、あのままでしたら殺されていたでしょうね。これがそのときの傷ですわ」

彼女は袖をめくって、おのれの腕の内側を見せた。治りかけの矢傷が、うっすらとそこに線を描いている。証拠をつきつけられて、夏樹は低くうめいた。

「じゃあ、やっぱりきみはあの狐なんだ」

「はい。ですが、信じていただきたいのです。わたくしは夏樹さままで狩るつもりはございませんでした。それどころか、昔の母さまのように、助けてくださった殿御と添いたいと……」

恥じらって月姫は袖を顔に当てる。相手の正体、いままでやってきたことを知ってもなお、その仕草は愛らしいと感じられたし、言っていることにも嘘はないと信じられた。

だが、一条のことまでは、白王尼が彼の母親だと主張している点だけはどうしても信じ難い。

「人間と狐が結ばれて、子供ができるなんて御伽話《おとぎばなし》に過ぎないと思っていた。本当に、白王尼は——きみの母上は一条の母親なんだろうか」

「一条？　あの子のことですか？」

うなずくと、月姫はすぐさま疑問に答えた。

「そのように、母さまが申しておりますもの。昔、和泉国《いずみのくに》の信田《しのだ》の森におりましたときに、ひとに追われて怪我《けが》を負い、それをとある殿御に助けていただいたと。縁あって、そのかたとの間に一子もうけましたが、狐の身であることがばれ、子供を置いて逃げざるを得なかったと」

「でも、阿倍野でぼくが彼の父上から聞いた話では、一条の母親は稲荷を信奉していたから狐の化身だとかいう噂《うわさ》が流れただけで、多少、勘がいい程度の普通の人間で、病気で亡くなって——」

「その話をあの子も信じていたようですね。金色に輝く目を持っているくせに」

「でも、あんなふうになったのは白王尼に出会ってからで、それ以前はちょっと色が淡い程度のことだったんだ！」

夏樹の言葉の激しさに、月姫は不思議そうな顔をする。

「どうしてそんなにあの子をひとの世に置いておこうとするのですか？」

夏樹は即答した。

「彼がそう望んでいるのがわかるから。ぼく自身も、彼が白王尼といっしょにどこかへ行ってしまって、もう二度と逢《あ》えないなんて絶対に厭《いや》だからだ。一条は大事な友人なんだ」

「友人……狐の子でも？」

「なんであろうと」

月姫はしばし無言で夏樹の顔を見上げていた。夏樹も無言で彼女をみつめ返していた。彼女が豹変《ひょうへん》して飛びかかってくるのを懸念して。

ややあって彼女は、

「馬から下りてきていただけますか」

と要求してきた。夏樹がためらっていると、彼女は寂しそうに微笑んだ。

「そんなに怖い顔をなさらないで。夏樹さまのお心にわたくしがいないことはよくわかりましたから……残念ながら。本当に残念ですけれど」

彼女の表情にふと心を動かされて――夏樹は馬から下りた。もしこの場に誰か他の人間がいたら、危ない、よせと止めただろう。夏樹も危険が増すことは承知の上でそうした。月姫には最初から敵意が感じられなかったから。

彼女はすっと身体を寄せてきた。いままで、襲われた男たちの幾人かは喉笛を食いちぎられている。今度もそうかもしれない。

斬るべきかどうか、瞬間迷って太刀の柄《つか》に手を置いた。が、夏樹は太刀を抜かなかった。

月姫はほんのわずか、彼の唇に自らの唇を重ねただけで身を離す。彼女の唇は柔らかく、ひなたのにおいがした。血のにおいなど、微塵《みじん》もしない。

「母さまのところへ案内いたしますわ」

「本当に？」

月姫は首を縦に振った。

「わたくしにできますのは、それだけですけれど」

質素な庵の一室に、一条はいた。蔀戸は下ろされ、遣戸《やりど》も閉ざされて、昼間なのにその部屋は暗い。代わりに、燈台に火がともっている。

ただし、油皿に油はなく、燈心も火はついているのに焦げていない。ゆらゆらと細く立ち昇っているのは普通の赤い火ではなく、青い狐火だった。

狐火が照らしているのは白王尼と一条。一条は相手の顔を見てもいない。承香殿の中では着用していた冠もいまはなく、下ろした長い髪が白い頬にかかっている。感情などいる。

忘れ果てたかのように無表情に狐火のほうを向いているが、その瞳は金色にくすぶって

一方的に語りかけているのは白王尼だった。

「阿倍野の家を出ていたとは知りませんでした。あそこに居づらくなったということですか？」

一条は黙っている。ずっと彼女とは口をきいていない。それでも、白王尼は変わらぬ調子でしゃべり続ける。

「狐の子と後ろ指を差されましたか。さぞや、つらい目にあったのでしょう。こんなことならば、あのときにそなたを連れていくのでした。ですが、いまからでもけして遅くはありますまい」

一条がそう思っていないことは明らかでも、白王尼は自信たっぷりだ。

「ひとの世で育ったそなたは、これからのことに恐れを感じているのかもしれませんが、そんなものは必要ないのですよ。自分の中の声に素直に耳を傾けて、気持ちの赴くままに振る舞えばよいのです。奪いたければ奪って、殺したければ殺して。なんの遠慮が要りましょう、人間とて同じことをしておりますに。むしろ、相手を裏切らぬだけ、われらのほうが誠実というもの。まあ、いずれ、わかるでしょうが……」

白王尼が言葉を切ると同時に、御簾《みす》がめくれて、娘がふたり、同じ顔を覗かせる。

「母さま」

「月姫が人間を連れてきましたわ」

「人間？　承香殿の女御さま？　それとも、賀茂の権博士？」

娘たちは一斉に首を横に振った。

「ほら、菊花《きっか》の宴《うたげ》のときの」

「月姫がたいそう気に入っていた」

「ああ……。若くて凜々《りり》しい新蔵人さま？　お仲間の仇討《かたきう》ちにでもいらっしゃったのかしらね」

ぴくりと一条の肩が震えた。ここへ来て初めて視線を動かし、彼が白王尼を睨む。おや、と彼女は首を傾げた。

「どうかしましたか？　あの者がそんなに気になりますか？」

一条は答えない。その目は険しく、狐の娘たちでさえ震えあがる。白王尼だけは恐れるでもなく、一条の金色に光る目をじっくり検分する。やがて、彼女は何か思いついたらしく、

「なるほど」

そうつぶやくと、娘たちを振り返った。

「お客さまを丁寧におもてなしなさい。くれぐれも失礼のないように」

「はい」

娘たちは声をそろえて返事をすると、廂の間を身軽く駆け出していった。

「あそこがわたくしたちの住む庵ですわ」

月姫が指差した庵は、夏樹が想像していた以上に小さく質素なものだった。

あそこに一条がいるに違いない――狐と言われる白王尼といっしょに。そう思うと、夏樹の身体を瞬間、震えが走り抜けた。

たったひとりでここまで来るのは、深雪の主張した通り、無謀だった。が、賀茂の権博士はとても動かせるような状態ではなかった。行遠あたりに加勢を頼む手もあったが、相手は一条の実母かもしれないのだ。できれば、傷つけたくない。

話して、一条を返してもらえるのだったら、為明の件は胸にしまっておいてもいい。気のいい先輩を殺されたことはつらいが、自分たちにも無益な殺生をしていたという負い目がある。行遠ならば納得すまいが――夏樹は、為明に加えて一条まで失いたくなかった。

深く息を吸い、夏樹が庵に向かって歩き出そうとすると、庵の門戸が開いて娘がふたり、姿を現した。月姫とまったく同じ顔、彼女の姉妹たちだ。

「ようこそおいでくださいました」

「母さまが、どうぞ中へと」

歓迎されるとは思っていなかっただけに夏樹は驚き、罠《わな》かもしれないと警戒した。月姫も同感だったのだろう。

「本当に母さまが？」

といぶかしがる。

「ええ、そうよ」

「母さまがお客さまを丁寧におもてなしなさいと」

丁寧にもてなされようが、素っ気なく追い返されようが、夏樹は力ずくでも庵の中に入るつもりだった。罠の可能性はあれど、手間が省けるのであれば助かる。

「では、案内《あない》していただけますか、姫君たち？」

「どうぞ」

「どうぞ」

馬を門の外に置き、夏樹は娘たちのあとから庵へと入った。月姫も、戸惑いながら妹たちの間に混じって先を進む。ときおり、夏樹を振り返りながら。

夏樹は娘たちの動きに神経をはらいつつ、庵そのものも観察していた。特におかしな点は感じられない。狐はひとを化かすというが、この庵は本物のようだ。それとも、こう感じること自体、敵の術のうちなのか。

「ここからは暗くなっておりますから」

「足もとにお気をつけて」

まわりを気にしている夏樹に声をかけてから、娘たちは暗い廂の間に入る。と同時に、青い狐火がふっと宙にともった。

彼女たちがただの人間でない証拠をまのあたりにして、覚悟していたはずの夏樹も、さすがにひるむ。が、すぐに気をとり直して彼女たちのあとに続いた。

廂の間から御簾をくぐってさらに奥へ行くと、そこに白王尼と一条の姿があった。

「ようこそいらっしゃいました」

白王尼は夏樹に艶然《えんぜん》と微笑みかけた。一条は目をそらしている。特に拘束されてはいないし、助けを求めようともしない。おびえてもいない。むしろ、その横顔は静かに怒りをためこんでいるように見える。

一条の怒りはなかば予想していたことだ。どうしてのこのこやってきたかと怒っているのだろう。夏樹は彼を無視して、白王尼ひとりに視線を据えた。

見れば見るほど、彼女は一条に似ている。ただし、彼ならば絶対にしないような妖艶な笑みを浮かべている。そのまなざしも――

（一条なら、こんな目でぼくを見ない）

夏樹が胸の中でそう断言するような類いのものだ。

「新蔵人さまは、なぜにわざわざこの庵へ？」

白王尼は優しい口調でそう尋ねた。

「賀茂の権博士さまあたりから、わたくしたちのことをうかがいましたか？　それでお仲間のかたきを討ちに、妖狐《ようこ》を退治しようと勇んでまいったのですか？　しかも、たったおひとりで？」

「友人を返してもらいに」

夏樹が単刀直入に返答すると、白王尼は大きく目を見張った。

「友人？」

「白王尼どの。一条はわたしの大事な友人です。どうか、ひとの世に返していただきたい」

夏樹の言葉がよほど意外だったのだろう、白王尼はほんのつかの間絶句したあとに、声をたてて笑い出した。

「これはまた……。権博士さまか誰かから、うかがってはいないのですか？　われらの正体を、この子との関係を」

「あなたがたが普通の人間ではないことは知っています。ですが、その一条はわたしの、ぼくの友人で、摂津国は阿倍野の住人の子息です。母親は昔、病で亡くなられたそうです。彼の父上から、そううかがいました」

白王尼は袖を口もとにあてて、まだ笑っている。しかし、その声は低く、いささか剣《けん》呑《のん》な響きを帯びてきた。

「殿御はいつもそうやって、過去を自分の好きなように作り替えてしまうのですよ。父の言うことが正しいと思うか、母の言うことが正しいと思うか、その子に直接尋ねてみますか？」

「尋ねるまでもありません。彼が彼でありさえすれば、ぼくにはどうでもいいんです。だから、一条——」

呼びかけてみたが、返答はない。あいかわらず顔を背けている。まさか、白王尼といっしょにいたいなどと言い出すつもりかと、夏樹は内心あせり出した。

「まさか、一条、白王尼の言うことを信じるのか？」

一条はまだ黙っている。旗色はこちらが優勢と思ったのだろうか、見物人の娘たち、月姫を除いたふたりがくすくすと笑い出す。

「一条、こっちを見ろよ！」

もしかして白王尼の術に捕らえられているのかもしれない。そう思った夏樹は、とっさに一条の腕をつかんで強く引き寄せた。

一条が振り返る。その瞳はいつかのように金色に光っている。

次の瞬間、彼は夏樹の肩に噛みついた。

装束の布地越しに一条の歯が食いこんでくる。ぐいぐいと。

夏樹は痛みよりも驚きが大きすぎて、相手を引き剝がすこともできずにその場に立ち尽くした。信じることさえできない——一条が自分にこんなことをするなどと。

白王尼と娘たち——月姫だけは両手で顔を覆っている——は楽しそうに笑いさざめいた。

「その子は人間にさわられるのが厭なようね」

「わたくしたちの弟なら当然でしょう？」

娘たちの言葉を白王尼も肯定する。

「おわかりですか？　いままではどうあれ、もはやその子はひとではありませぬ」

「おまえのせいだ」

肩を噛まれつつ、夏樹は白王尼に向かって言い放った。

「おまえに出会ってから、一条はこうなった」

「それはどうでしょう。わたくしとその子が都でめぐりあったのは、おそらく、さだめというもの。それにたとえ逢えずとも、遅かれ早かれ、この子の中で人外の血が騒ぎ出したでしょうよ」

夏樹の主張を否定しておきながら、白王尼はふと彼を慰めるような優しい目を向けた。

「してみると、わたくしたちとひととは相容《あいい》れないもののようですわね……。摂理というものは、やはり乱せないのでしょう。無理を通そうとするなら、どこかで必ず代償をはらわなければならない」

夏樹は白王尼の台詞にぎょっとした。

「摂理……」

以前、似たような言葉を聞いたことがある。摂理を曲げた代償は必ず支払わねばならない、と。

「代償……」

無理な蘇生《そせい》が、一条の中のひとならざる血を目醒めさせたのか。だとしたら――

(一条が苦しんでいるのは、ぼくのせいなのか……!?)

肩の痛みが耐え難いほどになってきた。一条の歯がどんどん食いこんできている。装束の下では、すでに血が滲《にじ》み出ているようだ。

もはや彼は獣になりきって、友人のこともわからなくなっているのか。それとも、こうなったそもそもの原因がどこにあるのかを知っていて、元凶を襲ってきたのか。

自分は何も知らなかった。すべてはよかれと思ってやったことだった。

そんなふうに言い訳を重ねても、彼を追いこんでしまった事実は変わらない。

夏樹は大きく息を吸うや、一条の背中に右手を、頭に左手を廻して、彼をぎゅっと抱きしめた。

「はらうぞ、代償」

痛みをこらえ、一条の耳にささやく。

「摂理を曲げたのはぼくだ。いくらでも、食えばいい」

その言葉は、理性を失ってしまった友人の中にどう響いたのだろうか。唐突に、一条が離れた。夏樹を両手で突き飛ばし、長い黒髪を乱して白王尼を振り返る。自然に色づいた唇からは、ひとつの名がほとばしり出る。

「水無月《みなづき》！」

瞳は金色に輝いたまま。唇の周辺は滲み出た夏樹の血で乱れている。その状態で、彼は再度、空気を激しく震わす言葉を吐いた。

「来い、水無月！」

ごうっと音をたてて何もない空間に炎が生じた。普通の火とも、狐火とも違う、巨大な鞠《まり》のごとき炎の塊だ。中心が黒く、そこから外へ向かって紅蓮《ぐれん》の渦が広がっている。

一条の呼びかけに応じて現れたのだから、それは式神《しきがみ》の水無月なのだろうが、よく見かける水無月の火の玉とは全然違っていた。大きさといい、火の勢いといい、正体を知っている夏樹でさえそら恐ろしいくらいだ。

炎の玉は内側から爆発するように瞬間的に広がった。庵の壁を、柱を、御簾を、赤黒い炎がさっと舐《な》めていく。瞬く間に火の玉自体は消滅したが、炎の洗礼を受けた周囲すべてが今度は自然の炎を発して燃えあがった。

娘たちが悲鳴をあげた。彼女らの袿の裾にも火が燃え移っている。

「月姫！」

娘の名を呼んだのは白王尼だ。

「花姫《はなひめ》！　雪姫《ゆきひめ》！」

炎がすさまじい勢いで燃え広がる。それとともに煙が視界を覆う。夏樹の目にも白い煙以外見えなくなる。

「外へお逃げなさい！　早く！」

娘たちに指示している白王尼の声が聞こえる。夏樹も、一条の腕をつかんで走り出した。今度は一条も彼に噛みついたり、手を振りほどいたりすることなく、いっしょになって走り出す。

煙に巻かれ、火にあおられ、方向もわからなくなった。夏樹ひとりだったら、そのまま焼け死んでいたかもしれない。が、途中からは一条が彼を引っぱって走っていた。煙の中でも、すべてが見えているように。

走りに走って、ふたりは庵の外へ飛び出した。しっかりと手を握り合ったまま、裸足《はだし》ですすきの原へ駆けこむ。そして、充分距離をあけてから振り返った。

庵は炎に包まれている。その中から、夏樹たちよりも遅れて飛び出してきたものがいた。

あれは――

「白王尼……なのか……？」

夏樹は声を震わせ、それを凝視した。燃え盛る庵を背にして、すすきに囲まれそこにいるのは、巨大な獣だった。

優美な曲線を描く身体を包むのは、白く光沢のある豊かな毛。瞳は黄金。尖《とが》った耳に、ふっくらと膨らんだ尾。

「白狐《びゃっこ》……！」

神々しいほどに白い狐は、夏樹には目もくれず一条だけを見ている。

「吾子《あこ》」

その口ははっきりと人語を発した。

「この母を裏切る気ですか」

「おまえを母とは認めない」

金色に目を輝かせつつ、一条は臆せずに宣言した。彼の白い頬に火の赤が照り映え、熱風にあおられて黒髪が躍っている。

「いや、そんなことはどうだっていいんだ。親が人間だろうが、狐だろうが」

手の甲で唇についた血を乱暴にぬぐって、一条はさらに声を大きくし、言い切る。

「誰が産もうと、おれを育てるのはおれだ。おれは、自分の望んだおれになる！」

「――それがそなたの本意ですか」

「そうとも」

それを聞くや、白狐が大きく跳んだ。

夏樹と一条は左右に分かれ、その攻撃をよける。間髪入れずに白狐は再び跳躍する。

一条ではなく、夏樹を追って。

牙を剝いて向かってくる白狐をかわし、夏樹は腰の太刀を抜いた。その刀身は望んだ通り、自らの力で白く輝いていた。

白狐は瞬間こそひるんだが、おのれを奮い立たせるように敵意を露わにして高く吼《ほ》えた。

「白王尼！」

一条も負けずに大声で叫んだ。

「こっちへ向かってこい！　おまえの庵を焼いたのはおれだぞ！」

もっともな言い分だが、それに対し白狐は燃えるような一瞥《いちべつ》をくれて言い捨てる。

「この者を食い殺せば、そなたも目を醒ますでしょう」

食い殺されてはたまらない。夏樹は霊剣を手に、白狐の懐へ飛びこんだ。

白狐は獣独特の敏捷《びんしょう》さで太刀をよける。太刀を警戒しているし、光も苦手がっているようだが、しっぽを巻いて逃げ出すには至らない。

それどころか、わずかな隙を狙って白刃の下をかいくぐり、夏樹に迫ろうとする。本気で彼を食い殺すつもりだ。

速さでは明らかにこちらのほうが劣る。せっかくの霊剣も、当たらなくては効果を及ぼさない。このままだと追い詰められてしまう。

唐突に、横から一条が割りこんできた。何を思ったか、夏樹の手首をつかんで太刀を奪い取ろうとする。

「おれにやらせろ」

「馬鹿か！　これはぼくの太刀だぞ！」

「わかっている。おまえじゃなきゃ、これを使いこなせまい」

夏樹の手首をつかんだまま、一条は彼の背後に廻る。まるで人形を操るように、軽々と夏樹を振り回す。

「だが、とどめを刺すのはおれだ」

あくまでそこにこだわりたいらしい。彼のその気持ちは夏樹にもわかる。しかし、

「馬鹿、おまえは殺しちゃいけない！」

「この狐はおれの母親なんかじゃない」

ほんのひとかけらでも、もしやと思うならば——その台詞を呑みこんで、夏樹はもう一度断言した。

「それでもだ」

「おまえは殺しちゃいけないんだ!!」

肘を一条のみぞおちに叩きこみ、強引に彼を振り切って、夏樹が前に出た。白狐も来る。あの鋭い牙が先か、この太刀が先か。

賭けだ、と思った。明らかに分の悪い、悪すぎる賭け。だが、賭けにでも出ないと勝機はあるまい。

この身をあの牙に投げ与えて——同時に太刀をふるえば、あるいは。

濡《ぬ》れた牙が、赤い舌が、近づく。来る。そう覚悟した刹那、またもや横から何かが跳びこんできた。

夏樹は体当たりをくらって、弾《はじ》き飛ばされる。すすきの大地に転がった彼の上に折り重なってきたのは、若い娘の身体だった。

彼女の長い髪が夏樹の頬を打つ。鼻先に降りかかってきたのは涙の雫《しずく》。

「母さま!」

白狐に向かってそう叫んだ彼女は月姫だった。夏樹をかばい、両手を大きく広げている。

「どうか、やめてくださいませ。このかたを殺さないで。もしも殺すなら……」

彼女の涙に濡れた瞳が金に輝き、その唇からは鋭い歯が覗いた。

「及ばずながら、わたくしが」

この言葉には白狐も大きく身震いした。純白の毛を逆立て、尾をさらに膨らませてひと振りする。

「この母に牙を剝くというのですか！」

雷鳴のごとき怒りの声に月姫はすくみあがったが、夏樹から離れようとはしない。さらに、畳みこむように他の娘たちからも声がかかる。

「母さま」

あとふたりの娘たちはすすきに囲まれ身を寄せ合って、やや離れたところから白狐に訴えかけていた。

「月姫を許してあげて」

「お願い」

妹たちの加勢を得て、いくらかホッとしたのだろう、月姫が震えながら言葉を続ける。

「このかたを生かしたまま帰してあげてくださいませ。添い遂げられなくても……月姫は、このかたが生きておられるだけで嬉しゅうございます。母さまも、そのようなお気持ちになったことがありましょう？　だからこそ、狐と知って心変わりされた殿御を、恨んでも食い殺したりはしなかったのでしょう？」

白狐はためらっていた。夏樹を引き裂き、その心臓を食らいたいと切望しているだろうに。もしくは、自分に逆らう娘ともども殺すべきかと迷っているのかもしれない。後者のほうがあり得そうだ。金の双眸《そうぼう》は怒りに燃え、耳まで裂けた口からはしゅうしゅうと荒い息が洩れている。

しかし、白狐は夏樹たちに跳びかかる代わりに、一条のほうを見やった。何も訊《き》かれずとも、一条は息を弾ませて通告する。

「おれは行かない。認めない」

夏樹を顎で差して、

「あいつとひとの世で生きる」

白狐はまた夏樹を睨んだ。視線にひとを殺す力があるなら、そのひと睨みだけで夏樹は確実に死んでいただろう。そうでなくともこの白狐なら、月姫も一条も夏樹も、自分に刃向かう者すべてを食い殺すだけの能力があるに違いない。

しかし、白狐は激情のままの凶行には移らなかった。

「吾子がふたりも同じ人間にたぶらかされるとは……」

つぶやくその後ろで、炎に包まれていた庵がめきめきと音をたてた。たちまち、どっと屋根が崩れ落ち、黒煙と火の粉が一斉に舞い上がる。

夏樹はほんの刹那、耐えきれずに目をつぶった。再び目をあけたときに、そこに白い妖狐の姿はなく――若く美しい尼がすすきにいだかれて立っていた。


すすきが生い茂る小野の原に、黄昏《たそがれ》の光が満ちる。白王尼が娘たちと住んでいた庵は黒く焼け焦げた残骸でしかなく、野のどこにも彼女らの姿はない。

「ひとと深く関わると、ろくなことにはならないという教訓なのでしょうね」

白王尼はそう言って去っていった。三人の娘たちを伴って。そのうち、ひとりだけは何度も何度も振り返っていたけれど。

いまはただ、夏樹と一条がすすきの中にとり残されているばかりだ。

あのまま、巨大な白狐の姿のままで対峙していたなら、夏樹も一条もいずれ倒れていただろう。なのに、白王尼はそうしなかった。なぜ、と夏樹は心の中で幾度も問うも、答えはみつからない。息子の頑固さと、それに負けぬ月姫の激しさにあきれ果ててしまったということなのかと、そういった理屈はつけられるも、にわかには信じられずに呆《ぼう》然《ぜん》としてしまう。

一条も同様なのだろう。しばらく、ずっと黙っていたが――手折《たお》ったすすきを指先で廻しながら、彼はおもむろにつぶやいた。

「恋しくば、尋ね来てみよ、和泉《いずみ》なる信太《しのだ》の森のうらみ葛《くず》の葉《は》……か」

すすきに囲まれたこの場で花すすきの歌を口にするならともかく、なぜ葛の葉なのか、夏樹にはぴんと来ない。

「それ、どういう意味だ？」

「言葉通りさ。恋しく思うのなら、信太の森を訪ねてみろってね。正体が狐と知れてしまった母親が、夫と子供のもとを去る際に遺《のこ》したとされる歌だ。どうせできまいと、恨みがましく言っているようにも聞こえるな」

「そうなのか？」

「ああ。葛の葉は、葉の表と裏とで緑の濃さが全然違うんだ。だから、風で葉が翻ると、色がくるくる変わっていくみたいに見える。『裏を見る』と『恨み』とをひっかけて、心変わりを恨む歌にも使われるというわけ」

説明されても釈然とせずに、夏樹は首を傾げた。

「つまり……、ひとの気持ちなんてどうせ変わるもので、最初からあてにならないと思っている？」

「当然だ。変わらなきゃ、逆に変だ」

一条はすすきを指で弾いて捨てた。こちらを向いたその瞳は、淡い琥珀《こはく》色だ。

「だから、おれもいずれは変わるのかもしれない」

「そうなのか？」

その変化は、いかなる類いのものなのか。不安を完全に払拭できず、

「自分の望んだ自分になるとか、あんなに大見得《おおみえ》きってたくせに」

夏樹がわざと茶化すと、一条はむっとした顔になった。

「そう思っていても、変わるときには自覚なんてないものだろう？　たとえば、歳《とし》をとって身体も気も弱って、愚痴っぽい偏屈じじいになるかもしれない。桁外れに頭のいいやつにだまされて、他のことは何も見えなくなるかもしれない。いつかまた自分の中の衝動に負けて――完全に違うモノになっているかもしれない」

「そのときは、何度でも頭をぶっ叩きに行ってやる」

思わず、強い口調で言うと、一条は心底あきれたようにぽかんと口をあけた。

「死ぬぞ、おまえ」

脅《おど》しではなく、本当にそうなるかもしれない。が、たとえそうなったとしても後悔はない。

そう思いつつ、夏樹は肩をすくめた。その動作のおかげで、夏樹の肩に嚙みついたときの記憶が甦ったらしく、一条は苦しげに眉をひそめた。

「肩は大丈夫か？」

「ああ。こんなの、蚊に刺されたようなものだよ」

そう言い終わるより先に、一条が平手で夏樹の肩を叩く。もちろん、傷のあるほうを。思わず、夏樹の顔が痛みにひきつった。そらみたことかと、一条が鼻を鳴らす。

「強がって」

「あのなあ!」

夏樹はお返ししてやろうと拳を振りあげて一条を追いかけたが、敵もさる者、なかなか捕まらない。

「おいこら、待てよ」

「待てと言われて待つものか」

言い合いながら、すすき野を駆け廻っている間にも、陽《ひ》はどんどん西に傾いていく。

夏樹もそれに気がついて足を止め、空を振り仰いだ。

夕暮れの名残の光が目に染みる。なぜか泣きたくなってくるほどに。

胸の奥に残る不思議なやるせなさ、切なさ。それから目を背けて、夏樹はわざと乱暴に言い放った。

「いいかげん、ふざけるのはやめろよ。さあ、都に帰るぞ。今度は絶対に野宿は遠慮したいんだからな」

「そりゃあ、こっちだって」

「……阿倍野からの帰りに野宿したのは誰のせいだったか、おぼえてるか？」

「まるでひとのせいみたいに」

「だって、実際にそうだったろうが」

「忘れた」

軽口の応酬を続けながら、ふたりは小野をあとにした。

夏樹は一度だけ、愛らしい狐の姿が見えはしまいかと期待して後ろを振り返った。が、そこにはただすすきが夕風に揺れるばかりだった。

秋《あき》夜行《やぎょう》

秋がだいぶ深まってきた、ある夜のことだった。

風がないせいか、それほど寒さは感じない。その代わり、月を覆い隠す雲を吹き飛ばしてくれるものもなく、夜の都は濃密な闇に包まれていた。

魑魅魍魎《ちみもうりよう》をおそれる平安期のひとびとなら、こんな夜は大抵が夜歩きなど避けるものだが、陰陽師《おんみようじ》の賀茂《かも》の権博士《ごんのはかせ》とその弟子、一条はそうも言ってはいられなかった。今宵《こよい》も「物《もの》の怪《け》に憑《つ》かれているらしく、身体《からだ》の調子がどうも優れない。どうか、物の怪を祓《はら》ってはくれまいか」との依頼を受けて、とある貴族の邸《やしき》を訪問する。

果たして、依頼主の体調不良は本当に物の怪の仕業なのか。

そこを含めて判断するのが陰陽師の仕事とも言えた。妖怪変化の仕業なら、武士の武力に頼るのもよし。身体の機能そのものに原因があるのなら、医師《くすし》に薬を処方してもらうよう勧めるもよし。

今回は後者に該当すると、権博士は見立てた。それだけではなんなので、おどろおどろしい呪言《じゆごん》がしたためられた呪符で、依頼主の身体をなでさすってやる。気休め程度の仕儀であったのに、依頼主にとってはこちらのほうが効いたようで、

「やれ、ありがたい。身体の痛みがひいていくような心地がいたしますぞ」

何度もそう言っては、権博士を神仏のごとく伏し拝んだ。おかげで、

「だからといって油断なさらず、必ず医師に診《み》てもらうのですよ」

と、わざわざ念押ししなくてはならなかった。

誰かの呪詛《じゅそ》を受けているふうでもない。凶悪な物の怪との戦闘なども生じなかった。にもかかわらず、多額の報酬が出て、満足した帰り道。このまま済めば良かったのに
――ふいに、権博士が、

「あっ」

とつぶやき、路上で足を止めた。弟子として彼のお供をしていた一条も遅れて立ち止まり、何かを予感した厭《いや》そうな顔で振り返った。

「どうかされましたか」

「うん。扇をあちらの邸に忘れてきてしまったよ」

案の定の返答だった。

「……またですか」

一条はため息をつき、やれやれと言わんばかりに首を左右に振った。

権博士こと賀茂保憲《やすのり》は二十歳《はたち》の若さにして陰陽師としての才能にあふれ、容貌や立ち居振る舞いも申し分ないと世間から高く評価されている。が、実はうっかり屋さんで忘れ物がやたらと多い。今宵もまた、その特性をいかんなく発揮してくれたというわけだ。

「取りに行ってくれないか？　わたしは先に帰るから」

「先にお帰りですか」

「ああ。少々疲れたからね」

「疲れるほどの仕事でしたっけか……」

小声で厭味は言ったものの、昼間の公務や何やらもあったのだと考えれば無理もないかと一条は思い直し、師匠と別れて、もと来た道を引き返すことにした。

こういった予定外の尻ぬぐいを、いままで何度やらされてきたことか。一条はぶつぶつと文句を垂れるも、だからといって権博士を嫌うまでには至らなかった。

陰陽師としての修行の日々はときに危険を伴い、面倒事も多い。が、自分を鍛え、高める機会を与えてもらっているのだと考えられなくもない。権博士の忘れ物癖に対処するのもその一環と思えば、腹も立たない……かもしれない。少なくとも、いちいち腹を立てていれば身が保《も》つまい。

戻ってきた一条を迎えた邸の者たちは、忘れ物にすでに気づいており、

「やれ、よかった。追いかけるか、明日の朝を待ってお届けしようかと思案していたところでしたぞ」

そう言って、扇だけでなく呪符一枚を差し出した。

「こんな物まで忘れておりましたか……」

師匠の忘れ癖にはとうに慣れていたはずの一条も、いちばん大事な商売道具まで置き忘れていたとあっては、苦笑を禁じ得なかった。ましてや、邸側の者たちにとっては、呪符に触るのもおっかなびっくりであっただろう。

思わぬオマケ付きではあったものの、無事に権博士の忘れ物を回収し、一条はひとりで帰路についた。

昼間はにぎやかな都大路も、夜がふければ人影はなくなる。恋人のもとに忍んでいく貴族を乗せた牛車《ぎっしゃ》も、いまはもう見当たらない。風もなく夜気が徐々に冷えこんでいく、そんな寂しい中——

ひた、ひた、ひた、と。

自分のものではない足音を、一条の敏《さと》い耳が聞き取った。何かがあとをつけてきているのだ。

一条は歩調を変えずに、ちらりと背後を一瞥《いちべつ》した。

墨を落としたような闇のむこう、道の中央に、うっすらとではあるが灰色の影が見える。ヒトのものではない。獣のようだ。

野犬だろうかと思いつつ、一条は足を止めた。すると、背後の足音がぴたりとやんだ。

一条はひと呼吸おいてから、再び歩き出した。同時に、ひた、ひた、と足音も再開する。

つけられている——と確信し、一条は歩きながら用心深く背後をうかがった。あの灰色の影が一定の距離をおいてついてきている。足音の主は、もはやあれで間違いあるまい。

大きさ、形としては普通の犬のようにも見える。だからといって油断はできない。野辺にうち捨てられた病人を、まだ息があるうちに襲うような凶暴な野犬もいると、話に聞いているからだ。

それに、獣にもこちらが思う以上に賢いものはいる。ひとに化け、ひとをたぶらかし、子まで儲《もう》けるような獣さえ……。

一条の琥珀《こはく》色の瞳に暗い影が射《さ》し、形の良い眉が無意識にひそめられた。

次の瞬間、彼は勢いよく振り返って駆け出し、獣との距離を一気に詰めて、相手の鼻先で立ち止まった。獣のほうは完全に虚を衝《つ》かれ、ぎょっとしたふうに身をすくめる。

これだけ近寄ると、犬に似て犬ではないことがはっきりした。毛はほとんどなく、硬そうな皮膚は灰色で、ところどころひび割れ、ざらついているのが見て取れる。狐《きつね》のように鼻先が尖《とが》っているが、狐ともまた違う。狸《たぬき》とも印象が異なる。とにかく、初めて見る獣だった。

一条は困惑してつぶやいた。

「なんだ、おまえは。獣か？　それとも……、物の怪か？」

語尾に微《かす》かに力が入る。相手はおびえたように頭を低くし、上目遣いに一条をみつめ返した。くりっとした大きな目に敵意はまったく感じられない。闘う気がないのなら逃げればいいものを、そうもせずにじっとしている。

その間に一条はまじまじと相手を観察し、ひとつの見解に到達した。

「……ひょっとして狸か。ダニにやられて、それで毛が抜けたんだな」

狸の特徴は、なんと言っても目のまわりを丸く取り巻く濃い模様であろう。それを造り出している体毛が、ダニによって引き起こされる皮膚病によって抜け落ちてしまうと、途端に狸らしさが失われる。結果、狸のはずなのに狸には見えず、犬のようでも狐のようでもありながら、そのどちらでもないといった、謎の生物が誕生するのだ。

正体が判明するや、一条は肩の力を抜き、ふっと苦笑した。

「餌が欲しいのか。悪いが、食べ物は持っていないぞ」

嘘《うそ》ではない証拠を示そうと、両手を広げて狩衣《かりぎぬ》の袖をはたはたと揺らす。そのとき、懐に挟んでいた、権博士の忘れ物の呪符がひらりと地面に舞い落ちた。

「あ」

一条が拾おうとするより先に、狸は鼻先を呪符に近づけ、くんくんとにおいを嗅いだ。そしてまた、あのくりっとした目で一条を見上げる。そのまなざしは、何事かを訴えかけているようにも見えた。

「なんだ? まさか、おまえ……、保憲さまみたいにそれで治療をしろってか?」

一条がそう言った途端、きらりと狸の瞳に輝きが宿った。まさしくそれが望みなのだと、言葉ではなく全身で訴えかけてくる。

「おいおい」

困惑した一条は額に手を当て、低くうめいた。

想像するに、この狸はおそらく、賀茂の権博士が依頼主の身体を呪符でなでさすっているところを、庭先かどこかから覗《のぞ》き見ていたのだろう。自らも病で苦しんでいた狸は、あんなふうに治療をしてもらいたいと、そんな期待をこめて一条のあとをついてきた――ということらしい。

「できなくはないぞ。できなくはないけれど、正直、薬のほうが手っ取り早い……。いや、狸だとそもそも薬の入手が難しいのか」

やれやれと、一条は嘆息した。

野生の獣にめったやたらと手を出したくはなかった。そもそもが住む世界が違う。よほどの覚悟がない限り、互いの領域を侵してはならないと、一条は昔からそう考えていた。自身が狐の子などと言われて周囲から気味悪がられていたからこそ、そんなふうに思うようになったのだろう。

しかし、毛のない狸は一条の気持ちなどお構いなしに、熱い視線を向けてくる。それだけ切実なのだ。

狸の病状がいかに悲惨なものか、ざらついた灰色の皮膚を見れば一目瞭然だった。掻《か》きむしって血が滲《にじ》んでいるところもある。ただの皮膚病とあなどってはいけない。引き起こされるかゆみや、体毛をなくしたことによる体温の低下から、体力とも免疫力が落ち、衰弱して死に至ることも珍しくはなかったのだ。

「勘弁してくれよ……」

一条は立て続けにため息をつき、最後にふんっと鼻から大きく息を放って言った。

「仕方がない。特別にやってやるか。これも修行のうちだ。絶対に、おまえのためなんかじゃないからな。変な誤解をするんじゃないぞ。わかったか、この毛無し狸め」

文句を垂れつつ屈《かが》みこみ、権博士がやったように呪符で狸の身体をなでまわす。唱えるのは陰陽の呪言――ではなかった。

「ダニ殺す。ダニ殺す。ダニ殺す」

聞き間違いようのない直接的な文言をくり返す。一条が動かす呪符と、狸のざらついた皮膚の間で細かな火花が散り、パチッ、パチッと小さな音が響く。狸は目を丸くし、耳をせわしなく動かしていたが、痛いというほどでもなかったらしく、おとなしくされるがままになっていた。

やがて治療は終わり、「これで良し」と満足げにつぶやいて、一条は身を起こした。

「あとは、水浴びでもして身を清めて、滋養のあるものをしっかり食べて体力をつけて……。って、おいこら、聞いているのか？」

治療が終わるや、狸は一条に背を向け、すたすたと去っていく。礼のひと言もない。

「おいおい、こらこら。ったく、これだから野生は……」

文句はつけるが、追ったりはしない。一条は肩をすくめると、狸とは真逆の方向、わが家へと向かって歩き出していた。

翌日は出仕せずともよい日だったので、一条は髪も結わずに自邸の臥所《ふしど》でごろごろと怠惰に過ごしていた。

居候《いそうろう》の馬頭鬼《めずき》、あおえはそんな一条を非難がましげに横目で見やるものの、いまさらだとばかりに文句もつけず、庭の掃除を始める。ついでに門のあたりも——とそちらに向かった直後、

「あらまあ。一条さん、一条さん、見てくださいよ、これ！」

にぎやかな声を放ち、どたどたと足音高く駆け寄ってくる。一条は端整な顔を歪《ゆが》め、のっそりと半身を起こして、あおえを睨《にら》みつけた。

「……うるさいな。なんだ」

「これですよ、これ」

あおえのたくましい両腕には、数え切れないほどの柿の実が抱えられていた。どの実も夕陽《ゆうひ》のような色をして、つやつやと照り輝いている。大量の実をいったん床に置き、あおえは自分の手柄でもあるかのように得意げに胸を張った。

「どうです。お邸の門前にこれがずらりと並べてあったんですよ。昨日、一条さんが帰ってきたときにはなんにもなかったのを、わたし、見てますから、真夜中から明け方にかけて、誰かが置いていったんじゃないでしょうか」

うーむとうなって一条は、床に転がる柿の実をみつめた。こういうことをしそうな相手といえば、昨夜の狸くらいしか思い浮かばない。

「治療の代金か……」

「治療？　ああ、昨夜、あとをついてきたっていう毛無し狸のことですか。うん、きっとそれですよ、それ。狸の恩返しですよ」

狸のことを昨夜のうちに聞いていたあおえは、うんうんと幾度も馬づらを縦に振った。

「やっぱり、いいことはするものですよ。情けはひとのためならず、いえ、狸のためならずですかねえ」

適当なことを言いながら、あおえは柿の実をひとつ手に取ると、がぶりと勢いよくかぶりついた。次の瞬間、馬頭鬼は口をすぼめて白目を剝《む》く。

「し、渋いっ！」

「当然だ。渋柿だからな」

柿の実は色味こそ、いかにも甘く熟しているように見えたものの、形はどれも細長く、先が尖っている。渋柿に間違いなかった。

あおえは嚙《か》んだ実を吐き出し、分厚い舌を長く垂らして、ぬおぉ、ぬおぉぉと大袈裟《おおげさ》に悶《もだ》え苦しんだ。

「こ、これは狸の腹いせですか。一条さんに助けられておきながら、実はその対応に不満があったとかで、こんな非道《ひど》い真似《まね》を……」

「かもなぁ」

呪符で狸の身体をなでてやった際、パチパチと火花が散った。あれはダニを殺すためであったのだが、もしかしたらこちらが思う以上に痛くて、その仕返しとばかりに渋柿を置いたのかもしれない。

やはり、妙な親切心など出すのではなかった。獣とヒトとが親しく交わるなど、あってはならないのだ。下手《へた》にかかわるから、こんなしっぺ返しを食らうことになる……。

一条が苦々しげな思いを嚙みしめていると、突然、外から声がかけられた。

「一条、いるのかい？」

振り向けば、簀子縁《すのこえん》の勾欄《こうらん》のむこうから、隣家の住人、大江夏樹がひょっこりと顔を覗かせている。一条と年の近い彼は、境の塀が崩れかけているのをいいことに、そこを抜けて庭伝いに訪れることがしばしばだったのだ。

「いたいた。ちょうど、ぼくも今日は休みで暇で」

勝手知ったる友人の家に、夏樹は遠慮なく上がりこみ、床に置かれた大量の柿を見て相好を崩した。

「おっ、ずいぶんたくさんの柿だな」

「渋柿だぞ」

「見ればわかるよ。これから軒に吊《つる》して干し柿を作るんだろ？」

一瞬、一条は目を見張った。毛無し狸の所行を悪意によるものと、自分が勝手に思いこんでいたことに気づかされ、少なからず驚いたのだ。

（なぜ気づかなかった。先入観があったとでも……？）

戸惑いながらも、一条は動揺を皮肉な笑みで上手に覆い隠した。

「ああ。手伝ってくれるか？」

「もちろんだよ」

夏樹は即答し、悶え苦しんでいたあおえもぴょんと元気に跳ね起きた。干し柿の甘さを想像した途端、舌に残る苦みも消滅したかのように。

「わたし、吊す紐《ひも》、探してきますねえ」

どたどたと部屋を走り出ていくあおえに、夏樹が声をかける。

「吊し用の棒も忘れてくれるなよ」

はぁいと馬頭鬼が返事をするのを聞きながら、一条は頭を掻いていた。彼の唇には、皮肉っぽくも苦々しくもない、柔らかな笑みが自然と浮かびあがっていた。

あとがき

今回もまたありがたいことに、Minoru氏の御手による麗しきカバーイラスト。そのラフ案を見せてもらったとき、担当編集氏から「わたしに還《かえ》りなさい的な」と非常にわかりやすく言われて吹いてしまった。

それはともかく。

副題の狐火恋慕にちなんで、「狐」→「野生動物」と連想してみる。以下、本文とは区別して、あえて「キツネ」とヒラいて表記。

実のところ、キツネそのものとはあまり御縁がない。昔、北海道を旅行したときにキタキツネをチラ見した程度で、野生のホンドギツネとはさすがに遭遇したことがないのだ。ただし、タヌキなら多少ある。

数年前、冬の京都を旅行中、普段は一般公開していないという某寺院で、堂内から窓越しに庭を眺めていたところ、ごくごく自然にトコトコと一体の動物が庭を横切っていった。住宅街のど真ん中に建つ寺院だったので、近所で飼われている中型犬かなと思ったら、まごうことなきタヌキだった。

あと、広島の厳島《いつくしま》で旅館の企画する夜の散策に参加し、野生のタヌキが複数頭、通りを普通に闊歩《かっぽ》しているのをまのあたりにした。タヌキによく似たアナグマには二回ほど、ばったり遭遇しているが、そのあたりの顛末《てんまつ》はＷｅｂコバルトに連載したエッセイに書き記したので割愛する（電子書籍化する予定ありと、ちゃっかり宣伝）。

そういえば昔々、鎌倉の朝比奈切通《あさひなきりどお》し（切通しとは、山や丘を切り開いて通した道）を取材がてら、ひとりで歩いていたときのこと。

人気の観光都市鎌倉とはいえ、そこは有名寺院や住宅地からはちょっとはずれているうえに、平日だったもので、自分以外は誰もいない。こんな寂しい山道でひょっこり追い剝ぎなんかに出くわしたら絶対に逃げられないなと、そんな恐怖をひしひしと感じた。と同時に、昔の旅人はこんな不安定な心理を抱えて峠越えをしていったんだろうなぁとも思った。

この状況下で野生動物――たとえばテンなどの小さな獣であっても、草むらの奥でガサガサと動く正体不明の生き物といきなり遭遇したなら、そりゃあ怖かったに違いない。そういった驚きや不安、恐怖から、キツネやタヌキに化かされる伝承、ひいてはクダギツネだのオサキだのといった、憑《つ》き物《もの》と称される動物たちが生まれたのかなと想像してみる。

さらにまた別の体験。趣味のバードウォッチングを始めてまだ間もない頃、まずは修練を積もうと、箱根《はこね》に友人と鳥見の遠征に出てみた。

野鳥ガイドブックを片手に、夏の鳥の声に耳を澄ませては、

「あ、きっとあの木の上にセンダイムシクイ(緑褐色の地味めな小鳥)がいるよ。鳴き声、『焼酎一杯、ぐいーっ』って本当に聞こえちゃうよ」

ジャンル違いだが、赤くてキラキラしたヘビをみつけては、

「すごくきれい!」

と大はしゃぎした。あとで毒蛇のヤマカガシだったと判明し、眺めるだけにしておいて本当によかったと安堵《あんど》した。

そんなとき、青々とした雑草が麦畑のごとく生い茂る脇をほてほてと歩いていたら、ざざざーっと何かが藪《やぶ》の中を滑走していった。

すわ、鳥か、と双眼鏡をパパラッチのごとく構えたわたしたちだったが、その何かは草を激しく揺らしつつ、藪の中を大きく蛇行してきたかと思うと、ふっと消えてしまった。てっきり、小さな野生動物が飛び出してくるものと期待しつつ待ち構えていたのに、藪はしんと静まり返って、動くものなど何もない。

イメージとしては、ヘビとかネズミとか、そんな俊敏さ。けれども、大きさはもう少しあって、それこそイノシシの子供のウリ坊なんかがぴょんと出てきてもおかしくない

くらい。なのに突然、消えてしまった。わたしたちはただ呆然《ぼうぜん》とするしかなかった。

調べようにも手がかりが少なすぎて、「あれはなんだったんだろう……」とずいぶん長いこと謎のままだった。それが最近、きっかけは忘れたが、ふと思いついた。

「ひょっとして、つむじ風？」

唐突に発生したつむじ風が、雑草を揺らしながら走り抜けていった。だから、藪の端まで来て、揺らすものがなくなった途端に見えなくなった。そう考えれば理屈は通る。けれども、あのときは生きた動物が藪に身を隠したまま、一気に駆け抜けていったとしか思えなかったのだ。

「ああいうのから妖怪カマイタチは生まれたのかなぁ。うん、確かに不可視の大イタチが駆け寄ってきたみたいだったものなぁ……」

と、変に納得してしまった。

それはそれでまた良し。いや、実際に箱根の山で大イタチに襲われたなら大ごとだけれども、そんな危険は生じなかったから、純粋に面白い出来事だったなぁと感じるわけで。あのときのような不思議な出会いを求めて、また散策に出たいものだなと思いながら、猛暑やらを理由にあいかわらずダラダラしている。

というわけで、オマケ短編もそれ風に。楽しんでいただければ幸いです。

……そういえば、頭《とう》の中将と美都子《みつこ》さん夫婦のシリアス後日譚《たん》という案もあったなぁと、オマケを書き終えたあとになって思い出す始末。
のちに美都子さんが産むのは女児で、長じて帝《みかど》の妃《きさき》になって、彼女には不思議な神馬《しんめ》の加護があって――みたいな。まあ、それは『暗夜鬼譚』としては蛇足というか、また別の描かれざる物語としておくのがいいのだろう。

令和四年十月

瀬川貴次

本書は一九九九年九月に『暗夜鬼譚　狐火恋慕（前編）』、一九九九年十二月に『暗夜鬼譚　狐火恋慕（後編）』として集英社スーパーファンタジー文庫より刊行されました。

集英社文庫収録にあたり、前後編を一冊として編集し、書き下ろしの「秋夜行」を加えました。

この作品はフィクションであり、実在の個人・団体・事件などとは、一切関係ありません。

瀬川貴次の本

ばけもの好む中将　一〜十一

怪異を愛する変わり者の貴公子に何故か気に入られた中級貴族の宗孝は、共に怪異巡りをすることに……。平安の都を迷コンビが駆ける！

瀬川貴次の本

波に舞ふ舞ふ　平清盛

平家の棟梁息子、清盛。ある日、自分が父の本当の子ではなく白河法皇の落胤だと知ってしまい……。瑞々しく描かれる平清盛の青春と恋。

集英社文庫

S 集英社文庫

暗夜鬼譚《あんやきたん》　狐火恋慕《きつねびれんぼ》

2022年11月25日　第1刷　　定価はカバーに表示してあります。

著　者　瀬川貴次《せがわたかつぐ》

発行者　樋口尚也

発行所　株式会社　集英社

東京都千代田区一ツ橋2-5-10　〒101-8050

電話　【編集部】03-3230-6095

【読者係】03-3230-6080

【販売部】03-3230-6393(書店専用)

印　刷　中央精版印刷株式会社　株式会社美松堂

製　本　中央精版印刷株式会社

フォーマットデザイン　アリヤマデザインストア　　マークデザイン　居山浩二

ISBN978-4-08-744461-2 C0193